그린비, 흐린 지구에
푸른 인간을 그리다

그린비,
　흐린 지구에
푸른 인간을 그리다

초판 1쇄 인쇄_2023년 2월 10일 | 초판 1쇄 발행_2023년 2월 15일
지은이_그린비 | 엮은이_성진희 · 김계림
펴낸이_진성옥 외 1인 | 펴낸곳_꿈과희망
주소_서울시 용산구 한강대로 76길 11-12 5층 501호
전화_02)2681-2832 | 팩스_02)943-0935 | 출판등록_제 2016-000036호
e-mail_jinsungok@empal.com
ISBN_979-11-6186-133-3　43810
※ 책 값은 뒤표지에 있습니다.
※ 새론북스는 도서출판 꿈과희망의 계열사입니다.

2023 대구광역시교육청 책쓰기 프로젝트

그린비, 흐린 지구에 푸른 인간을 그리다

그린비 지음
성진희 · 김계림 엮음

꿈과희망

지도교사 성진희

'그린비(그리운 선비)' 책쓰기 동아리가 탄생하여 첫 번째 책을 출간한 지 어언 11년의 세월이 흘러 어느덧 열두 번째 책의 발행을 앞두고 있습니다.

올해 열일곱 열여덟 남학생들은 환경오염이라는 지구적 위기 속에서 우리 인간이 잃어버리고 있는 것, 회복해야 할 것은 무엇인지 각자의 진로에 맞추어 창작활동을 시도하였습니다.

학교에서 진행한 수업량 유연화를 위한 자율적 교육과정에서 올해 1학년은 E.S.G.(Environment, Social, Governance)를 주제로 교육 활동을 진행하였고, 2학년 역시 작년에, 기후 위기에 대해 교과별 주제 탐구 활동을 수행하였습니다. 그린비 학생들은 이러한 주제 및 활동들을 심화하여 자신만의 이야기가 담긴 글쓰기를 시도하였습니다. 학생들은 '환경'과 '기후 위기'라는 주제로 각자의 무한한 끼와 상상력이 듬뿍 담긴 소설과 수필을 창작하였고, 서로의 작품을 읽고 의견을 교환하는 과정을 통해 창조적 융합과 재구성을 거듭하여 마침내 '그린비, 흐린 지구에 푸른 인간을 그리다'라는 작품을 탄생시켰습니다. 이를 통해 학생들은 글을 보다 깊이 있고 맛깔스럽게 만드는 방법을 깨치고, 글쓰기가 갖는 힘을 경험하였습니다.

올해는 비슷한 주제의 글들을 1부, 2부, 3부로 묶어 이 세 유형의 이야기들이 다시 하나의 큰 그림을 이루도록 스토리텔링의 방식으로 책을 엮어 보았습니다. 1부는 '에코 아포칼립스'를 그려낸 다소 무거운 분위기의 글들로 시작하여, 2부는 '에코 그린'이라는 제목으로 기후 변화의 위기 속에서도 궁정적 전망을 그려낸 푸른빛이 감도는 글들을, 3부는 우리가 꿈꾸었으나 잊힌 것들을 떠올리며 인간 속에서 새로운 희망의 길을 탐색하는 긴 글들을 엮어 보았습니다. 그리하여 세계에 대한 비관적 전망과 이를 극복하고자 하는 시도들, 그리고 결국 사람이 희망임을 발견하는 이야기들로 얼개를 꾸려 보았습니다.

1부는 '그린비, 에코 아포칼립스를 그리다'입니다.
'아포칼립스(apocalypse)'는 성경에 묘사된 세상의 종말을 뜻하는 단어로, '세계의 파멸', '대재앙' 등을 의미합니다. 그러므로 여기서 말하는 '에코 아포칼립스'란 기후 변화로 인한 인류의 멸망을 의미합니다. 학생들이 상상한 기후 위기의 어둡고 절망적인 미래를 통해 우리 자신을 성찰하고 지구의 위기에 대해 경각심을 느낄 수 있습니다.

2부는 '그린비, 에코 그린을 그리다'입니다.
위기의 환경 속에서도 세상을 친환경적이고 푸르게 밝히고자 애쓰는 '에코 그린'에 대한 이야기입니다. 기후변화로 절망적인 상황 속에서도 그것을 극복하고자 하는 의지와, 미래 세대를 위해 기어코 푸른 지구를 회복하고자 하는 노력이 빛나는 글들입니다.
위기(危機)는 위험과 기회의 의미를 동시에 갖고 있다고 합니다. 어려움 속에서도 끝내 희망을 잃지 않는 이야기를 통해 가슴이 따뜻해지는 경험을 할 수 있습니다.

3부는 '그린비, 잊힌 것들을 그리다'입니다.
우리 인간의 삶에서 잊어버리고 잃어버린 것, 다시 떠올리고 회복해야 할 것은 무엇인지에 대한 글들입니다. 다양한 만남과 관계를 통해 자아와 존재에 대한 고민과 더불어 세계와 자신의 관계를 돌아보며 잊었던 꿈과 삶의 방향을 떠올리는 주인공들이 등장합니다. 읽는 이로 하여금 진정으로 인간다운 삶과 인간이 인간에게 주는 희망에 대해 생각하게 합니다.

현시대를 학자들은 '인류세(人類世)'로 부르고 있습니다. 이는 인류가 지구의 기후와 생태계를 변화시켜 만들어진 새로운 지질시대를 가리키는 신조어로, 그만큼 인간의 삶이 환경에 미치는 영향이 심각한 상황을 반영합니다.

이런 시대에 우리 아이들이 비록 더디더라도 장차 살아갈 세계를 푸른 세상, 더 나은 세계로 만들어 영원히 푸른 별인 지구를 지켜나갈 수 있다는 믿음의 줄을 놓지 않았으면 합니다.

또한 환경 위기라는 '아포칼립스(apocalypse)' 속에서도 '그린(green)'이라는 지속가능성을 전망하고 바라보며 삶의 희망을 놓지 않는 열일곱, 열여덟의 남학생들, 그린비 학생들의 글을 통해 독자들이 진한 감동을 체득하시기를 간절히 소망합니다.

마지막으로 올해 함께 글을 엮어낸 김계림 선생님, 책이 나오기까지 도와주신 동료 국어교사(김대웅, 남양선, 백승자, 우성훈, 이대은, 정반석, 정성윤, 정안수)와 중국어 시간에 학생들이 활동한 그림을 찬조해 주신 안태민 선생님께 진심 어린 감사의 마음을 전합니다.

지도교사 김계림

책쓰기 동아리를 처음 맡게 되었을 때 아이들이 과연 정말 소설을 창작할 수 있을지, 올해도 무사히 책을 출간할 수 있을지 의구심이 앞섰습니다. 그러나 무에서 유를 창조하는 일, 마음속에만 막연히 존재하던 희미한 이미지에 선명한 색을 입혀 어디선가 실제로 살아 숨 쉬고 있을 듯한 인물들을 창작해 내는 일, 읽는 이의 마음을 울리는 흥미로운 이야기의 창작자가 되는 일, 그 모든 불가능한 일들을 거뜬히 해내는 소년들을 지켜보며 '청출어람'이라는 말이 저절로 떠올랐습니다. 지도교사라는 이름과 역할이 무색할 만큼, 이들이 그려낸 세상과 이야기는 그 자체로 이미 온전하고 충분했습니다.

A.D. 2040과 메타버스라는 최신의 트렌드를 반영했던 작년의 주제에 이어, 2022년에는 이미 피할 수 없는 현실이 되어 버린 기후 위기와 환경 파괴에 대한 주제를 제시하여 우리를 둘러싼 세계, 우리의 삶과 가장 밀접하게 대두하고 있는 문제를 이야기로 풀어내보고자 했습니다. 교과 학습에서 배운 지식들과 다양한 매체를 통해 접한 실제 현상과 사건들을 서로 융합하는 통섭적 역량을 발휘하고, 이를 문학적 상상력으로 형상화하여 작품을 창작하는 과정을 통해 아이들이 자신들이 살아갈 세상을 성찰적 시선으로 바라보고, 환경 문제를 비단 지식이 아닌 실제적인 삶의 사건으로서 경험할 수 있는 기회를 만들어 주고자 하였습니다. 날마다 컴퓨터실에 남아 자판과 씨름하며, 부족한 시간 속에서도 뜨거운 열의를 보여 준 1학년 친구들, 수능 준비로 여념 없는 시기에도 예외 없이 글을 창작해 준 3학년의 열

정에 감탄하는 시간들이었습니다. 이러한 열정과 노력의 결실로 같은 주제로도 저마다의 개성과 서로 다른 통찰을 드러내며, 다가올 미래를 구체적으로 전망하는 날카로운 지성이 빛나는 작품들이 완성되었습니다.

선배가 된 2학년 학생들은 본격적인 창작 훈련으로 단편 소설 분량의 긴 호흡의 글을 써 보는 시도를 하였습니다. '배니싱 트윈'이라는 이색적인 소재를 통해 사아와 존재에 대한 고민을 드러낸 작품과 미술관과 미술 작품이라는 매개를 통해 관계를 형성하고, 자신의 삶을 돌아보며 잊었던 꿈을 떠올리는 작품들 등 세 편의 아름다운 이야기가 소개되어 있습니다. 각 작품마다 몽유병이나 미래를 본다는 미스테리적 요소와 이국적인 배경을 소재로 한 서정적 묘사 등 저마다의 매력과 작가 고유의 스타일이 돋보입니다. 끊임없이 글을 수정하며 진정으로 인간다운 삶과 관계에 대해 고민하는 학생들의 모습을 지켜보면서, 이런 긴 호흡의 글을 창작해 낸 것만으로도 이미 이 학생들은 '어린'이라는 수식어가 필요 없는 어엿한 작가들임을 느꼈습니다.

동아리를 지도하는 내내 글을 매끄럽게 잘 쓰는 아이들이기보다는 두려움 없이 글을 쓰는 아이들, 쓰고 싶은 이야기가 마음속 우물에서 끊임없이 샘솟는 아이들, 글을 쓰다 막힐 때에도 다시 용기를 낼 줄 아는 아이들로 자랄 수 있기를 소망했습니다. 1학년 초 동아리 시간, 백지를 마주한 채 무얼 써야 할지 몰라 끙끙대던 소년이 지난 2년여의 세월 동안 글 쓰는 연습을 거듭하여 어느새 어떤 주제를 주어도 막힘없이 글을 써내려가는 작가가 되어 있는 것을 보니, 마치 물을 준 콩나물처럼 경험하는 꼭 그만큼, 아니 그 이상으로 놀랍도록 쑥쑥 성장하는 아이들의 모습에 가슴이 뭉클해집니다.

열일곱 열여덟 학생들이 전망한 미래 세계, 저마다의 상상력으로 그려낸 세상과 관계와 인물들을 통해, 제가 이들을 지켜보며 느꼈던 기쁨과 경탄을 독자들도 경험할 수 있길 바라봅니다. 그리하여 '아포칼립스'라는 절망 속에서도, 상실과 이별, 죽음이라는 운명 속에서도 기어이 희망을 길어내는 아이들의 시선으로 세상과 사람을 바라볼 수 있게 되길 바랍니다.

contents

1부. 그린비, 에코 아포칼립스를 그리다

2부. 그린비, 에코 그린을 그리다

3부. 그린비, 잊힌 것들을 그리다

– 1학년 학생들

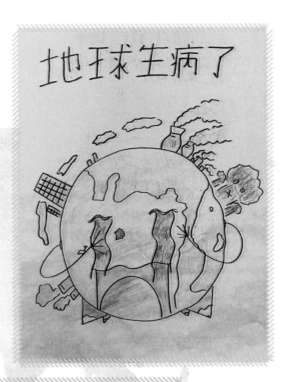

독도 관련 그림

1부

그린비,
에코 아포칼립스를 그리다

잿빛과 푸름

회색별

3학년 문홍재

푸른 별 지구.

예전 사람들은 이 말이 잘못되었다고 했다.

지구는 별이 아니라 행성이라고.

지금 사람들도 이 말이 잘못되었다고 한다.

지구는 푸르렀던 적이 없다고.

지구상에 남아 있는 생물 중 푸른 바다와 하늘을 기억하는 녀석은 없을 것이다.

수명이 긴 생물이 가장 많이 분포했다던 바다는 맨몸으로 들어갔다간 삽시간에 중독당해 죽는 곳이 되었고 조류는 인공사육장이 아니면 만나 볼 수 없게 되었다.

그저 오랜 세월 동안 인간과 함께 번성했던 바퀴벌레나 쥐 같은 녀석들만이 살려놓지 않아도 살아 있었다.

이제 인간보다 수명이 긴 생물은 지구에 없고 얼마 전 가장 오래 산 184세의 인간이 스스로 바다에 뛰어들어 생을 마감했다.

10년 전 그는 증조할머니가 자신에게 하늘은 푸르렀다 라고 말한 걸 밝힌 뒤 바로 치매 판정을 받고 정신병원에 감금당했기에 그가 어떻게 우리의 감시를 뚫고 근처 바다까지 갔는지에 관한 무수한 소문이 돌았다.

누군가는 방사능 누적으로 인해 돌연변이가 일어난 것이라 했고, 오래 살아 득도하신 거다, 마지막 순간 마음을 불태운 거다 등 여러 의견이 오갔지만 얼마 전 바다 근처 CCTV 자료에 찍힌 그가 휠체어를 벗어던지고 회색빛 바다를 향해 빠른 속도로 달려가 헤엄치는 장면은 무엇이 그를 이렇게 만들었을까 라는 의문을 남겼다. 아무튼 종말을 앞둔 지구에서 일어난 한 인간의 기적과도 같은 행보는 엄청난 화젯거리가 되어 인류 절멸 전까지 회자될 줄 알았지만 채 3일을 못 가 다른 곳에서 지펴진 지구 폭발 급 맞불에 집어삼켜져 버렸다.

탈출방주 신카이의 완성.

수용인원 100만 명의 초거대 우주선은 인간이라는 종의 재(材) 번성을 의미했다.

인류가 형용 가능한 모든 자원을 끌어 모아 만들었다는 신카이의 이명은 인류가 지구에 남아 있을 시간이 얼마 남지 않았음을 의미했다. 또한 지구가 남아 있을 시간마저도.

인류의 멸절을 앞당길 거대 우주선의 제작이 가능했던 이유는 우주선을 움직일 연료가 먼저 확보되었기 때문이었다. 몇 년 전 과학자들은 우주에 존재하는 암흑물질과 반응할지도 모르는 특수파동생성기를 장착한 spaceZ-1804호를 암흑물질이 특히 몰려 있는 다섯 곳을 조사시킨 후 회수하려 했지만 첫 번째 장소인 초신성이 폭발했을 당시 중심부가 위치했을 곳에 도착하기 전, 어디선가 날아온 우주파편에 방향조절 회로가 박살이 나면서 여러 곳을 탐사하는 계획은 실패로 돌아갔다. 가까스로 도착한 그곳에서 파동을 쏴보았지만 수십 년 동안 그랬듯 결과는 실패였고 1804호는 파동 한 번 쏜 채 영영 회수불가 우주미아가 될 상황에 놓였다. 없는 자원 쪼개어 만든 위성이 사라진다는 사실에 분위기는 암흑물질을 뒤집어쓴 것마냥 눈에 보이지 않게 어두워져 갔다. 하지만 그 순간, 신이 정말로 존재하기라도 한 것일까, 연노랑빛 반투명한 무언가가 화면을, 아니 화면 속에 보이는 우주를 가득 채웠다. 마치 오로라와 같은 이것은 파동에 반응한 이제껏 발견되지 않은 규명불가 물질이었다. 초신성이 폭발했을 당시 중심부가 위치했을 장소에 넓게 퍼져 있는 이 물질은 행동불능이었던 spaceZ-1804호를 마치 회로가 정상적이게 연결된 것처럼 말끔히 움직일 수 있게 했다.

우리는 어안이 벙벙했지만 곧바로 해야 할 일을 알아차렸고 하늘에 떠 있는 구름을 병에 담는 심정으로 조심스럽게 샘플을 채취했다. 그 직후 곧바로 복귀명령을 내렸다. 시간이 지나 그것을 벗어난 후로 파손된 위성은 다시 행동불능이 되었지만 우리는 결국 회수에 성공했고 귀환하는 동안 샘플 통 안에서 서서히 소멸해 가는 듯한 물질도 지구에 도착하고 나서부턴 소멸을 멈췄다. 이를 토대로 지구에도 같은 물질이 존재할 수 있다는 가설을 세우고 다시 연구가 진행되었고 우리는 이 물질이 지구의 중심부에 가까울수록 많아지며 중심부엔 굉장히 많은 양이 존재한다는 것을 알아냈다. 물질이라 부르기도 애매한 이것은 평행세계에 존재하는 것마냥 다른 물질들과 겹쳐져 있었고 특수 파동과 반응한 후에야 연노랑 빛으로 아른거리며 물리적인 영향을 받았다. 아직 연구해야 할 것이 많겠지만 확실한 것은 이것을 에너지원으로 사용할 수만 있다면 인류는 지구를 떠날 수 있다. 암흑물질 대신 반응한 연노랑빛 영롱한 물질. 모든 발전 시설을 대체할 물질. 우리는 그것을 영원이라 부르기로 했다······.

'여기부터 일기의 뒷장이 뜯어져 나갔어.'

잿빛과 푸름

첫 번째는 말을 하다 마는 것이고 두 번째는 마감

3학년 문홍재

"옛날 옛날 아주 먼 옛날, 사람들은 푸른 바다에 들어가서 눈구멍 귓구멍으로 바닷물을 들이마시며 놀았습니다."

회색 흙먼지를 일으키며 저무는 노을을 등지고 달리는 트럭의 짐칸에서 흘러나오는 말이었다. 앞좌석에서 운전을 하는 붉은 머리 여자는 한쪽 눈을 찌푸리고 어이없다는 듯이 대꾸했다.

"바다에 맨몸으로 들어갈 수 있었다고? 난 차라리 지구가 평평하다는 걸 믿겠어. 종이엔 옛 지구에 관한 이야기뿐이야? 신카이나 토란에 관한 것들은 없어? 없으면 금화 한 닢 덜 받을 걸 그랬네. 난 물건 값은 정확히 매기거든."

여자가 창문 밖으로 손을 내밀어 내보인 금화가 노을빛에 붉게 반짝였다.

"금화 하나짜리 사탕 부탁해."

운전사 쪽을 등져 앉아서 돌아보지도 않은 채 대답한 남자는 종이를 세로로 읽어보기도 하고 노을빛에 비춰보기도 하고 발광물질을 발라보기도 하고 마지막으론 불에 그슬려 보기도 했다. 그러나 아무 일도 일어나지 않았다.

어느새 입에 사탕을 문 여자가 말을 이었다.

"사탕이라면 당신을 태워주기 위해 빼놓고 온 '난민들에게 지구에서의 마지막 시장이라며 신나게 팔아치울 생각으로 창고에서 꺼냈던 내 악성재고' 안에 있어. 언제 다 팔지 그거. 어쨌든 지금은 내 주머니에서 나와 내 입으로 들어간 체리 맛 막대사탕이 전부야. 이거라도 먹을래 군인 아저씨? 금화 한 닢 값어치는 할 텐데."

"분명 트럭을 타는 조건으로 값을 치른 물건들이 왜 다시 처리대상이 됐는지는 모르겠지만 종이엔 옛 지구에 관한 이야기들뿐이야. 단서가 될 만한 게 안 보여. 그리고 누가 아저씨? 귀가 어떻게 된 겁니까 사기꾼?"

"아, 아저씨 아니었어? 망토 눌러쓰고 있는데 내가 네 나이를 어떻게 알아. 어쨌든 신카이가 완성되고 나선 군대부터 와해됐으니까 젊은 사람이 군인일 리 없다 생각했지. 고위간부들과 그 부하들이 싹 사라졌는데 그게 땅으로 꺼진 거겠어?"

현직 군인의 대답을 기다리는 듯한 여자의 정적에 남자는 깍지를 낀 손을 베개 삼아 드러누우며 말했다.

"글쎄."

"죽었나."

담담하고 차가울 듯이 차분한 그의 어조에 여자는 이어 하려던 말을 멈춘 것 같아 보였다.

밤이 피어난 동쪽에서 불어와 노을이 남아 있는 서쪽으로 불어가는 따뜻하면서도 선선한 바람이 한숨 섞인 짧은 대답의 공백을 채워줬다.

남자의 중얼거림을 들은 여자는 잠시 무언가를 생각하듯 창밖으로 내민 팔에 머릴 기댄 뒤 손가락으로 차문을 투둑투둑 거리며 두드렸다. 많은 생각을 담은 손짓은 지평선 너머로 노을이 사라질 때까지 멈추지 않았다. 딱히 반응이 없던 남자는 어느샌가 잠들어 있었다. 여자의 손짓은 곧 멈추었지만 자세는 좀처럼 바뀌질 않았다.

시간이 지나 밤이 찾아왔을 무렵 여자는 작은 미소를 지으며 말했다.

"마감이야."

에필로그

네, 올해도 어김없이 어두운 할로윈이 밝았네요.

하지만 걱정 마세요. 할로윈 사신의 낫보다 서슬 퍼런 마감기일이 있는 한 올해도 사신이 찾아오는 일은 없을 거예요.

우연히 주운 검은 노트에 누군가의 이름을 쓸 일도 없을 거고요.

아무튼 책에 나오는 두 이야기는 같은 세계관이 맞습니다.

'신카이'라든지 '토란'이라든지 앞으로 전개될 이야기들에 맞는 이름을 넣느라 생각 좀 했어요. 물론 둘 다 원래 있는 말들이지만 초반 배경이 지구 최후의 도시인 만큼, 이름이 특정 국가의 것이라는 느낌이 나지 않게 고르고 골랐답니다.

아, 시간이 다 되었네요. 우리 다음엔 제대로 된 이야기로 만나자구요. 그리고 마지막에 마감이라고 말한 사람은 저입니다.

붉은 머리 여자가 말을 이으려던 찰나 정시퇴근 해버렸거든요.

자나 깨나 시간 조심. 꺼진 시간 다시 보자.

기후 위기

핌불베트르

1학년 이승민

내가 20살이었던 해의 유난히 쌀쌀했던 가을날의 일이었다. 이른 새벽, 나는 침대에서 홀연히 일어났다. 나의 아랍인 친구인 S와의 약속이 있었기 때문이었다. 얼굴을 간단히 물로 씻어내고, 어젯밤 미리 준비해 둔 옷을 입은 뒤 급히 집에서 빠져나왔다.

약속 시간을 약 5분 정도 남겨두었을 때, 나는 S의 거대한 집 앞에 도달해 있었다. 미리 알아둔 비밀번호를 문에 달린 잠금장치에 입력하자 커다란 문이 열렸다. 굉장히 밝게 유지되고 있는 현관으로 들어가자 마중을 나와 있었던 것인지 S의 모습이 보였다.

"여어, 오랜만이네. 어서 들어오게나."

어느 대학에서 교수를 하고 있는 S는 아랍인 치고는 이상할 정도로 유창한 억양으로, 그가 즐겨 사용하는 말투를 쓰며 말했다. 그 말대로 오랜만에 만나는 그의 목소리를 들으면서, 나는 묘한 편안함을 느꼈다.

"응. 오랜만이야. 오늘은 어쩐 일로 부른 거야?"

"흥미로운 걸 만들어 냈지. 자네에게도 보여 주면 분명히 좋은 의견을 얻을 수 있을 거라고 생각했다네."

그의 발명품이라, 사실, 여태까지 그가 만든 물건들은 어떻게 봐도 '흥미롭다'라고는 느껴지지 않을 정도의 물건들뿐이었다.

"흥미로운 물건이라, 네가 그렇게 말하는 물건이라면 분명 유용한 물건이긴 하겠지만, 딱히 흥미롭다고는 할 수 없을 것 같은데."

"실례로군. 내 안목을 무시하는 겐가?"

그는 정말 불쾌하다는 듯한 표정을 지었다. 그는 이내 자신의 발명품을 찬양하며 나의 발언을 전력으로 부정하기 시작했다. 분노로 인해 지리멸렬해진 설명은 차마 해석할 수 없는 수준이었다. 하지만 그가 창조한 '이산화탄소 분해기'의 원리로 추정되는 머리 아픈 설명을 듣고 있자니, 상당히 머리가 아파졌다. 나는 빠르게 내 발언을 취소하고 용서를 구했다.

"…… 흠, 그래. 이번 한 번만 용서해 주도록 하지."

과하게 격양된 반응을 보였던 것이 부끄러웠는지, 그도 의외로 순순히 물러났다. 나는 혹시 이 뒤에 '대신'으로 시작하는 터무니없는 요구가 뒤따를지도 모른다고 생각하여 즉시 화제를 돌렸다.

"그건 그렇고 그 흥미로운 물건이란 건 뭐야?"

"아아, 따라오게나."

그를 따라 응접실로 이동했다. 내가 사는 작은 집과는 비교하는 것부터 실례일 정도로 호화롭고 이국적인 내부 장식들을 보고 있자니 마치 내가 귀족이 된 듯한 기분이 들었다. 그의 취향이 십분 반영된 아랍식 찻주전자와 디저트 역할인 대추야자 몇 개가 탁자 위에 올려져 있고, 아랍어로 된 서예 작품이 벽 한편에 걸려 있었다.

"자, 일단 이쪽에 앉게. 커피라도 한 잔 마시며 이야기하도록 하지."

나는 그의 말을 따라 의자에 앉았다. 그는 주전자를 들어, 내 잔에 커피를 담기 시작했다. S가 우려 주는 커피는 언제나 카다멈이 들어가는 아랍식이었다. 커피 입자를 걸러내지 않는 아랍 커피를 주면서 입 안을 씻어낼 물을 준비하지 않고, 또 커피를 다 마실 때까지 그것을 눈치채지 못하는 점은 S의 흠 중 하나였지만, 커피의 맛 자체는 아주 훌륭했기 때문에 여태까지 그런 사소한 불만을 S에게 토로하는 사람은 없었다. 사실 S의 이런 흠은 남에게 그것을 지적받아본 적이 없었기 때문이 아닐까? 커피를 한 모금 입에 머금어 향을 즐긴 뒤 목으로 넘겼다. S는 커피에 설탕을 쏟아붓다시피 하고 있었다. 아랍인들은 아랍 커피에 설탕을 잘 넣지 않는다고 들었는데, S는 예외인가 보다.

"좋아. 이제 진짜 설명을 들어보자고."

"아아, 그래. 설명하도록 하지, 본론에 들어가기에 앞서, 자네는 다중우주 이론을 알고 있나?"

S는 커피의 당도를 맞추는 데 집중하면서도 내 질문에 답했다. 다중우주

라, 지금 들어도 익숙해지지 않는 단어다. 나는 문과였기에 이론적인 것은 몰랐지만, 아마도 우리가 사는 이 세계 이외의 다른 세계가 있다는 이론이었을 것이다.

"대충은."

"그럼 이야기가 빠르지. 단도직입적으로 말하겠네. 이건 '별세계(別世界) 관측기'라네."

"별세계 관측기?"

'별세계라, 표준어를 너무 의식한 이름이 아닐까?' 하는 시답잖은 생각이 한순간 떠올랐다. 사람이 너무 놀라면 오히려 태연해진다고 하던가? 무슨 원리인지는 몰라도 그 말은 확실히 옳다고 생각한다.

"엄청난 게 맞았구나. 그럼 오늘 나를 부른 건 함께 '별세계'를 보기 위해서였어?"

"이해가 빠르니 좋군. 자, 시범 운행은 이미 완료했다네. 자네는 그저 앉아서 구경이나 하게나."

S는 원래 이런 녀석이었다. 자신이 무엇을 발명했던 간에 나를 불러서 보여 주곤 했다. 그러나 이번에는 여태까지와는 다르게 정말 굉장한, 현대 과학의 신지평을 열 만한 문물을 만들어 내게 보여 준 것이었다. 만약 이번에도 재미없는 물건을 만들어 보여 주려고 했던 것이라면 정말 머리를 한 대 쥐어박아 주고 싶었을지도 모르지만, 이번 일을 계기로 나는 그에 대한 인식이 긍정적인 방향으로 조금 전환되는 것을 느꼈다.

"그런 거라면 얼마든지. 기대되네."

"조금만 기다리게나. 지금 작동시키겠네."

그렇게 말하며 S는 방 한편에 설치되어 있던 기계에 덮인 베일을 벗기고 옆에 달린 태엽을 돌리기 시작했다.

"어라? 이상하군. 기름칠은 분명히 끝냈을 텐데……."

"뭐가 안 돼?"

"아니, 이상하게 태엽이 뻑뻑하군."

그렇게 말하며 그는 태엽을 돌리는 손에 힘을 집중시키기 시작했다. 그러나 분명 방에 틀어박혀 발명에 힘을 기울이는 공학자가 가지고 있다고는 믿기지 않을 수준의 근육이 붙은 S가 전력을 기울여 그 얼굴이 벌겋게 될 지경이 되어서도 태엽은 전혀 돌아가지 않았다.

"기다려 봐, 내가 해 볼게."

그가 몇 발짝 물러난 뒤, 나는 태엽에 손을 대고 힘껏 돌렸다. 그런데 이상하게도 어디 가서 힘으로는 절대 꿇리지 않는 내가 전력을 다해 돌리고 있었음에도 불구하고 태엽은 아까와 마찬가지로 조금도 돌아가지 않고 있었다.

"기름칠 제대로 한 거 맞아? 너무 빡빡한데……."

"잠깐, 같이 돌려보도록 하지."

작전은 이러했다. 그가 위에서 태엽을 누르고, 나는 아래에서 태엽을 위로 미는 것이다. 두 사람의 힘이라면 충분히 돌아가겠지, 하는 안일한 생각으로 태엽을 돌리기 시작한 순간, '팅', 하는 작은 쇳조각이 쇠와 부딪히는 소리가 났다.

"음?"

태엽이 계속 돌아가면서 그 소리는 반복해서, 그리고 점점 더 빠르게 들려오기 시작했다.

"이런, 큰일이군, 빨리 피하게!"

S가 내게 다급히 달려들며 그렇게 외친 순간, 기계는 폭발하고 말았다.

여기서 잠깐. 이 글을 읽고 있는 당신은 사후세계의 존재를 믿는가? 저마다의 답이 있을 테지만, 나는 그 존재를 확실히 믿는다. 나는 폭발 직후에 널찍한 삼도천의 너머에서 어서 오라고 손짓하시던 조부의 모습을 보았다. 물론 S의 발 빠른 조치로 다시 이승으로 끌려 들어왔지만. S 그 녀석, 자기 혼자만 일종의 방호복을 입고 있었던 모양이다.

"이보게, 정신 차리게!"

그가 무슨 조치를 한 건지는 잘 모르겠지만, 눈앞에서 삼도천의 풍경이 사라지고, 이윽고 몸을 다시 가눌 수 있게 되었다. 그것을 눈치챈 후 눈을 뜨자, 이상하리만치 침착한 S의 얼굴이 눈에 들어왔다. 어딘가 다급함이 묻어나는 그의 목소리를 듣고 '나를 걱정해 준 건가?' 싶었는데, 아마도 나를 빨리 깨우기 위한 연기였던 모양이었다. 정말이지, 박정한 녀석이 아닐 수 없다.

"으…… 뭐가 어떻게 된 거야……."

"일어났으면 어서 창밖을 보게나, 아무래도 엄청난 일이 벌어진 모양이 니."

머리가 살짝 울리긴 하지만 이상하리만치 쌩쌩한 몸을 이끌고 그의 말에 따라 창문에로 시선을 옮겼다. 그랬더니, 새하얗게 눈으로 뒤덮인 굉장히 이질적인 광경이 내 시야에 들어온 것이었다. 이번에는 '우와 이쁘다!' 하는 생각이 먼저 들었다. 방금처럼 굉장히, 사실 그 이상으로 놀란 것이었다.

"뭐야, 저거 눈?"

"문제는 그것뿐만이 아닐세. 저기, 저 표지판이 보이는가?"

그 이야기를 듣고 보니 확실히 그리 멀지 않은 곳에 표지판이 하나 있었 다. 표지판에 적힌 것은 틀림없는 한국어였다.

"한글……? 아니, 뭐가 어떻게 된 거야?"

"나도 잘 모르겠네."

깨진 잔과 쏟아진 커피를 보며 아쉽다는 듯한 표정을 지으면서 그는 말했 다.

"무슨 일이 벌어진 건지 알아보고 올 테니, 잠시 기다리고 있게."

그렇게 말하며 S는 응접실을 나갔다. 나 또한 슬슬 올라오기 시작하는 공 포감을 억누르면서, 내 나름대로 이게 어떻게 된 상황인가를 파악해 보려 노력했다.

가장 처음 생각했던 건 운석 충돌이었다. 중생대 끝에 있었던 대멸종처 럼, 커다란 운석이 지구 어딘가에 떨어져 빙하기가 와 버린 게 아닌가? 하 는 의심이었지만, 애초에 운석이 떨어질 징조가 보였다면 S가 저지했을 것 이므로 이 생각은 금방 접었다. 그다음으로 세운 가설은 'S의 기계가 무슨 문제를 일으킨 게 아닐까?'였다. 지금 다시 생각해 보자면 무조건 '그 기계 가 문제구나!' 하고 S가 어떻게든 해결해 낼 수 있으리라고 생각하며 걱정을 한시름 덜었겠지만, 유감스럽게도 나는 이때 크게 당황해 판단 능력이 상 실된 것이나 마찬가지였기 때문에 이 가설을 생각해 낸 이후에도 한동안 정말 말도 안 되는 가설들이나 짜 내려가면서 시간을 보냈다.

　시간이 한 시간 정도 흘러, S가 응접실로 돌아왔을 때까지 나는 여러 가설, 아니, 더 이상 가설이라고도 불러줄 수 없는 가장 절망적이면서도 현실성 없는 소설들을 머릿속에 몇 편이고 써 내려가고 있었다.

　"이런, 미쳐버리고 만 겐가?"

　S의 목소리를 듣고서야 나는 어느 정도 안정을 되찾을 수 있었다. 그의 적당히 낮은 미성은 이런 상황에서도 빛을 발하는 것이었다.

　"아니, 간당간당하긴 했던 것 같지만, 아니야."

　간신히 마음을 가라앉힌 후, 내가 생각한 '소설'들을 보고 있자니 수치심과 황당함이 몰려왔다. 따라서 나는 S의 발언을 완전히 부정할 수 없었다.

　"그런가? 그렇다면 다행이군."

　그는 살짝 웃었다. 그가 이렇게 여유로운 것을 보고 있자니, 그가 우리가 직면한 문제를 쉽게 해결할 수 있을 것이라는 생각이 점점 강해졌다.

　"그리고 안심하게. 대충 상황은 파악했으니 말이네."

　그리고 그 생각은 멋지게 맞아떨어졌다.

　"그래? 아, 물론 그럴 거라고 생각했어. 그래서, 어떻게 된 거야?"

　나는 다급히 S에게 질문했다. 그런 나와는 대조적으로 S는 침착한 태도를 유지하며 상황을 설명해 주기 시작했다. 해수의 표층 순환이 어쨌느니 태양 에너지의 분배가 어쨌느니 하며 장황한 이야기를 쏟아냈지만, 이야기의 내용은 당시의 내게 중요한 것이 아니었다. S가 이 상황을 확실히 파악해 내었다는 사실이 내 마음을 가득 채우고 있었기 때문에 사실 그의 말을 잘 듣지도 못했다.

　한바탕 설명이 끝나고, S는 마지막으로 '결론적으로 이 사태의 근본적 책임은 자신이 제작한 기계의 결함에 그 원인이 있는 것으로 추정되며, 이에 대해 사의를 표한다.'라는, S 특유의 것이 아닌 어딘가 논문의 느낌이 드는 말투의 한 마디를 덧붙이면서 이야기를 끝냈다. 이야기가 끝나자, 나의 마음은 다시 안정을 되찾았다. 물론 기나긴 노력의 끝에 그의 말을 이해할 수 있게 된 것은 전혀 아니었다. 그는 말을 끝맺은 뒤에 원래 세계로 돌아가기 위하여 곧장 기계를 개조하러 갔다.

그가 왠지 모르게 심각한 표정을 띠고 있었던 것이 지금은 생각나지만, 당시의 내 정신은 상당히 피폐해진 상태였기 때문에 그런 것 따위는 대수롭지 않게 넘기고 있었다. 완전히 회복한 나는 쏟아졌던 커피가 증발해 향긋한 커피 향으로 가득 찬 방 안에서 원래 있던 세상에서는 좀처럼 볼 수 없는 새하얗게 변한 세상의 경치를 즐겼다. 20분 정도 흐른 뒤에, S가 기계 수리를 마쳤다. 이상하게 기분이 고양되어 있었던 나는 '원인을 파악하는 데는 1시간이나 걸렸으면서, 해결 방안을 만들어 내는 데는 20분밖에 걸리지 않다니!' 하며 한바탕 웃었지만, S는 여전히 심각한 표정을 짓고 있었다. 그때는 나도 S의 표정을 눈치챘다. 그가 심각한 표정을 짓는다는 것은 전에 없었던 일이었기 때문에, 나는 다시 불안해지려는 마음을 억누르면서 S에게 질문을 던지려고 했다. 그러나 S는 내가 질문을 던지려던 순간 기계를 작동시켰고, 우리는 원래 세계로 돌아올 수 있었다.

원래 세계로 돌아온 뒤, 나는 완전히 정상이 되었다. 아니, 오히려 흔치 못한 경험을 했다는 걸로 더 고양되어 있었던 걸지도 모르겠다.

"뭐, 일이 좀 있긴 했지만, 덕분에 좋은 구경했다."

"……그래, 그렇다니 다행이군."

S의 표정은 어느 정도 누그러져 있었다. 그러나 그 표정과는 무관하게, S는 굉장히 지친 듯한 목소리로 내게 그만 돌아가 달라고 하였다. 당시의 나 또한 굉장히 지쳐 있었기 때문에 나도 작별을 고한 뒤 그대로 내 집으로 돌아갔다.

며칠, 아마 6일쯤 뒤에, S는 목숨을 끊었다.

혹시나 이것이 소설이라고 생각하는 이들이 있다면, 유감스럽게도 완전히 틀렸다. 이 일은 내가 실제로 겪은 일인 동시에 가장 끔찍하다고 여기는 일이다.

지금 그 일에 대해 생각할 때 가장 처음 떠오르는 것은 S의 표정에 관해 물어보지 못했던 것에 대한 후회이다. 이제는 그 표정의 뒷면에 숨겨진 것을 아는 것도, 그에게 그것을 물어보는 것 또한 불가능하게 되었기 때문이다. 내가 할 수 있는 것은 다만 당 사건 이후 내가 겪은 일들을 기반으로 하여 S의 진의를 짐작하는 것뿐이었다. 이제 내가 최종적으로 짐작해 낸 가정을 이 글에 싣기 전에, S가 죽은 시점에서부터 내가 이 글을 쓰는 시점까지에 이르는 시간 동안에 있었던 일들을 간단히 설명하고자 한다.

S가 죽었다는 소식을 듣고, 나는 크나큰 충격에 빠졌다. 일련의 사건들은 제쳐두고, S는 나의 가장 오랜 친구 중 한 명이었기 때문이다. S의 소식을 들은 나는 즉시 그에게로 찾아갔다. 그는 소나무 목관 속에 누워 있었다. S의 죽음을 애도하기 위해 모인 모든 사람들은 함께 슬퍼하며 S를 배웅했다.

다음 해 여름, 이변이 일어났다. 평균 기온이 뚜렷한 상승세를 보이고 있었던 것이다. 당시에는 대수롭지 않게 넘어갔으나, 다음 해에도, 그 다음 해에도 같은 현상이 이어지자, 몇몇 과학자들이 이에 대한 연구에 착수하기 시작했다. 이후 우리가 사용하고 있던 몇몇 물질들이 이러한 이변의 원인임이 밝혀졌으나, 그에 대한 개선은 미비했다.

그리고 그로부터 70년 정도가 지났다. 나는 이제 죽음이 가까운 늙은이가 되었다. 계속해서 이어진 기후 파괴 물질들의 배출은 우리 인류 문명의 종언을 불러왔다. 저 하늘 위에 있던, 신의 보호막이나 다름없던 오존층에는 구멍이 뚫려 많은 이들이 죽고 말았고, 극지방의 빙하는 녹아내려 육지를 물속으로 가라앉혔다. 세계 각국은 땅과 식량, 안전을 위해 끝없는 전쟁에 돌입했고, 마침내 뉴욕에서 버섯구름이 피어오르며 S의 고향인 아라비아를, 아프리카를, 아시아를, 아메리카를, 유럽을, 인류는 스스로 일궈냈던 모든 문명을 스스로의 손으로 파괴했다.

이런 상황 속에서, 나는 운이 좋았다. S가 마지막으로 내게 준 도움 덕분이었다. 내가 살던 땅이 물에 잠기기 시작하면서, 나와 내 가족들은 고향을 떠나 피난하기 시작하였다. 먼 길을 걷고 걷다 우연히 S가 살던 곳에 도달한 나는 S의 집이 그대로 남아 있음을 알게 되었다. S의 집에 간 것이 몇 십년 만이었을지 감도 오지 않았다. 나는 비밀번호를 문에 달린 잠금장치에 입력했다. 잠금장치는 아직 작동하고 있었다.

S는 이전부터 자기 집은 대부분의 재앙으로부터 벗어날 수 있는, 웬만한 수준의 방공호보다 몇 배는 뛰어난 방호 수준을 가지고 있다고 뽐내 왔다. S는 단 한 번도 거짓말을 한 적이 없었기 때문에, 나와 가족들은 이 집에 정착하기로 하였다. 그리고 S는 이번에도 나를 배신하지 않았다. S의 집, 아니, 우리의 방공호는 물 아래로 잠겨 들어갔고, 바깥세상에서 지옥도가 펼쳐지는 동안 우리 가족은 살아남을 수 있었다. 식량 문제는 S가 개발했던 일산화이수소 생성기와 세포 배양기, 탄수화물 합성기를 이용해 해결했다. 만약 S의 기계가 상용화되었다면 이런 끔찍한 사태가 조금이라도 해결되지 않았을까? 하는 생각이 들었지만, S를 원망할 수는 없었다.

그리고 현재. 나를 제외한 나의 모든 가족은 죽어 사라졌다. 식량을 책임져주던 기계들과 주거를 책임져주던 방공호의 수명도 거의 다해 간다. 나는 지금부터 이 글을 이전에 봉인해 두었던 별세계 관측기…… 아니, '별세계 이동기'로 다른 세상으로 보낼 것이다. 여기서 S의 표정에 대한 나의 견해를 풀어내자면, S는 그 별세계의 풍경이 곧 우리 세상의 모습이 될 것임을 예견했던 것이 아닐까 하는 생각이 들었다. 하지만 S는 왜 이런 훌륭한 기계들을 만들어 냈음에도 불구하고 죽음의 길을 택했던 것일까? 이것은 정말로 영영 알 수 없을 것이다.

각설하고, 나의 지리멸렬한 글을 끝까지 읽어 준 데에 대해 감사를 표하면서, 그리고 나의 친구 S, 술레이만 이븐 사미르에게 감사를 표하면서 이만 글을 마치도록 하겠다.

2XXX년 X월 X일
박준규

글을 마친 나는 천천히 일어났다. 그리고는 글을 별세계 이동기로 가지고 가 태엽을 돌렸다. 글이 점점 사라져 가자, 흡족한 마음이 들었다.

방공호의 한쪽 벽이 무너졌다. 바깥에 있던 물은 완전히 얼어붙어 있었다. 새하얀 얼음을 바라보면서 나는 방 한편에 웅크렸다.

에필로그

여러분들은 '에코 아포칼립스'라는 단어를 알고 계십니까? 에코 아포칼립스란 기후 위기로 인하여 멸망한 세계를 다루는 종말물의 한 장르입니다. 제가 이번에 쓴 소설은 좀 특이하긴 하지만, 일단 에코 아포칼립스 소설로 받아들여 주신다면 감사하겠습니다.

먼저 왜 소설의 분위기가 중간에 갑작스레 반전되는가에 대해 말씀드리면, 여러분들께 기후 위기에 대하여 경고해 드리고 싶었기 때문입니다. 실제로 현재 우리 사회는 기후 위기로 인해 골머리를 앓고 있습니다. 이러한 문제가 해결되지 않고 남아 있는 이유는 결국 우리 스스로가 기후 문제에 대하여 관심을 많이 기울이지 않고 있기 때문이라고 생각합니다.

따라서 이 짧은 글을 이용하여 여러분들로 하여금 기후 위기에 대하여 더 관심을 가지게 하기 위해서는 갑작스러운 반전과 함께 어두운 분위기로 끌고 가는 것이 가장 좋겠다고 생각했습니다. 흥미 면에서도 그 편이 낫다고 생각했고요.

또한 이 글은 많은 상징적 요소들을 포함하고 있습니다. 제목인 '핌불베트르'는 북유럽 신화에서 말하는 종말의 전조가 되는 겨울을 이르는 말이고, 글이 초반에는 소설과 유사한 형식을 띄다가 점점 다급한 호소로 변해가는 것은 주인공 '준규'가 처한 상황이 그만큼 급박해지고 있다는 것을 의미합니다. 또 다른 주인공 'S'가 스스로 죽음에 이른 것은 기후 위기로 인해 일어날 인간의 자멸을 상징하고요. 이밖에도 많은 상징들이 이 소설 속에 숨어 있으니, 의미부여를 하시면서 보는 것도 재미있을 거라 생각됩니다.

마지막으로 저에게 이름을 협찬해 준 제 친구 준규에게 감사의 말을 보내면서, 이만 글을 마치도록 하겠습니다.

'준규야, 나중에 아랍 커피라도 한 잔 사줄게.'

능변한 대한민국

에스키모

1학년 박대운

"아, 네네. 그렇게 처리해 주시면 감사하겠습니다. 아, 제가 더 감사하죠."

기분 좋게 일을 마친 나는 주머니에서 핸드폰을 꺼내 시간을 확인했다.

'아직 8시? 예상보다 거래가 빨리 끝났구만.'

나는 이 시대의 사업가이다.

남들이 부러워할 정도로 돈을 벌진 않지만 혼자 먹고살기에는 충분한 돈벌이이다.

최근에 일들이 잘 풀려 기분이 좋다.

'뭘 하면서 시간을 보내야 잘 보냈다고 소문이 나려나……'

마침 저녁을 대충 때워서 배가 고팠던 나는 간만에 거래처 근처에 사는 친동생 성호와 밥이나 먹기로 했다.

"……. 어 성호야! 지금 집이냐?"

"어 형! 되게 오랜만이네."

성호와 나는 4살 차이 나는 형제이다.

어릴 때부터 아버지의 엄격한 가르침에 따라 돈독히 지냈으며 지금도 잘 지내는 사이이다.

"지금 혹시 시간 되나? 지금 형이 지금 니 집 근천데 술이나 한잔하자 내가 사줄게."

"아, 잠깐만. 와이프한테 한 번 물어볼게."

"…… 그래? 알았다."

1분쯤 지나니 스피커가 다시 울리기 시작했다.

"어어 허락 맡았다. 어디로 갈까?"

"아까 봤는데 골목쪽에 포차 집 있더라, 어떤데?"

"그 집 맛있다."

"그럼 글로 온나. 형이 미리 주문해놓고 있을게."

"알았어, 여기서 거까지 가려면 …… 한 20분 걸릴 거 같다."

"그래. 천천히 와 천천히."

"알았어."

툭……

골목 포차에 들어간 뒤 9,000원짜리 육전이랑 6,000원짜리 두부김치를 시키고 동생을 기다리는 동안 유튜브로 영상을 보며 시간을 죽였다.

얼마 안 가 동생이 약간 간만에 만나 어색한 듯 반갑게 내게 인사를 건넸다.

"형, 되게 오랜만이다. 잘 지냈어?"

"어어, 그래. 일단 자리에 앉아라."

간만에 만났을지라도 형제간의 정은 떼어낼 수 없었다.

음식을 기다리는 동안에도, 음식을 먹으면서도 나와 동생은 어릴 적 이야기를 꺼냈다.

고등학교 때 중학생인 동생이 라면을 끓이다 엎질러서 막 때리면서 혼낸 이야기, 동생을 괴롭히는 애를 혼내 줬던 이야기, 중학생 때는 초등학생인 동생의 여름 방학 학교 숙제를 툴툴대며 도와줬던 이야기, 이야기는 꼬리에 꼬리를 물며 나와 성호가 둘 다 초등학생일 때로 흘러갔다.

"아, 형 그때 기억나나? 여름 방학 때는 무조건 시골로 갔잖아!"

"그렇지. 여름 방학 때 시골 가는 건 연례행사였지. 맨날 방학 첫날에는 생활계획표대로 하다가 결국엔 방학 2~3일 전에 숙제 다 하고."

"골목마다 애들끼리 불러서 발야구, 오징어 게임, 술래잡기, 아, 맞다. 여자애들은 고무줄놀이, 공기놀이도 했었다."

"그래."

"형 그때 달력 찢어서 왕딱지 만들다가 엄마한테 등짝 맞았잖아."

"하하하…… 그때가 그립네. 정말."

나는 그때의 기억이 새록새록 떠올랐다.

왜 난 이렇게 커버렸을까?

세상은 왜 이리도 빨리 변해 버렸을까?

강산이 3번 바뀌는 시간이라고는 하지만 세상은 너무 급변한 거 같기도 하다.

"저, 손님들……. 이제 폐점 시간이라서요."

마침 포장마차의 폐점 시간이 됐고 나와 동생은 아쉬운 마음을 감출 수 없었다.

"형 2차라도 가자."

"2차? 어디로 갈 건데 이제 마땅한 곳도 없지 싶은데?"

"그러면 내 집이라도 가자."

"와이프는?"

"괜찮아. 형이랑 한잔하겠다는데 무슨 상관이야. 오늘만큼은 와이프도 봐줄 거야."

싱글 생글 웃는 성호의 코 주변엔 에스키모마냥 코가 빨개졌다.

'새끼 많이 취했네.'

나는 혼자 생각했다.

"아, 그렇나. 그럼 누구 차를 타고 가지?"

"형 차에 대리 불러서 가면 되지 뭐. 내가 집이 더 가까우니까 내 차는 내일 내가 가져가면 되는 거고."

그렇게 나는 스마트폰 앱으로 대리기사를 불렀고 나는 조수석, 준호는 뒷좌석에 앉아 출발했다.

"아, 니 집에 가는 건 처음이제?"

"그렇네, 최근에 이사했으니."

"그래 뭐, 집들이 겸 가는 거지."

간만에 만난 형제라 그런지 20분 동안 단 한 번의 공백도 없이 이야기꽃을 펴냈다.

그러다 보니 아파트 단지 입구가 보이기 시작했다.

"새끼……. 잘 사는 줄은 알았는데 진짜 살아 있네."

이름만 대도 누구나 알 법한 아파트 이름이 적힌 아파트들이 보였다.

"아, 그렇나. 열심히 산 보람이 있구만! 기사님 여기쯤에 내려주세요 운전을 잘 하셔갖고 요건 서비습니다."

성호는 기분 좋은 듯 피식피식 웃으며 대리기사에게 빳빳한 5만 원권을 쥐어 주고 성호는 나를 본인의 집으로 인도했다.

"삑 삑 삑 삑"

문이 열리고 청소를 막 끝낸 듯 잘 정돈된 신발장이 보이기 시작했다.

"어머. 오랜만이에요 아주버님."

성호의 아내 선영이 예상했지만 그럼에도 약간 당황한 듯 내게 인사를 했다.

"아, 간만입니다 제수씨. 간만에 동생 놈하고 한잔했습니다. 전 괜찮다고 하는데 성호가 기어코 집으로 데려오네요. 하하하."

"아까 미리 선영이한테 전화해놨어, 형. 선영아, 그 안줏거리는 주문해놨나?"

"아까 족발 배달 받아놨어요."

선영은 떨떠름하게 부엌에서 족발이 들어 있는 비닐봉지를 들고 왔다.

"그래, 거실에서 먹을 테니까 세팅 좀 해줘."

"아, 맞다. 형 이 집 처음 오는구나. 나 손 씻고 올 동안 집 좀 둘러보고 있어라."

"알았다."

여기저기 방 구경을 하는 준호는 "노크하고 들어오세요."라는 팻말이 달린 문짝을 봤다.

"…… 여기가 그 니 아들 하준이 방이가?"

"어어, 요놈 새끼 아빠랑 삼촌이 왔는데 아까 인사도 안 하고. 야, 김하준! 문 열어라!"

취기가 가득해 보이는 성호가 성을 내며 문을 두드렸다.

"……."

방안은 고요했다.

타닥타닥 키보드 소리와 조금의 혼잣말 소리만 조금 들릴 뿐 그 외에는 아무런 소리도 나지 않았다.

"하준아~ 삼촌이다 문 좀 열어주세요~"

"······."

나는 그래도 오랜만에 만난 조카이기에 반가운 마음으로 방문을 열었다.

"하준아 삼촌 좀 들어갈게~ 얼마나 컸는지 함 보자."

"······."

문이 열리고 방 내부가 보이기 시작했다.

정돈되지 않은 이불 던져놓은 청바지, 후드티, 그것보다도 시선을 압도하는 건 헤드셋을 끼고 게임에 온 신경을 쏟아붓는 하준이었다.

하준은 방이 열린 것도 모른 채 혼잣말을 해대며 게임을 하고 있었다.

"야, 김하준!"

성호가 윽박지르기 시작했다.

"니는 삼촌이 오셨는데 인사하기는커녕 쳐다보지도 않나? 밖에 말이 그렇게 안 들리나?"

"안 들렸어요."

시큰둥한 준호가 보였다.

"안 들리는 척하는 거 아니고?!"

"아, 안 들렸다구요. 삼촌, 안녕하세요."

준호는 의자에 앉은 채로 고개를 까딱거리고는 다시 게임에 집중한다.

그래도 오랜만에 만나는 조카이기에 왠지 모를 애정감이 들었던 나는 하준과 좀 더 대화를 해보고 싶었다.

"하준아, 삼촌 기억하제? 저번에도 한 번 만났는데."

"아, 그런가요?"

하준의 무심한 태도에 나는 약간 당황했다.

"그래 뭐 하준아! 요새 학교생활은 재밌나?"

"지금 여름 방학이라 학교 안 가요."

"아, 그렇나? 여름 방학이구나. 여름 방학이면 친구랑 놀 시간은 많아서 좋겠네. 보통 어디서 노노?"

"잘 못 놀아요, 그러니까 놀 시간이 안 맞아요. 놀 시간이. 시간 남아서 전화할 때면 하나같이 다 학원이래요."

"아, 그래서 이렇게 게임하고 있나?"

"네? 아, 어차피 놀 곳도 딱히 없어서 가끔가다 만나도 PC방밖에 안 가요. 그리고 요새는 그냥 집에서 팀보이스로 게임하면 돼요. 지금도 친구랑 얘기하면서 게임 중이에요. 삼촌 그니까 나가주세요."

"그렇나?"

준호는 고개를 갸웃거리며 거실로 돌아왔다.

"형아가 이해해라. 애가 사춘기인 거 같다."

"사춘기? 애가 몇 살인데?"

"지금이…… 초등학교 5학년"

"야, 임마. 5학년이 무슨 사춘기고 …… 근데 요즘 애들은 원래 다 저러나? 여름 방학인데도 놀 곳이 없다면서 키보드만 두들기고 있는데?"

"우리 때처럼 막 뛰놀 곳이 없는 건 사실이다. 지금 뭐 근처 강에도 못 들어가고 골목에서 노는 애들도 딱히 없잖아."

"뭐 그렇긴 하네. 예전에는 다 골목길이 전부 다닥다닥 붙어 있어서 서로들 아니까 문 앞에 가서 친구 불러서 다들 저녁 먹을 때까지 놀곤 했는데."

"그리고 뭐 시장에도 가고 동네에서 공도 좀 차고 그랬지 뭐."

"스마트폰이 생긴 이후로 그렇게 노는 건가?"

"나도 잘 모르겠다, 근데 요즘 애들은 참 안 된 거 같다. 원래 막 뛰놀고 그래야 하는 긴데."

그러던 중 TV에선 환경보호 캠페인 뉴스가 흘러나오고 있었다.

"뉴스도 가만 보면 이상한 거 같지 않나?"

"왜."

족발을 먹고 있는 성호는 듣는 둥 마는 둥 했다.

"지금 먹고 있는 족발도 봐봐라야 무슨 2인분 시켰는데 쓰레기가 이래 많이 나오는 게 말이 되나? 참내. 예전에도 이런 식으로 펑펑 쓰지는 않았다."

"개별 포장이니 뭐니 이러면서 쓰레기는 늘어가지 혼자 사는 사람들이 이래 많아져선 이런 걸 사는 사람들은 더 늘지 환경이 좋아지려야 좋아질 수가 있나."

"형도 혼자 살잖아."

"……."

"난 그래도 쓰레기를 그래 막 뱉고 살진 않는다."

"이러니까 또 예전이 그리워지네. 우리 아들놈도 볼 때마다 괜히 측은해진다. 저래 키보드만 두들기고 있는 거 보면은 저게 그렇게 재밌나 싶기도 하고 예전에 뛰놀던 나랑 얼굴은 똑같은데 행동은 달라서 또 어색하고."

"자식 키우는 게 힘들지 그래. 형이 아들이 없어가지고 조언은 못해 주겠다."

그렇게 나와 성훈은 이런저런 얘기를 하며 시간을 보냈다.

그런데 나는 성호와 얘기하는 도중에도 아까 성호 아들 하준이의 냉소적인 태도가 자꾸 맘에 머릿속에 떠올랐다.

계속해서 고민하던 나는 결국 하준을 거실로 부르기로 결심했다.

"하준아! 하준아!"

묵묵부답이었다.

보다 못한 선영이 알 수 없는 표정으로 하준을 불러 거실로 데리고 나왔다.

하준의 주둥이는 툭 튀어나와 있었다.

"어, 그래. 하준아, 삼촌이 니를 머라 카는 건 아닌데 아까 니 태도가 쪼매 서운해서 불렀다."

"아, 그래요?"

"그래요가 아니고 임마. 어른이 이래 말하면 사과를 해야지 사과를."

적막한 거실 속에서 하아 하고 한숨이 삐져나왔다.

"방금 니 뭐고 한숨 쉬었나?"

"…… 아뇨. 그냥 숨을 깊게 쉰 건데요."

"뭐? 성호야, 니 아들을 이래 키워가 되겠나."

그 뒤로는 잘 기억이 나지 않았다 이성과 본성이 자꾸 교차하며 하준을 나무랐던 거 같다.

"아니 갑자기 이러시는 이유가 뭔데요. 저번에 만났을 때도 막 잔소리하시고 이번엔 조용히 게임하고 있었는데 갑자기 부르셔서 사과하라니 이게 무슨 경우냐구요."

높은 음정과 달리 하준은 목소리가 약간 흔들리기 시작했다.

"요놈 보게? 니 애비가 그래 가르치드나?!"

"아니, 형 왜 그래 술을 너무 많이 마셨다. 하준아, 방에 들어가 있어."

"아주버님, 왜 그러세요?"

"제수씨도 이건 잘못이 있어. 아를 이래 키우면 안 돼."

"아, 형 이제 됐어. 대리기사 불러줄게 집에 가서 머리 좀 식혀라."

"아, 나 괜찮다니까 애가 좀 인성교육이 안 된 거 같아서 훈육 좀 할라 캤더만."

"아, 형 내가 알아서 할게. 일단 집에 가라."

둘이서 강제로 나를 차에 태운 거 같았다.

둘이 점점 안 보이기 시작했다.

"아를 그래 키우면 안 돼. 그라믄 안 돼."

중얼대던 중 차 백미러가 보였다.

거울을 보니 내 얼굴은 마치 에스키모마냥 얼굴이 빨개져 있었다.

에필로그

안녕하세요? 이번에 성광고등학교에서 주최하는 그린비 책쓰기프로젝트에 참여하게 되어 소설 에스키모를 쓰게 된 박대운입니다. 소설 '에스키모'는 미혼자 준호와 형제인 유부남 성호와의 대화에서 예전 환경과 함께 뛰어놀던 상황을 추억하고 그리워합니다. 또한 주인공 준호는 성호의 아들 하준과 얘기를 하다가 갈등이 생기며 요즘 애들은 이해를 할 수가 없다는 식으로 얘기를 합니다. 저는 이 책에서 바뀌어 버린 과거와 현재의 환경, 세대 간의 갈등, 현재 바뀌어 버린 우리나라의 사회 이 세 가지를 표현하려 노력했습니다. 독자분들이 잘 이해하셨으면 좋겠습니다(ㅎㅎ).

제목의 의미는 작중 준호가 술에 취한 성호를 보고 에스키모마냥 얼굴이 빨개졌다고 했는데, 정작 마지막 장면에서 백미러를 통해 본인도 에스키모마냥 빨개진 얼굴을 보며 소설이 마무리됩니다. 참고로 인물들의 나이는 준호(45세), 성호(41세), 선영(38세), 하준(12세)입니다! 소설은 1인칭 주인공 시점에서 전개가 되었기에 좀 더 확실하게 준호가 만취를 해서 성호의 아들 어린 하준에게 막말을 했다는 인식을 심어주고 싶었습니다.

미래에 게임시나리오 작가라는 직업을 꿈꾸는 저에게 이번 글쓰기 활동은 아주 큰 경험이 되었습니다. 나중에 다시 또 다른 작품으로 찾아뵙겠습니다. 이 글을 쓸 기회를 준 성광고등학교와 성진희 선생님께 감사드립니다.

어부의 한숨

쓰레기 잡는 어부

1학년 민선재

새벽 4시 30분, 오늘도 아빠는 물고기를 잡으러 나가신다. 항상 이 시간에 물고기를 잡으러 가는 아빠, 아빠는 물고기를 잡는 어부다.

"어, 민재야. 깼냐? 시간 많으니까 좀 더 자라. 아빠 간다."

나는 항상 비몽사몽 인사한다. 매일 말끔한 정신으로 잘 다녀오라고 말해 주고 싶은 마음은 굴뚝같지만, 그러기엔 너무 이른 시간인가 보다. 잠시이불 속에서 꼼지락거리다가 이내 학교 갈 준비를 하고 밥을 먹는다.

아빠가 잡아온 물고기로 만든 갈치구이. 내가 어렸을 때 엄마는 일찍 돌아가시고 아빠는 나를 어떻게든 먹여 살리겠다고 물고기처럼 몸부림을 쳤다. 살기 위해 버둥거리는 그물 속 갈치들처럼 필사적으로 몸부림쳐 왔다. 그래서 어렸을 때부터 난 아빠가 갈치를 닮았다고 생각했다. 몸부림치는 아빠는 항상 돈을 버느라 바빴다. 그럼에도 단단하게 버텨온 우리 아빠는 갈치의 반짝거리는 은빛 비늘을 입은 듯 단단해 보였다.

밥을 다 먹으면 학교 가기 전까지 시간이 좀 남는다. 그때 난 등교하는 길에 잠깐 옆으로 빠져 부둣가로 간다. 부둣가에서 아빠가 언제쯤 올지 생각하며 혹시나 일찍 오지 않을까 싶어 바다를 뚫어져라 바라보며 등굣길을 걷는다. 그러면서 한 가게 앞으로 걸어간다.

"어! 민재 왔냐! 찬규 곧 나오니까 잠깐만 기다려라."

'찬규네 갈치'에 도착하면 아주머니가 나를 반갑게 맞이해 주신다. 일 때문에 아빠가 집에 못 들어왔던 그때 5살의 나는 혼자서 밥을 차려 먹지 못했다. 그래서 집이 아닌 밖에서, 바로 이 가게에서 밥을 먹었다. 그리고 그옆에는 찬규가 항상 있었다. 나의 힘든 시절을 함께 공유한 우리는 더욱 돈독한 사이가 되었고, 17살이 된 지금까지 친하게 지내고 있다. 함께 밥을 먹던 추억을 떠올리며 찬규를 기다리고 있으면, 곧 찬규는 나오고 우리는 함께 학교로 향한다.

학교가 끝나고 찬규와 부둣가에서 잠깐 산책을 했다. 학원 가기 싫다고 잠깐 땡땡이 치고 싶단다. 시원한 바다의 바람이 우리의 머리를 잔뜩 헝클어 놓았다.

"너 학원 이렇게 땡땡이쳐도 괜찮나? 학원 쌤이랑 아주머니한테 안 혼나나?"

"아, 괜찮다. 잠깐 혼나면 되지."

대화를 하며 걷고 있는데 우리의 머리를 헝클이는 걸로는 부족했는지, 바람은 더 세차게 불기 시작했다. 그 때문에 우리의 외투가 심하게 흔들렸는데, 그때 툭, 무언가가 떨어졌다. 유심히 보니 담배였다.

"미쳤네? 너 담배 피나?"

나와 눈이 마주친 찬규는 얼마 전부터 담배 피기 시작했다고 횡설수설 말했다. 그러다 그냥 이제 가겠다고 급히 학원으로 향했다.

찬규가 가고 나는 바닷가로 가 잠시 바다 끝을 바라봤다. 최근 들어 쓰레기가 바다에 쓰레기가 많아졌다는 이야기를 들어본 것 같다. 바닷가에는 쓰레기가 꽤나 있었다. 냄새가 났다. 그 청량한 바다 냄새를 비집고 들어오는 쓰레기 냄새. 이내 곧 바다를 바라보는 것을 멈추고 집으로 돌아갔다.

다음 날도 난 부둣가로 나오는 길이었다. 부둣가에는 찬규가 있었다. 찬규는 담배를 피우고 있었는데 내가 오자 피던 담배를 급히 끄고 바닷가로 던져버렸다.

"너 뭐하냐?"

"아, 아침에 엄마랑 싸워서 기분 안 좋아가지고……."

"와…… 근데 진짜 담배 피면 좋냐? 막 못 끊겠어?"

우리는 자질구레한 얘기를 하며 부둣가에서 잠깐 서 있었다. 그러면서 담배 피는 게 괜스레 궁금해져 떠내려가고 있는 담배를 바라보고 있었다.

새하얀 막대와 그 끝이 샛노란 담배를.

"어, 저거 너희 아버지 배 아니냐?"

그런데 아버지의 배가 일찍 들어오고 있었다. 고기가 잘 안 잡히나 걱정되면서도 괜스레 반가워 아빠한테 뛰쳐나갔다. 나는 소리쳤다.

"아빠! 왜 이리 일찍 들어와."

"어, 민재야. 학교 가나."

"응. 학교 가는데 왜 이리 일찍 돌아오냐고."

"별거 아니다. 빨리 학교나 가라."

학교나 가라는 아버지의 얼굴이 좋지 않아 보였다. 솔직히 말해 화나 보였다. 괜히 꼬치꼬치 캐물어 화만 돋게 할까 봐 바로 학교로 걸어갔다.

학교가 끝나고 집으로 가는 길에 누군가가 쓰레기를 바다에 버리고 있었다. 일회용품이며, 비닐봉지, 여러 쓰레기를 버리고 있었다. 근처에서 뭘 먹었는지 고약한 냄새가 훌훌 풍겼다. 그리도 고약한 냄새는 홍어 냄새 같았는데, 홍어는 내게 한 추억을 떠오르게 했다.

"이거 한번 먹어봐라."

옛날 아빠랑 거의 처음으로 함께 밖에서 밥을 먹었던 추억. 고약한 냄새에도 마냥 아빠가 주는 거라 좋아라하며 맛없어도 안 뱉고 끝까지 씹고 삼켰다. 그때 아빠는 내 인상 쓰는 표정을 보며 웃으셨다. 그때 이후로는 아빠가 웃는 것을 본 적이 별로 없었던 것 같다. 항상 방금처럼, 인상을 쓰거나, 자거나, 무표정.

집까지 가는 것은 순식간이었다. 문을 열고 집에 들어가자마자 술 냄새가 내 코를 찔렀다. 그제야 오늘 아빠가 일찍 들어왔다는 것이 다시 생각났다. 아빠는 텔레비전을 벗 삼아 술을 드시고 계셨다.

"무슨 술을 이렇게 많이 마시는데? 그만 먹고 자라."

걱정되었다. 오늘 배에서 무슨 일이 있었는지 너무 궁금했다. 내일 물어보기로 마음먹고 일단은 자라고 말했다. 이불을 펴며 아빠 잠자리를 준비했다.

뚝. 이불을 다 편 그 순간 무언가가 떨어지는 소리가 들렸다. 뚝, 뚝. 그

소리는 점차 많아졌다. 뚝. 뚝. 뚝. 뚝. 무슨 소린가 싶어 뒤를 돌아보았다. 아빠가 보였다. 아빠 눈에서 무언가가 떨어지는 것이 보였다. 언제나 흔들림 없는 그 눈에서 절대로 나올 것이라고 상상도 하지 못했던 눈물이 나오고 있었다. 그리도 단단해 보이던, 은빛 갑옷을 입은 우리 아빠는 눈물을 흘리고 있었다. 상상치도 못한 광경에, 너무나도 갑작스러운 상황에 나는 내 눈 앞에 보이는 장면을 의심했다.

"아빠, 울어?"

"……."

아빠가 눈물을 흘릴 리 없다고 생각 했다. 아빠는 그렇게 아무 말도 없이 계속 눈물만 하염없이 흘리셨다. 뚝. 뚝. 뚝. 뚝.

"미안하다. 요즘 일이 힘드네."

한참을 울던 아빠가 말했다. 아빠는 정말로 힘들어 보였다. 그냥 내가 위로해 주고 싶다는 생각만 들었던 것 같다.

"괜찮아요. 괜찮아."

나는 나조차도 한 번도 안 받아본 포옹을 아빠에게 해주었다. 아주 조심스럽게, 너무 약하지도 않게 아빠를 끌어안아 주었다. 이유는 모르겠지만 나도 눈물이 났다. 우리는 한참을 안고 있었다. 뚝뚝. 뚝뚝. 뚝뚝. 한 쌍의 눈물 떨어지는 소리는 TV소리를 누르고 한참 동안 우리 집안을 채웠다. 그러다 눈물이 그쳤을 무렵, 나는 아버지를 눕히고 밖으로 나왔다. 추웠다. 나는 나와서 우리 집을 한번 바라보았다. 평생 우리가 함께 살아온 집, 좁고 좋지는 못해도 고장난 곳 하나 없는 우리 집을 한참 바라보았다.

그날 밤 꿈을 꾸었다. 바다가 쓰레기로 뒤덮이는 꿈이었다. 그곳에서는 바다가 푸르지 않았다. 꽃들이 활짝 피어 있는 것처럼, 알록달록한 바다. 알록달록한 바다에는 물고기는 살지 않았다. 그 대신에 아름다운, 썩지 않는 꽃들만이 반짝거리고 있었다. 물고기와 어부가 살아남을 수 없는 그곳에서, 우리는 좁지만 전부인 집에서 쫓겨났다. 바다의 끔찍한 아름다움에 놀라 눈을 떴다. 여전히 술 냄새가 났고 꿈과 다른 현실에 안도했다. 나는 한숨 돌리고 학교 가기 전 바닷가로 나왔다. 저 멀리의 바닷가는 여전히 푸르렀다. 끝이 안 보이는 바닷가의 끝을 보기 위해 한참을 뚫어져라 쳐다보고 있으면 내 마음이 확 열리는 것 같았다. 하지만 그도 잠시 저 한편에 새하얀 쓰레기들이 둥둥 떠내려 왔다. 내 발 앞까지 둥둥 떠내려 온 쓰레기들은 담배꽁초와 비닐봉지가 뒤섞인 것이었다. 순간 꿈이 떠올라 당장 그것들을 바다에서 건져 쓰레기통에 버렸다. 그리고 또 한 번 주위를 둘러보았다. 노란 쓰레기, 투명한 쓰레기, 여러 쓰레기들이 꽃이 되어 둥둥 떠다니고 있었다. 이 가까운 바다에는 꽃들이 듬성듬성 피어 있었다. 순간 너무 무서웠나 보다. 이것들을 뽑아내지 않으면 결국 바다가 쓰레기로 뒤덮일 것이라고 생각했나 보다. 꿈속의 일이 똑같이 일어날까 봐 두려웠나 보다. 나는 옷이 젖는 줄도 모르고 눈에 보이는 꽃들을 뽑아내기 시작했다. 사람들이 한순간 편하자고 버리는 마음을 뿌리로 하는 꽃인 줄도 모른 채로, 뿌리까지 뽑아내지 못한 채로.

그날 이후로 며칠이 흘렀을까, 그날도 찬규랑 같이 학교로 가기 위해 가게로 갔다. 가게에 도착했을 때 항상 인사해 주던 아주머니가 보이지 않았다. 아주머니는 가게 앞이 아니라 저 멀리에 계셨다. 우리 아빠와 같은 배를 타는 아저씨들도, 다른 배를 타는 아저씨들도 한 곳에 모여 있었다. 무슨 일인가 싶어 그곳으로 달려갔다. 그런데 그곳에서는 여러 어부들과 여러 가게 상인들이 싸우고 있었다.

"아니 물고기 배에서 담배꽁초가 나왔다니까! 무슨 이딴 물고기를 잡아 와? 너희 물고기 가지고 우리가 장사하는데, 이게 말이 되는 일이냐고."

"그러니까, 물고기한테서 담배가 나오는 게 말이 되냐고! 손님상에 올라가기 전에 발견해서 다행이지 손님한테 그대로 줬어 봐. 너희들 때문에 우리 가게 망하면 책임질 거야? 어?"

"그걸 우리가 책임져야 하나? 아니 물고기 뱃속에 뭐가 들었는지 우리가 어떻게 알아. 그게 왜 우리 때문이야! 말은 똑바로 해야지 사람이, 참."

"요즘 바다에 거짓말 조금 보태서 물고기보다 쓰레기가 많아. 그래서 잡히는 게 쓰레긴지 물고긴지, 우리가 일일이 다 골라내는데 시간이 얼마나 걸리는지 알아? 우리더러 어쩌라고!"

쓰레기가 물고기보다 많다니, 이게 무슨 말인가. 순간 머리가 멍해졌다.

"민재야, 여기 왜 있어. 얼른 학교 가."

나를 발견한 아빠가 떨리는 소리로 내게 말했다. 하지만 도저히 학교에 갈 수가 없었다. 물고기 뱃속에서 담배가 나왔다는 것은 뭐고 물고기보다 쓰레기가 많다는 것은 또 무슨 말인가.

"아빠, 이게 무슨 소리야?"

아빠에게 물었지만 아빠는 계속 학교 가라는 소리만 하였다. 그때였다.

"아니 민재아버님, 말씀 좀 해보세요! 이게 무슨 일이에요? 물고기에서 담배꽁초가 나왔잖아요! 이것도 우리가 참고 그러려니 해야 해요? 이렇게 물건을 넘겨주시면 안 되죠!"

찬규 어머님은 손질하다만 물고기를 바닥에 던지며 아빠에게 크게 소리 쳤다. 그러자 여기서 가장 오래 물고기 잡는 일을 하던 사람 중 한 사람인 아버지에게 가게의 사람들은 일제히 소리치기 시작했다. 마치 우리 아빠가 그 담배를 피워서 그 고기 속에 넣은 것처럼. 아빠는 내게 빨리 가란 말만 반복할 뿐이었다.

"거참 너무들 하시네. 이 담배 형님이 피웠습니까? 그리고 며칠 전부터 계속 쓰레기양도 많아지고 고기도 잘 안 잡히는데 좀 이해해 주셔야죠."

아빠와 같은 배에서 고기를 잡는 삼촌이 참다못해 말했다. 그럼에도 싸움은 진정되지 않았다. 급기야 몸싸움으로 번졌다. 나는 그 몸싸움에 휘말려 넘어졌다. 엎어진 나의 눈앞에는 바닥에 내팽개쳐진 갈치가 보였다. 갈치의 갈라진 그 은빛 갑옷 사이로 담배가, 새하얀 막대에 그 끝이 샛노란 담배가 비집고 자리 잡고 있었다. 갈치뿐만이 아니었다. 다른 고기들의 반짝이는 비늘을 비집고 비닐, 플라스틱 조각, 담배 같은 날카로운 무언가가 파고들고 있었다. 산산 조각난 반짝이는 갑옷들. 뚫려 있는 그들을 보니 눈물이 맺히기 시작했다. 아아, 어쩌면 눈물 맺힌 내 눈이 바라본 그 시장 바닥은 내 꿈속 바다의 바닥이 아니었을까?

갑자기 울컥했다. 아무것도 하지 못하는 아빠를 보고 있으니 울컥했다. 아주 뜨겁고, 빨간 무언가가 튀어나왔다. 나는 아무것도 하지 못하는, 바닥의 갈치 같은 우리 아빠에게 화내는 아주머니를 향해 크게 소리쳤다. 제발 그만하라고. 물고기 뱃속에 쓰레기를 왜 아빠한테 따지냐고. 갈치 속에 담배가 누구한테서 나온 건지 아냐고. 아주머니 아들이 피는 거라고. 바다에 쓰레기 버리는 사람이 누군데 엄한 사람한테 화를 내냐고. 방금 보고 왔는데 바닷가에 쓰레기가 넘쳐난다고. 그게 다 장사하면서 생긴 쓰레기 함부로 버리는 당신네 같은 가게들에서 나온 거라고. 그것들이 떠다니는 꽃처럼 바다를 점령하고 있다고. 이러다가는 물고기고 뭐고 벌레들만 들끓을 거라고. 냄새는 또 얼마나 심한지 아냐고. 왜 우리 아빠한테 그러냐고. 우리 아빠가 지금 얼마나 힘든지 아냐고. 아주 뜨겁고, 빨간 무언가를 전부 쏟아내자 후드득, 맺혀 있던 눈물은 마침내 흐르기 시작했다. 눈물이 앞을 가려 잘 보이지는 않았지만 일단 그 자리에서 도망갔다. 눈물은 멈추지 않았고 시간이 지날수록 더 많이 흐르는 것 같았다. 후드득, 후드득. 그날은 학교에 결국 가지 못하고, 집에 바로 들어가 울다 지쳐 잠에 들었다.

그 일이 있고, 상인들은 이제 물고기 속 쓰레기를 제거하는 작업을 아무렇지 않게 여겼다. 아니, 아무렇지 않다기보다는 침묵했다. 그 대신 쓰레기를 하나, 둘 제거할 때마다 쓰레기는 물고기에서는 사라졌지만, 어부들에 대한 분노는 하나, 둘 쌓였다. 그 분노는 어부들과 상인들의 사이에 끝없이 쌓여 화기애애하던 어부들과 상인들의 관계를 더 이상 볼 수 없게 되었다. 그토록 돈독하던 어부와 상인들의 관계를 그 쓰레기가 부서트려버린 것이다. 그토록 돈독하던 나와 찬규와의 사이 또한 부서져 버렸다. 찬규가 피는 담배 개수가 하나, 둘 늘어날 때마다 우리 사이의 거리도 한 발짝, 둘 발짝씩 멀어졌다. 결국 항상 밥을 같이 먹었던 그 가게는 너무 멀어 다시는 찾아 갈 수 없는 장소가 되어 버렸다.

시간이 지나고, 성인이 된 나는 아빠처럼 바다로 나가게 되었다. 하지만 난 물고기, 은빛으로 빛나던 갈치를 잡지 않는다. 은빛으로 빛나지만 그 무엇보다 잘 으스러지는 물고기를 나는 잡지 않는다. 나는 그날 꿈에서 보았던 아름답지만 끔찍한 쓰레기들을 잡는다. 나는 끝이 보이지 않는 바다 위에서 둥둥 떠다니는, 시들지 않을 남은 삶을 바다에서, 물고기의 뱃속에서, 인간의 뱃속에서 살지도 모르는 버려진 쓰레기들을 육지로 가져가 시들지 않을 꽃을 피운다. 진정으로 그 쓰임에 맞게, 아름답게 꽃피운 것으로.

　새벽 4시 30분, 오늘도 아빠는 물고기를 잡으러 나가신다. 아빠는 물고기를 잡는 어부다. 이제는 나도 바다로 나간다. 쓰레기를 잡으러 바다로 나가는 나, 나는 쓰레기를 잡는 어부다.

에필로그

　환경에 대한 이야기를 써야 한다는 말을 들었을 때 바로 어떤 사진이 머릿속에 떠올랐다. 그 이미지는 물고기 뱃속에 여러 플라스틱 조각들이 들어 있는 것, 바다 거북이가 비닐봉지를 두르고 있는 사진, 고래 배 속에 진짜 많은 쓰레기들이 있는 것이었다. 최근 ESG 경영에 조사하면서 해양쓰레기에 대해 알게 되었고, 그 사진들을 봤는데 충격을 꽤 받았기 때문일 것이다. 그래서 해양쓰레기에 대한 이야기를 쓰고 싶어졌다. 먼저 해양 쓰레기가 너무 많아지면 어떤 일이 일어날지 상상해 보았다. 결국 대부분의 물고기들의 몸에 쓰레기가 있다면, 물고기를 팔아서 먹고 사는 어부들은 어떻게 될지에 대한 이야기를 쓰게 되었다.

　이 이야기는 민재라는 17살 학생과 어부로서 열심히 고기를 잡는 아버지에게 일어나는 일을 그린 것이다. 바다에 쓰레기가 많아져 물고기는 점점 줄어들고, 아버지는 당연히 힘들게 일을 한다. 이로 인해 든든하던 아버지가 처음으로 무너져 내린 것을 보고 민재는 충격을 받는다. 결국 물고기에서 여러 쓰레기가 동시 다발적으로 발견되고 어부들과 어부들이 잡은 물고기로 장사를 하는 상인들 간에 갈등이 발생한다. 결국 그 두 집단 간의 거리는 멀어지고 이 일을 계기로 나는 바다의 쓰레기를 재활용하는 직업을 갖게 된다.

　이야기를 쓰는 것은 생각만큼 쉽지 않았다. 백일장 수상작이나 여러 글을 봤을 땐 글 쓰는 게 진짜로 쉬워 보였다. 하지만 머릿속에는 이야기가 넘쳐나는 것 같아도 글로 쓸 때는 쓸게 없는 것 같고, 막상 쓰더라도 읽을 때는 모조리 어색해 보이고 이상했다. 주인공 이름을 뭐로 해야 하는지부터 사소한 거 하나하나가 다 어려웠다. 또한 국어 시간에 배운 여러 표현법을 사용해서 멋있게 쓰고 싶었는데 그렇게 되지 않아서 속상하기도 했다.

　하지만 그렇다고 해서 절대 재미가 없지는 않았다. 내가 직접 이야기를 만든다는 것은 생각 이상으로 설레고 떨리는 일이었다. 그 다음 내용은 어떻게 써야 할지 고민하며 일어나고, 밥을 먹고 잠자리에 드는 내내 행복했었다. 그러다가 마침내 부분 부분을 고쳐나가며 마지막 온점을 찍을 때 감격스러웠다. 또 뿌듯했다. 물론 계속 만족스럽지 않은 부분들이 있었지만, 내가 처음으로 쓴 소설이라는 것은 나를 더 행복하게 만들어 주었다.

사실 내가 이렇게 고민하면서 한 주제를 가지고 소설을 쓰고 책으로 낸다는 일이 다시 있을까싶다. 그렇기에 다시는 안 올 고등학교 1학년 때의 그린비 책쓰기 활동은 다시는 잊지 못할, 평생토록 기억될 추억이 될 것이다. 이 글이 책이 출간되어 나온다면 꼭 이 책을 간직할 것이다.

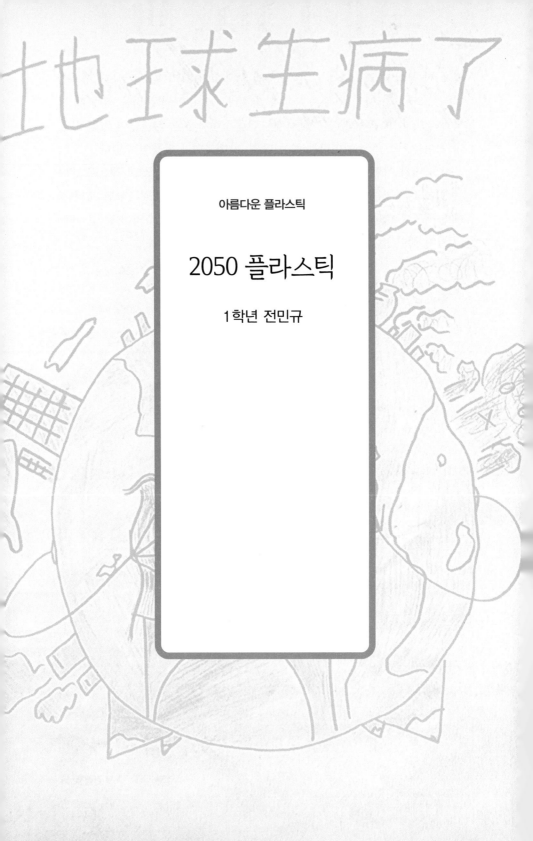

아름다운 플라스틱

2050 플라스틱

1학년 전민규

"여러분, 이제부터는 자유롭게 활동하고 3시까지 여기 박물관 안내데스크로 모이도록 하세요."

"네! 선생님!"

나는 두근대는 내 가슴을 진정시킬 겨를도 없이 플라스틱관으로 달려갔다.

플라스틱관에 가자 남자 어른의 목소리를 한 로봇이 플라스틱의 역사에 대해 설명하고 있다.

"그렇게 되어 1869년, 최초의 플라스틱이 미국의 존 하이엇에 의해 ……."

나는 내 귀로 들려오는 소리를 무시하고 계속해서 안으로 들어갔다. 이 이야기는 이미 집에서 수백 번은 들어왔던 내용이기 때문이다. 그렇게 내가 다다른 곳은 과거 플라스틱 체험관. 내가 그동안 이토록 원해왔던 장소이다.

국립중앙박물관에서 작지 않은 공간을 차지하고 있는 이곳은 집에서는 경험할 수 없는, 1869년 최초의 플라스틱부터 2050년 현재까지의 플라스틱의 변화 과정을 직접 보고 느끼고 만져볼 수 있는 한국에서 유일한 장소이기 때문이다.

누군가는 왜 그 전에는 온 적이 없었냐고 묻겠지만, 어째서인지 우리 아버지는 플라스틱을 굉장히 싫어하시고 플라스틱화학공학기술자가 되고 싶어 하는 나를 못마땅하게 여기신다.

'그런 아버지가 나를 여기 보내주실 리가 없지.'

하지만 오늘은 학교 현장체험학습으로 이곳을 왔고, 이것을 마땅한 이유

없이 아버지가 반대하실 수는 없었다.

거기다가 오늘은 내 생일, 그것도 아주 최고의 생일이다! 그렇게 눈으로만 보아왔던 그 플라스틱들을 직접 내 눈과 손으로 만끽하며 행복한 시간을 보내고 있을 때, 뒤에서 부드러운 목소리가 들려왔다.

"민수야, 이건 뭐야?"

나는 갑작스럽게 들려온 그 부드러운 목소리에 놀라면서도 기쁜 마음으로, 점차 빨개지는 것이 느껴지는 내 얼굴은 뒤로한 채 자연스럽게 웃으려고 노력하며 뒤를 돌아보았다.

"아, 이건 폴리에틸렌이라는 종류의 플라스틱으로, 1898년 독일의 화학자인 한스 폰 페치만에 의해 우연히 발견되었다고 해."

플라스틱에 대한 이론은 이미 모두 알고 있다. 집에서 계속해서 플라스틱에 대한 글들을 찾아보다 보니 자연스럽게 어느 순간부터 전부 머릿속에 들어오게 되었다.

그렇게 대답을 하자 진이가 웃으며 대답했다.

"역시 민수는 대단하네~ 나는 아무리 아빠가 연구하는 걸 봐도 하나도 모르겠다니까."

진이의 아버지는 현재 우리나라에서 가장 유명한 플라스틱 연구가 중 한 분인 황유찬이시다. 아직 실제로 뵌 적은 없지만 실제로 나의 우상으로서 내가 가장 존경하는 분이시자, 내가 가장 닮고 싶어하는 분이시다.

하지만 진이는 아버지의 직업과는 다른 분야로 가고 싶은 것인지 플라스틱에는 관심이 별로 없다. 그래서 아주 가끔씩은 차라리 '내가 황유찬의 아들로 태어났으면…….' 하고 혼자 생각하기도 한다. 물론 그럴 일은 없지만.

이후 나와 진이는 3시까지 함께 플라스틱관을 둘러보았다.

관람을 모두 마친 후 우리는 3시에 약속되었던 곳으로 가서 다른 친구들, 선생님과 만나 단체 사진을 찍고 학교에 돌아왔다. 학교에 돌아오니 5시가 되어 있었고, 나는 오늘 외식을 할 예정이었으므로 아버지가 학교에 데리러 오시기로 했다. 교문에서 아버지를 기다리며 하교하는 친구들을 바라보고 있다 보니, 내 옆에 진이가 서 있었다.

진이도 오늘 가족 외식이 있어서 부모님을 기다리고 있다고 했다. 아버지를 기다리며 우리 둘은 가벼운 담소를 나누었다. 진이와 대화하며 진이에게는 미안했지만 내 머릿속은 거의 황유찬 생각으로 가득 차 있었다.

'드디어 꿈에 그리던 황유찬과 만날 수 있는 걸까? 혹시 우리 아버지가 더 먼저 오시면 어떡하지……, 실제로 만나면 어떻게 인사를 해야 하지? 내가 말을 먼저 하면 불쾌해하실까……?'

그렇게 진이와 대화하면서도 저 멀리서 자동차 소리가 들리기만 하면 기대로 가득 찬 눈빛으로 돌아본 후, 실망으로 가득 찬 눈빛으로 다시 진이를 바라보았다.

이후 몇 번의 기대와 실망을 더 반복하고 난 후, 이제는 체념하여 자동차들을 보내주고 있던 중, 이전의 자동차 소리와는 확연하게 차이나는 소리가 들리기 시작했다.

확실히 그 자동차의 소리는 이쪽으로 오고 있다는 것을 말해 주듯이 멀어져 가는 소리 없이 계속해서 가까워지고 있었고, 아버지 자동차의 소리는 나지 않았다.

아버지의 차는 멋있는 스포츠카다. 물론 만들어진 지 20년은 된 것 같은 오래된 자동차이며, 자동차 내부도 차량용 방향제, 홀로그램이 아닌 LED 화면과 같은 몇 십 년 전 사용했을 것 같은 골동품들이 그대로 남아 있다. 그래서 아버지의 자동차에서는 옛날 구식 엔진소리가 날 정도로 현재는 아무도 타고 싶지 않아할 것 같았지만 과거에는 타는 사람이 몇 없을 정도로 비쌌던 자동차였음이 내 눈에 확실히 보였다. 아버지 자동차의 그 구식 엔진 소리가 들리지 않았기에, 나는 확신과 기대로 가득 찬 눈빛으로 이제는 정말 마지막이다, 생각하며 고개를 돌려보았다.

당첨이었다. 내가 지금껏 보지 못했던 삐까뻔쩍한 자동차가 이쪽으로 오고 있었으며, 진이가 그 자동차를 보며 손을 흔들고 있었다. 차는 우리 앞에 멈춰 섰고, 앞자리에서 기사님이 내려 뒷자리에 문을 열어주었다.

뒷자리에서 조금 마르면서도 키가 큰, 코트를 입은 사람이 나왔고, 확실히 황유찬이 맞았다.

오늘이 내 생일이어서 그런지는 모르겠지만, 확실히 오늘은 모든 일이 나를 위해 일어나고 있는 것만 같은, 그런 운수 좋은 날임이 분명했다. 진이와 나는 그쪽으로 달려갔고, 진이가 나를 소개시켜 주었다.

"아빠, 얘는 내 친구 김민수, 얘 아빠 엄청 좋아해."

황유찬이 날 보며 호탕하게 웃어 주었다. 첫 대화가 웃음과 함께 열려서 그런 건지, 앞서 내가 망상했던 걱정과는 달리, 이야기가 순조롭게 흘러갔으며, 황유찬도 불쾌한 기색 없이 웃고 있었다. 그렇게 행복한 시간이 흘러가며 이제 죽어도 여한이 없다 생각하고 있을 때, 그 익숙한 엔진소리가 밀리서 들려왔다.

이제 이 행복한 시간이 끝나기에 아쉬워하며, 그래도 마지막으로 악수정도는 하고 싶다고 생각하며 황유찬에게 악수를 부탁하려고 하던 차였다.

"민수야, 너 혹시 전화 번호 좀 주지 않을래? 우리 진이 친구이기도 하고, 아저씨가 보기에 민수는 지금 당장에라도 아저씨랑 일 할 수 있을 정도로 똑똑해 보여서."

나는 아저씨의 권유에 당장이라도 날아가 지구를 6바퀴 정도 돌고 화성, 목성을 지나 해왕성까지 갔다 올 수도 있을 것 같은 기분으로 아저씨의 휴대폰에 나의 전화번호를 입력해 드렸다. 이제는 더 이상 미련 없이 떠날 수 있을 것 같은 마음으로, 아버지의 차 쪽으로 고개를 돌렸다.

아버지는 내 생각보다 빨랐다. 아버지는 벌써 자동차에서 내렸고, 왜인지는 모르겠지만 내 쪽으로 급하게 달려오고 있었다. 어째서인지 아버지는 심각한 표정을 짓고 계셨다. 나는 아버지가 어째서 그런 심각한 표정을 짓고 계시는지 이해할 수 없었지만, 그럼에도 본능적으로 변명을 하기 시작했다.

"아, 아버지 그게……."

내가 변명할 틈도 주지 않고 아버지는 내 쪽으로 가까이, 더욱 가까이 달려오고 계셨고, 순식간에 나를 지나쳐서 황유찬에게 달려갔다.

"민수는 차에 타 있어라."라고 말하는 아버지의 진지하고 엄격한 목소리에, 나는 어떠한 변명도, 대꾸도 할 생각이 나지 않았고, 그저

"알겠어."

라고 대답하고 아버지의 그 오래된 차에 타서 아버지를 기다렸다. 그런데

내가 놀란 것은, 내가 차로 가고 있을 때 뒤에서 희미하게 들린 황유찬의 말이다.

"이게 무슨 일이야, 천하의 김민석을 내가 또……."

나도 오늘 처음 뵌 황유찬이, 그것도 아버지가 죽도록 싫어하시는 플라스틱 연구원으로 유명한 그가 어떻게 우리 아버지의 이름을 알고 있는 것인가. 이후 금방 아버지는 차로 돌아오셨고, 나는 아버지에게 묻고 싶은 것이 이만저만이 아니었지만 아버지의 진지한 표정은 나를 침묵 속에 있게 하였다.

그래도 아버지는 금세 웃음을 되찾으셨고, 평소처럼 나에게 질문을 하셨다. 하지만 나는 그때 아버지의 표정을 쉽게 잊지 못하였고, 내 머릿속을 장악한 궁금증들 때문에 아버지의 물음에 이전처럼 가볍게 답하지 못하였다.

"박물관은 재미있었니?"

"응, 그냥……."

"배 많이 고파?"

"많이는 아니고, 그냥……."

아버지도 나의 태도 변화를 눈치채셨는지, 그 이후로는 나에게 더 이상 물어보지 않으셨다.

이후 우리들 사이에는 어색한 시간이 흘렀고, 다행히도 생각보다 빨리 식당에 도착했다. 우리가 도착한 식당은 동네 중국집이었다.

생일날 가족끼리 중국집을 간다고 하면 이상하게 보일지도 모르겠지만, 내가 이곳에 오는 이유는 음식 맛이 좋아서, 사장님이 아는 사람이라서가 아니라 그저 이곳에 오면 옛날 추억이 떠올랐기 때문이었다. 옛날 아버지가 이전의 일자리를 잃고 난 후, 우리 가족은 한동안은 거의 라면만 먹었는데, 가끔 특별한 날이 오면 이곳에서 짜장면에 탕수육까지 맛있게 먹곤 했기 때문이다.

그 당시 나는 매우 어렸기 때문에 우리 가족의 상황을 전혀 알지 못했고, 그저 라면만 먹으며 버티는 중에 다가오는 짜장면은 나에게 지금까지도 추억이 되기에 충분했다. 문을 열고 들어서자 20년은 더 된 짜장면집의 꿉꿉

하면서도 정겨운 냄새가 났다.

나의 7번째 생일날, 나는 이곳 텔레비전에서 처음으로 플라스틱 연구가의 삶에 대해 보게 되었다.

그 영상에서는 황유찬의 삶이 나오고 있었다. 물론 아버지가 금방 그 채널을 넘겼기에, 내가 그를 본 시간은 1분도 채 안됐다. 그곳에서 친환경 플라스틱의 개발자로서 위풍당당하게 서 있는 그의 모습은, 비록 내가 그를 1분도 보지 못했음에도 나를 매료시켰으며, 현재의 나를 만들어 주었다.

그렇기에 나는 삶이 힘들어질 때나 생일날에는 꼭 이곳에 와서 그때 내가 느꼈던 그 감정을 다시 조금이나마 느끼며 마음가짐을 다시하기 위해 이곳에 온다. 오늘도 어김없이 우리는 이곳에 왔고, 나는 그때의 그 감정을 오늘도 느꼈다. 식사는 빨리 끝났다. 우리는 평소처럼 화목한 대화를 나누었고, 식사를 마친 후 바로 집으로 돌아왔다.

"어? 이게 뭐야?"

집으로 들어와 식탁을 보니, 정성스럽게 포장된 무언가가 놓여 있었다. 나는 내심 기대하고 있었기에 그리 놀라지 않았지만, 그럼에도 최대한 말투를 과장하며 놀란 척을 했다. 게다가 나는 올해 선물을 이미 알고 있다. 분명 며칠 전 애플에서 출시한 아이홀로그램 8세대일 것이다.

나는 매년 내 생일이 다가올 때면 은근슬쩍 내가 선물로 받고 싶은 물건들을 계속해서 어필했고, 아버지는 이를 파악해 항상 내가 원하는 선물을 사주셨다. 이번 아이홀로그램 8세대는 그전 세대들에서 화질이 대폭 향상되었고 프레임 드랍 문제가 해결되어 현실과 구분할 수 없을 정도로 성능이 좋아졌다고 해서 기존에 쓰던 아이홀로그램 6세대를 버리고 8세대를 사기로 했다.

나는 엄청나게 기쁜 마음으로 겉에 있는 포장지를 뜯었다. 역시나 내 예상이 맞았고, 애플답게 매우 고급진 포장이 되어 있었다. 조심스럽게 천천히, 천천히 포장을 뜯자 새 제품의 향기가 내 콧속으로 들어왔다. 이후 몇 분간의 기본 설정을 마친 뒤, 이제는 8세대만의 새로운 성능을 시험해 보기로 했다.

아버지는 나를 카메라로 찍어주셨고, 나는 이 영상을 홀로그램 전용으로 전환시켰다. 직접 홀로그램을 작동시켜 보니 이번에는 정말로 티가 거의 나지 않고 바로 앞에 또 다른 내가 있는 것만 같았다. 이후 우리는 이 홀로 그램을 이용해 재밌는 장난들을 몇 개 치며 같이 웃었고, 그렇게 몇 십 분을 웃고 나니 낮에 아버지께 하지 못한 질문들이 떠올랐다. 나와 같이 웃고 있는 아버지의 행복한 표정은 아까전의 그 무서운 표정이 사실 거짓이었다고 말해 주는 것만 같았고, 그렇게 아버지께 질문할 용기를 북돋아 주었다.

"아빠, 아빠 혹시 황유찬이랑 아는 사이야?" 하고 내가 아버지께 물었지만 아버지는 질문을 회피하며 말을 돌렸다.

"응? 아…… . 아, 맞다! 이번에 이 기능도 추가됐다던데!"

나는 아버지의 회피를 넘어가지 않고 계속 물고 늘어졌다.

"아빠, 말 돌리지 말고 답해 줘. 이 정도면 그동안 많이 숨겨왔잖아."

아버지는 계속해서 침묵하던 입을 혼자서 어느 정도 생각한 후 열기 시작했다.

"민수야, 어른들의 세계는 아이들의 세계보다 많이 어둡고 위험하단다. 그렇기에 아직은 네가 알기에는 많이 위험한 것들이 많고, 나는 아빠로서 너를 지킬 의무가 있어."

아버지는 친절하게 나를 타일렀고, 나는 더 하고 싶은 말들이 많았지만, 아버지의 눈빛을 보니 여기서 멈출 수밖에 없었다.

하지만 나는 이전부터 약 10년 동안 궁금해왔던 것 하나는 오늘 해결하고 싶었기에 아버지께 마지막 질문을 던졌다.

"아빠, 다른 건 안 물을 테니까 이것만 답해 줘. 아빠는 왜 그렇게 플라스틱을 싫어해?"

아버지는 이전보다 더욱 오랫동안 고민한 뒤, 팬던트 속 돌아가신 어머니의 사진을 보며 혼잣말을 한 후 나에게 말했다.

"말숙아, 이제는 말해도 되겠지? 후…… 민수야, 너는 지금까지 다 사용된 플라스틱이 어떻게 처리되는지 본 적 있니?"

나는 아버지가 갑자기 무슨 뜬금없는 소리를 하는지 이해하지 못했다. 현재 우리가 사용하는 플라스틱은 황유찬이 개발한 신 플라스틱으로, 자연에서 생분해되지 않는가? 하지만 이를 아버지께 말하니 아버지는 더욱 믿을 수 없는 소리로 반박하였다.

"민수야, 플라스틱은 자연에서 빠르게 분해될 수 없는 물질이다. 다 사용된 플라스틱들은 모두 태평양 한가운데에 버려지고 있어."

"어?? 그게 무슨……."

이후 내가 아버지의 믿을 수 없는 대답에 말문이 막혀 있는 동안 아버지는 옛날이야기를 들려주었다.

아버지의 말에 의하면, 아버지는 나를 낳기 전 2027년부터 내가 6살이었던 2039년까지 황유찬과 함께 새로운 플라스틱을 연구해 왔다고 한다. 아버지와 황유찬이 연구를 시작했던 2027년은 환경오염으로 인한 지구 온난화가 심했던 시기였고, 따라서 그들은 자연에서 빠르게 분해되는 플라스틱을 연구하고 있었다고 한다.

그렇게 약 10년간의 연구 끝에, 아버지와 황유찬은 기존의 열과 내구성에서의 단점들을 보완한 플라스틱을 만들어냈지만 그 플라스틱은 환경을 기존의 플라스틱에서 배는 오염시켰기에 그 연구는 중단되고 다른 플라스틱 연구로 넘어갔다고 한다. 하지만 정말로 지구환경을 위해 플라스틱을 연구했던 아버지와는 달리, 황유찬은 오직 플라스틱 개발에서 오는 돈과 명예만을 좇았고, 중단됐던 그 연구를 몰래 진행했다고 한다.

당연하게도 결국 그는 아버지에게 그 실험을 들켰고, 아버지와 큰 싸움을 벌였다고 한다. 이후 아버지는 황유찬을 신고했지만, 교활한 황유찬은 이미 그 연구를 완성해 고위 정부에 발을 뻗어놓았고, 오히려 아버지가 그 연구에서 쫓겨났다고 한다. 이후 아버지는 이를 완전히 포기하고 새로 취직해 중소기업에 들어가는 길로 넘어갔다고 한다.

나는 아버지의 이야기를 듣자 말문이 막혔고, 내가 지금까지 보아왔고, 믿어왔고, 원해왔던 모든 것들이 그저 한 사람의 욕심에서 태어난 거짓이었다는 것을 들어서인지 내 인생의 거의 모든 것들이 무너져 내린 듯한 기분이 들었다. 이후 나와 아버지 모두 말없이 서 있을 때, 갑자기 초인종 소리가 났다.

"띵-동" "똑똑똑"

"띵-동" "똑똑똑"

"띵동띵동띵동띵동띵동띵동"

"쾅쾅쾅쾅쾅쾅쾅!!!!"

아버지는 이후 무언가를 눈치챘다는 듯이 나에게 다급이 말했다.

"민수야, 지금 당장 아빠 책상 3번째 서랍의……."

아버지가 말을 잇기도 전에 현관문이 쾅 하고 열렸다.

"김민석!! 너를 특수상해 및 절도죄로 체포한다!!! 이미 다 알고 왔으니 순순히 잡혀라!!!"

갑자기 현관에서 경찰 서너 명이 몰려왔고, 아버지는 이미 대비해 놓았다는 듯이 식탁 아래서 연막탄을 꺼내 터뜨렸다.

"민수야, 너라도 도망가라."

하고 나에게 속삭인 후 아버지는 경찰관들에게 달려들었다.

나는 아버지가 시간을 벌어준 덕에 일단 식탁 위에 집히는 모든 것들을 챙겨 아버지 방으로 도망쳐와 책상 3번째 서랍에서 USB를 꺼내 양말 안에 집어넣었고, 빠르게 방문을 열고 도망치려 했다. 하지만 내가 문을 연 순간, 밖에서 나를 찾고 있는 세 명의 경찰들과 눈이 마주쳤고, 나는 빠르게 방문을 다시 닫았다.

이후 아버지 방에 있는 모든 것들을 훑어보며 내가 도망갈 방법을 떠올렸다.

그러던 중 아까 전 내가 집어온 것이 유난히 내 눈에 띄었다. 그것은 아이홀로그램 8세대였다.

나는 제발 쓸모 있는 영상이 있기를 빌며 아까 전 아버지와 장난을 치며 내가 홀로그램으로 변환해 저장해놓은 영상들을 하나하나 살펴보았다.

"제발…… 제발……!"

다행히도 이 상황에서 도망칠 수 있을 것 같은 영상 하나가 눈에 보였고, 바로 그 영상을 틀었다.

그러자 홀로그램으로 만들어진 '나'가 문 밖으로 나가 창밖으로 뛰어내렸다.

당연하게도 경찰들의 시선은 모두 그쪽으로 쏠렸고, 그사이 나는 몰래 뒤로 빠져나왔다.

그 순간, 나는 거기에 있어선 안 되는 인물을 보고 말았다. 연막으로 인해 어느 정도 흐릿했던 내 시야에서, 아까 학교 앞에서 만났던 황유찬이 있었던 것이다.

그는 아까와 똑같은 코트를 입고 있었고, 내가 떨어졌다는 것을 믿고 있는 경찰들에게 화를 내며 지시를 내리고 있었다. 나는 충격에 휩싸였지만 재빠르게 아파트를 나와 밖으로 계속해서, 정말로 계속해서 달렸다. 달리다가 다리에 힘이 풀려 넘어졌지만, 나는 아랑곳하지 않고 일어서서 다시 달렸다.

내가 알던 세계가 전부 거짓이라는 것을 알게 된 고통에 비하면 무릎에서 피가 나는 고통은 고통이라고 할 수도 없을 정도로 작았고, 나는 계속해서 달렸다. 그렇게 앞도 보지 않고 정신없이 달리다 보니, 나도 모르게 그 중국집 앞에 다다라 있었다. 하지만 중국집에 다다르자, 달리면서 어느 정도 환기된 생각들이 다시 머릿속을 가득 채웠고, 그 생각들로 인해 구역질이 날 것만 같은 느낌이 들었다. 그 뿐만 아니라 계속해서 심장이 터질 듯이 뛰었고 몸이 부르르 떨렸다.

이후 눈이 스르륵 감겼다.

시간이 얼마나 지났을까―눈을 떠보니 익숙한 내 방의 풍경이 보였다. 밖에서는 텔레비전 뉴스 소리가 들리고 있었고, 나는 그 소리를 따라 거실로 향했다. TV를 본 순간 나를 괴롭히던 잠이 확 달아났다. TV에서는 아나운서가 다급한 목소리로 소식을 전하고 있었다.

"과도한 일회용품 사용으로 인해 지구 온난화가 더욱 심화되어 현재 기상이변이 심해지고 있습니다! 현재 부산 지역에는 허리케인이 일어나 부산 일대가 초토화됐으며, 대구 지역에서는 33년 만에 돌아온 큰 홍수로 많은 사상자가 생겨나고 있습니다! 이 뉴스를 보는 즉시 여러분들께서는 마을 대피소로 이동하시길 바랍니다!"

말도 안 되는 소리에 다급히 창밖을 보니, 사람들이 대피소로 가기 위해 줄을 서 그 줄이 건물 사이사이를 모두 채우고 있었다. 나도 어서 나갈 준비를 하는데, 현관 쪽에 아버지가 서 계셨다.

"아빠? 어떻게 돌아왔어?"

"@@@@⋯⋯."

"아빠?"

"너 때문이야…… 너 때문이야……."

아버지는 이상한 소리를 중얼거리며 내 쪽으로 달려와 나를 덮쳤다.

그 순간, 나는 다시 한번 눈을 떴다. 다행히도 그저 악몽을 꾼 것뿐이었다. 주위는 처음 보는 방이었고, 아까 전의 시끄러운 TV소리는 들리지 않았다. 주위를 일어나 둘러보니 책상에 액자가 하나 놓여 있었다. 책상으로 다가가 그 액자 속 사진을 들여다보니, 사진에는 황유찬과 진이였다.

놀랄 겨를도 없이, 방문으로 누군가가 들어오고 있었다. 황유찬과 진이였다.

"어이쿠, 일어났구나. 몸은 좀 괜찮니?"

그는 아무런 일도 모른다는 듯이 웃으며 나에게 다가왔다.

"길에 쓰러져 있는 걸 진이가 발견해서 우리 집에 데려왔단다. 거기다 갑자기 너희 아버지도 무슨 일이 생기신 것 같던데……."

그는 아까전과 같은 코트를 입고 있었다.

더러워진 코트를 열심히 턴 것 같아 보였지만, 학교 앞에서 봤을 때보다 코트가 뿌옇게 변했음이 한눈에 확실하게 보였다. 게다가 그는 연기를 잘하지 못했다. 그의 입가에는 감출 수 없는 웃음이 계속해서 서려 있었고, 그것은 어린아이도 눈치 챌 만큼 분명했다. 하지만 그곳에서 내가 할 수 있는 것은 없었기에, 나는 그의 장단에 맞춰주었다.

"저도 모르게 쓰러진 것 같아요……. 그보다 저희 아버지한테 무슨 일이 있나요?"

"아……. 너희 아버지는 괜찮으실 거야. 그런데 혹시 너희 아버지께서 너에게 맡기신 것 없니?"

그는 대놓고 나에게 순순히 USB를 달라고 하고 있었다. 이는 무언의 압박이었고, 나는 깊은 고민을 했다.

과연 아버지의 말을 완전히 그대로 믿어도 되는 것일까, 이제 이 사실을 퍼뜨려 이 세상을 바꿀 수 있는 사람은 나밖에 없는 것은 아닐까 하는 고민이 계속해서 머릿속을 감돌던 중, 아까 전 꾸었던 꿈이 떠올랐다.

만약 정말로 우리 미래가 그 꿈처럼 된다면, 그 일이 모두 내 탓으로 느껴질 것 같았다. 내 책임감 때문에서라도, 나는 이 USB를 넘겨선 안 된다고 생각했고, 그냥 모르는 척을 했다.

"에? 그런 건…… 없었던 것 같은데요?"

"아, 그래? 몸도 아직 다 나은지 모르고 지금 집에 가도 혼자 있어야 할 텐데 오늘밤은 그냥 여기서 자고 가는 게 어떻겠니?"

"괜찮아요, 이제 몸은 다 괜찮아진 것 같아요. 감사합니다. 안녕히 계세요. 진이야, 내일 학교에서 봐."

나는 어떻게든 빨리 이 집에서 벗어나고 싶었고, 그의 호의를 모두 거절하고 빠르게 현관문을 열고 나왔다. 그 집에서 나온 후 나는 집을 향해 뛰었다. 다시는 황유찬을 만나고 싶지 않았고, 빨리 집으로 돌아가 난장판이 된 우리 집을 정리해야 했기 때문이다. 빠르게 집에 도착해서 문을 열고 들어왔다.

아직도 공기는 조금 탁했고, 바닥에 널브러진 물건들이 넘쳐났다. 일단 바닥에 있는 물건들을 털어 하나하나 제자리에 돌려놓기 시작했다. 이후 금세 거실은 원래의 깨끗한 모습으로 돌아왔지만, 예전처럼 돌아갈 수 없는 한 가지가 있었다.

'아빠…….'

청소를 하고 나니 고독감이 몰려와 눈에서 뜨거운 눈물이 뚝뚝 흘렀다. 눈물에서는 짜고 쓴 맛이 났다. 하지만 나는 소리 내어 울지 않았다. 이런 일로 울 정도이면 앞으로의 더 큰 일은 해내지 못할 것이다. 이후 빠르게 눈물을 다 흘리고 나는 아버지의 방에 들어가 먼저 내가 가져간 USB 말고는 다른 자료가 없는지 살펴보았다.

USB 외에도 여러 종이로 된 연구 자료들이 많았고, 놀랍게도 그 밑에는 나에게 보내는 아버지의 편지가 있었다.

'민수에게~

민수야, 위의 자료들은 내가 몇 십 년 전, 황유찬에게 쫓겨났을 때부터 계속해서 모아왔던 자료들이다. 사실 그냥 이 자료를 인터넷에 뿌리면 문제는 언젠가 해결될 테지만, 나는 너의 안전이 가장 걱정된단다. 내가 이를 퍼뜨리면, 그들은 나뿐만 아니라 분명 너에게도 해코지하려 들 것이야. 첫째

도, 둘째도 항상 너를 가장 먼저 생각해라. 사랑한다. 그리고 미안하다.'

홀릴 만큼 흘렸다고 생각한 눈물이 또다시 흘러내렸다. 하지만 더 이상 시간을 낭비할 수 없었고, 나는 서둘러 컴퓨터에 USB를 꽂아 안에 있는 파일들을 하나하나 보기 시작했다. 파일들에는 하나하나 빠짐없이 모두 충격적인 자료들이 있었다.

1800년대부터 지금까지의 지구 온도 변화, 지구 온난화로 서식지를 잃은 동물들의 사진, 그동안 내가 이루어 왔던 모든 것들이 이들의 희생으로 이루어졌다는 것을 생각하니 이들에게 정말로 미안한 마음이 들었고, 내가 해서는 안 될 일을 그동안 해왔다는 것을 깨달았다. 이를 속죄하기 위해서라도 지금부터 진실을 밝혀 이 일을 최대한 빨리 멈춰야 한다. 나에게 나의 건강과 안위는 중요하지 않았다. 이미 나의 삶은 그 동물들을 밟고 올라서 얻은 삶이기 때문이다.

나는 컴퓨터와 내 휴대폰, 아이패드 등 인터넷이 되는 모든 기기들에서 네이버에 들어가 여러 커뮤니티 사이트들에 이 자료들을 올리고, 보이는 뉴스마다 메일을 보내 USB 속 자료들을 퍼뜨렸다. 내 글들은 급속도로 인터넷을 타고 퍼졌고, 실시간 급상승 검색어에도 올랐다. 그러면서도 내가 쓴 글의 일부가 계속해서 누군가에 의해 지워지고 있었고, 또 다른 사람의 새로운 글이 계속해서 생겨나고 있었다.

"빵빵 똥똥똥똥 땅땅 따라라라 따띵 똥똥똥똥 띵똥똥~"

내 휴대폰에서 전화가 울렸고, 확인해 보니 황유찬의 전화였다.

"여보세요?"

"민수야, 너 잘못 선택한 거야. 니가 이러고도 무사할 거라고 생각하니? 너 같은 애 하나 죽어도 어차피 사람들은 모른다고…… 지금이라도 글 내리고 해명하는 글 올리면 아저씨가 내 친구 민석이 아들이니까 한 번……."

나는 그의 말을 더 이상 듣지 않고 전화를 끊었다. 나는 만족했고, 앞으로 벌어질 일을 알았기에 그저 소파에 앉아 안도의 한숨을 크게 쉬었다.

"하아…….."

이제 내가 할 일은 끝났다. 몇 시간 전과 같이 경찰들이 집에 들이닥쳤고, 나는 순순히 체포되었다. 어차피 내가 더 이상 할 수 있는 것은 없었기 때문이다. 이후 나는 재판에서 절도, 상해, 반역 등 여러 누명들로 7년 형에 처해졌고, 교도소에 들어갔다.

이후 3년이 지났다.

나는 그동안의 죄를 뉘우친다는 마음으로 교도소에서 얌전하게 생활 중이다. 다행히 우리 방 사람들은 모두 범죄자 치고는 착하신 분들이셨고 덕분에 사고치지 않으며 하루하루 똑같은 삶을 살아가고 있다. 그런데 오늘, 평소처럼 뉴스를 보고 있는데 계속해서 기다려오던 반가운 소식이 들려왔다.

"결국 시민들의 노력으로 우리 대한민국도 9번째 제로 플라스틱 국가에 올라갔습니다. 지난 2051년 10월 14일, 시민들의 평화 시위와 노력으로 인한 정부 개혁 이후, 새로 설립된 전민규 정부와 국민들의 꾸준한 노력으로 우리나라도 이제 지구를 위해 노력하는 나라로 발전했습니다."

3년 전 그날 이후로 또 한 번 눈에서 뜨거운 눈물이 흘렀다.

그때의 눈물보다 달고, 맛있는 눈물이었다.

에필로그

　안녕하십니까, 저는 이 글을 쓴 성광고등학교 1학년 전민규입니다.

　먼저, 제 형편없는 글을 읽어주셔서 감사하다는 말씀을 올리고 싶습니다. 그리고 이런 글을 읽게 해서 죄송하다는 말씀도 올리겠습니다.

　살아생전 작문이라고는 1년에 한 번씩 오는 백일장 시간에만 대충 글을 적어왔던 저에게 갑작스럽게 다가온 그린비 글쓰기는 조금 많이 거대한 도전이었습니다.

　글을 다 쓰고 보니 저에게 온 이 도전을 완벽히 해결하지 못하고 아직 어느 정도 찝찝하게 남겨둔 것 같은 느낌이 들기도 합니다.

　어느 순간부터인지 가면 갈수록 전개가 살짝 엇나가고 난장판이 되는 참사가 벌어졌음에도 끝까지 인내심을 가지고 제 이야기를 읽으신 후, 이렇게 후기까지 정성으로 읽어주시는 모습을 상상하니 글을 쓴 보람이 생기는 것 같고 감동이 밀려오는 것만 같습니다.

　이제 저의 이야기는 그만하고, 작품 이야기를 잠깐 하도록 하겠습니다.

　처음 제가 환경에 대해서 글을 써야 한다고 들었을 때, 현재 우리 환경에 대한 이야기는 우리 모두 잘 알고 있기 때문에 차라리 과거로 돌아간다거나, 미래로 넘어가서 그 당시의 이야기를 상상해서 글을 쓰면 재미있을 것 같다는 생각을 했습니다.

　과거이야기는 이미 있는 역사적 사실에 기반을 두어서 글을 써야 하기에, 역사적 오류가 꽤 많이 생길 것 같아 차라리 많은 부분을 저의 상상으로 채우면 되는 미래이야기가 나올 것 같다는 판단을 하고, 2050년을 배경으로 이 글을 지었습니다.

　(살짝 후회했습니다.)

　플라스틱이라는 소재를 사용한 것은, 현재 환경오염을 유발하는 것들 중 플라스틱만큼은 미래에도 대체재 없이 계속해서 사용될 것이라고 생각했기 때문입니다.

석탄, 석유와 같은 화석연료들은 그래도 현재도 그렇고 미래에도 계속해서 점차 신재생 에너지로 바뀌어 갈 것이라고 생각하지만 플라스틱은 도저히 대체할 상품이 떠오르지 않았고, 그래서 글의 소재를 플라스틱으로 하였습니다.

(조금 후회했습니다.)

글의 이야기에 대해서는 제가 개인적으로 반전 있는 전개를 좋아하기에 이런 이야기를 만들었는데, 딱히 반전이 있나 싶기도 하고 반전이라고 쳐줘도 반전 치고는 너무 충격적이지 않아서 오히려 제가 충격을 받았습니다.

(여기서도 조금 후회했습니다.)

오히려 초반에 안 그래도 별로 안 되는 전력을 쏟아 글을 써서 글의 후반이 조금(많이) 부실하게 된 탓도 없지 않아 있는 것 같고, 현재도 어느 정도 반성하고 있는 점 중 하나입니다.

이렇게 계속해서 글쓰기 활동을 한 것을 후회하고 있는 것처럼 말하지만, 이런 기회가 저에게 주어졌다는 점에 매우 기뻤고 글을 쓰면서 어느 정도 재미도 있었으며 창의력, 전개, 어휘, 유머력 등 저에게 부족한 점을 온몸으로 깨닫게 되어 매우 값진 경험이 되었다고 생각합니다. 또한 제가 직접 이렇게 소설을 써 보니까 평소 제가 읽던 책들의 작가님들이 평소에도 존경스러웠지만 전보다 훨씬, 훨~~씬 더 존경스러워졌고, 저도 작가님들처럼 글을 좀 재미있게 써 보고 싶다고 느꼈습니다.

독자님께서 제 글을 읽으시면서 썩어버린 눈을 다음 친구의 글을 읽으시며 치료하시길 빕니다. 이렇게 쓰다 보니까 후기도 이제 지루해지고 있는 것 같으니, 이제 슬슬 끝내도록 하겠습니다.

이런 글을 쓴 저에게 또 한 번의 기회가 주어질 수 있을지는 모르겠지만, 혹시나 내년에도 글을 쓸 수 있는 기회를 주신다면, 그때는 정말로 글쓰기에 대해 진심으로 공부한 다음, 이 글의 수십 배는 깊게 생각하고 좋은 아이디어를 가지고 와서 1년 사이 성장한 모습을 보여드리고 싶다고 생각합니다.

저의 혼란스러운 글도 봐주시고 이렇게 후기까지 하나도 남김없이 봐주셔서 너무나도 감사합니다.

　끝으로 이런 저를 믿고 저에게 이런 영광스러운 기회를 주신 성광고등학교 성진희 선생님께 진심으로 감사드립니다. 여기까지 읽어주신 독자님께 앞으로도 좋은 일이 가득하시기를 진심으로 빌며 저는 이만 여기서 물러나도록 하겠습니다.

　감사합니다! Thank you very much!! :D

라스트

마지막 100인

1학년 김호진

태양계의 푸른 별, 아니 푸르렀던 별 지구. 지구는 인간들의 손에 의해 인간과 함께 멸망해 가는 중이었다.

2045년 9월 18일 지구 멸망까지 남은 인구 100명

이미 거의 멸망에 다가간 지구의 마지막 마을 에덴. 에덴에 남아 있는 100명의 사람들은 이미 멸망해 버린 지구를 부흥시키기 위해 노력을 한다. 그중에서도 17살의 소년 예준은 5살 때 부모님을 잃었지만 그럼에도 열심히 살아가는 아주 기특한 아이였다.

"예준아! 좀 쉬면서 하렴."

"네~! 이것만 마저 하고 쉴게요."

예준은 여느 때와 다름없이 땀을 뻘뻘 흘리며 밭을 갈고 있었다. 지구의 다른 곳은 이미 사막화되어 더 이상 농사를 지을 수 없을 정도였지만, 이곳 에덴은 마을 전체를 둘러싸고 있는 돔 형태의 장벽으로 인해 사막화를 어느 정도는 막을 수 있었다. 그렇다 해도 사막화의 영향을 완전히 막을 수는 없었기에 멸망해져 버리기 전의 지구보다는 먹을 것을 구하기 힘들었다. 그렇기에 이곳 에덴은 에덴 안에서 먹을 것이나 자원을 수집하는 '수확자', 에덴 밖에서 먹을 것이나 자원을 수집하는 '탐색자', 그리고 에덴을 부흥시키는 계획을 짜는 '계획자'. 이렇게 3그룹으로 나뉘어 각자의 위치에서 최선을 다하며 살고 있다.

2045년 9월 20일 지구 멸망까지 남은 인구 99명

예준이 죽었다. 이틀 전부터 실종됐던 예준을 탐색을 마치고 돌아오던 탐색자 무리가 방벽 바깥쪽 입구에서 쓰러져 있는 상태로 발견했다고 했다. 예준이 발견되었을 때 예준은 오래되어 못쓰게 된 방사복을 입고 있었는데, 이로 인해 사인은 방사능 피폭으로 추정된다. 에덴 밖은 예전에 있었던 원자력 발전소나 핵전쟁으로 인해 방사능 수치가 매우 높기 때문에 웬만한 생물들은 살아남을 수 없고 그나마 살아남은 생물도 방사능으로 인해 돌연변이가 되었다.

이 사건으로 에덴은 떠들썩해졌다. 예준은 동생이나 친구들에게는 리더처럼 여겨졌고, 마을의 어른들에게는 이런 암담한 현실을 이겨내게 해줄 밝은 등불과도 같은 존재였다. 어느 샌가 마을에서 중요한 역할을 맡고 있던 예준의 죽음은 마을 전체를 흔들 만한 큰 사건이었다. 하지만 예준의 사인은 추측할 만했다. 예준은 이전부터 마을 안에서 일하는 '수확자'보다는 마을 밖에서 위험한 일을 자진하며 하는 '탐색자'가 되기를 원했다. 예준은 자신도 무언가 하고 싶었다는 나름의 책임감으로 인해 목숨을 잃은 거겠지. 모두들 그렇게 생각했다. 아니 그렇게 생각할 수밖에 없을 정도로 그들의 삶에는 여유가 없었겠지…….

2045년 9월 26일 지구 멸망까지 남은 인구 78명

이곳 에덴은 기존 '수확자', '탐색자', '계획자' 외에도 또 다른 그룹의 사람들이 있었는데 바로 '피보호자'였다. 이들은 일을 하지 못하는 어린 아이들이나 노인들로 구성되어 있는데, 이런 '피보호자'들이 모여 있는 건물이 폭파하여 어린아이 13명과 노인 8명이 사망했다. 예준이 사망한 지 일주일도 채 지나지 않은 시점에서 이런 일이 일어났다는 사실은 모두를 두려움에 떨게 하기에는 충분했다. 사실 예준이 죽었을 때도 의문은 있었다. 탐색자와 일부 사람들만이 알고 있었던 방벽의 문을 예준이 스스로 열고 나갔을 일은 없었을 것이다. 그럼에도 사람들은 그 사실을 묵인하고 모른 척 했다. 하지만 사건이 일어나자 사람들은 그 사건을 상기하기 시작한 것이었다.

"예준이에 이어서 내 아들놈까지…… 범인 놈은 내 손으로 꼭 죽여 버릴 것이여!"

에덴의 '수확자' 대표이자 '피보호자' 아들을 두고 있는 황씨는 목소리에 분노를 가득 담아 소리쳤다

"저희가 최선을 다해 범인을 색출하겠습니다."

'탐색자'의 리더인 시우 씨가 말했다.

"너희 탐색자들이 범인인거 아니여? 예준이도 방벽에서 죽어 있는 거 너희들이 발견했고 이런 폭탄 같은 거도 밖에서 구하려면 구할 수 있겠지. 난 이제 너희 못 믿어!"

"황 어르신, 말씀이 너무 지나치신 거 아닌가요? 저희는 매일 밖에서 일하느라 이런 일을 벌일 수도 없다고요. 오히려 범인은 수확자 쪽에 있는 거 아닌가요?"

"뭐? 뭐가 어째? 너 이자식, 이번 기회에 아주······."

"어르신, 시우 씨 두 분 다 진정하세요."

마을의 계획자 중 한 명인 예나 씨가 두 사람 사이에서 두 사람을 말렸다.

"이대로 싸운다고 뭐가 바뀌는 것도 아니고, 정 만나기 껄끄러우시면 저희가 두 그룹 사이에서 중재자 역할을 해드릴게요."

"일단 알겠네. 하지만 누구든지 조그만 꼬투리 하나만 잡혀도 다 끝장나는 거여, 알았어?"

이렇게 수확자와 탐색자끼리의 갈등은 무언가 어색한 형태로 끝났다.

2045년 10월 8일 지구 멸망까지 남은 인구 70명

일단 수확자와 탐색자끼리는 만나지 않기로 했지만 그럼에도 그들 중에는 각자의 피치 못할 사정으로 헤어질 수가 없는 사람들이 있었다. 예를 들자면 수확자와 탐색자끼리의 사랑이라던지 서로 다른 곳에서 일하지만 서로 가족이라던지와 같은 이유로 몰래 밤에 만나는 이들이 있었는데 그들이 죽었다. 사인은 총살이었다. 에덴은 모두가 총을 들고 다니는데, 마을 밖에는 돌연변이 동물들이 돌아다니기 때문에 사람들은 모두 자기보호 차원

에서 호신용 총을 들고 다녔다. 이번 사건은 어떤 집단이 가해자가 되어도 이상하지 않을 사건이었다. 하지만 무언가 수상한 점은 있었다. 바로 이 사건에서 중심축에 섰던 계획자들, 그리고 중재자라는 명분으로 두 그룹 사이에 서 있었던 예나 씨.

2045년 10월 15일 지구 멸망까지 남은 인구 37명

수확자 14명 탐색자 19명이 죽었다. 수확자 측 사인은 물자에 들어 있던 폭발물로 인한 폭사, 탐색자 측 사인은 식재료에 들어 있던 독으로 인한 중독사였다. 이번 사건으로 범인은 중간에서 중재자 역할을 하던 계획자도 용의자 목록에 들어갔다. 생존한 인원은 수확자 총 12명, 탐색자는 7명 그리고 계획자 18명인데, 사망한 인원은 수확자 19명 탐색자 23명 계획자 0명으로 아무리 보아도 계획자 특히 그중에서도 중재자 역할을 맡았던 예나 씨가 범인으로 유력하여 그녀를 처형대 위로 올렸다.

"너희 계획자 중 또 누가 있는지는 모르겠지만 다음에 또 걸리면 죽는 것이여!"

"맞습니다. 또 이런 일이 생긴다면 절대 용서치 않겠습니다!"

"우선 본보기로 이 사람을 처형하도록 하겠어!"

"제가 한 거 아니에요! 살려주세요!"

"너희 계획자들 중에 다른 사람도 있지? 걸리면 우리 손에 아주 죽는 것이여!"

예나 씨가 아무리 소리쳐도 그녀의 소리는 처형장 안을 맴돌 뿐이었고 그녀는 처형대의 이슬이 되었다.

2045년 11월 15일 지구 멸망까지 남은 인구 12명

서로가 서로를 믿지 못하고 서로가 서로를 죽이는 나날이 계속된 지 한 달째. 남은 12명의 사람들은 사태의 심각성을 인지하고 서로 뭉쳐서 지내기로 했다. 서로가 서로를 감시하며 2명씩 번갈아가며 망을 보는 나날이 반복되었다. 일을 할 여유도 없이 줄어드는 물자만 바라보며 하루하루가 넘어갔다.

2045년 12월 25일 지구 멸망까지 남은 인구 5명

돌연변이 도마뱀이 출연했다. 약 12미터에 달하는 거대한 도마뱀에게 총격을 가해 결국 쓰러뜨렸지만 7명이 죽었다. 열려 있던 방벽의 문 사이로 들어온 것 같다.

"시우 자네 저번에 방사복을 입고 어디 가는 거 같던데, 자네가 범인인 거 아니여?"

"어르신. 그때 전 정기 순찰을 나간 김에 방벽의 문을 확인하러 가러 간 거라고요. 오히려 어르신이야말로 남은 사람들을 보고 있던데, 어르신이 범인이신 거 아니에요?"

어리석게도 이런 상황에서도 사람들은 언쟁을 벌였다.

2045년 12월 31일 지구 멸망까지 남은 인구 2명

시체가 된 사람들 사이에서 시우 씨가 고통스러워하며 토하고 있었다. 시우 씨의 옆에는 이미 싸늘한 주검이 된 황 어르신과 다른 사람들이 쓰러져 있었다. 열려 있던 문으로 인해 마을 전체가 방사능으로 뒤덮이고 사람들이 죽어갔다.

2046년 1월 1일

드디어 새해가 되었다. 마을에 있는 사람도 이제는 없다. 인간이라는 존재는 멸종하였다. 나를 제외하고는.

지구 멸망까지 남은 인구 1명

나는 예준이라는 도미노를 하나 넘어뜨렸을 뿐이다. 하지만 인간들끼리의 불신이라는 도미노들이 차곡차곡 쓰러지면서 결국 나를 제외한 모두 쓰러지고 말았다. 이 기분은 희열인지, 광기인지조차 더 이상 알 수 없게 되었다.

하지만 마침내 나의 목적을 달성했다. 나의 손으로 이 종을 없앤다. 나의 손으로 이 지구의 운명을 바꾼다. 지구를 이렇게 만든 인류라는 종에 영원히 안녕을 고한다. 이 지구의 한 획을 그은 인간이라는 종 그 인간의 획을 여기서 끊어낸다. 만약 신이 인간을 창조한다면, 나는 그 인간을 파괴한다. 비로소 나는 이 세계의 나의 존재를 각인시킨다.

성경에 이런 구절이 있다.

'Vanitas Vanitatum et omnia Vanitas'. 헛되고 헛되니 모든 것이 헛되도다.

이 구절처럼 인간이라는 존재는 너무나도 헛되다. 이 헛됨의 마무리를 내가 짓는다. 그리고 이제 내 머리를 향하고 있는 이 방아쇠만 당기면 나의 목적은 달성된다.

나의 손으로 이 세계의 한 획을 끊어낸다. 웃음이 나온다. 눈물이 나온다. 환희로 입꼬리가 올라간다. 분노로 표정이 일그러진다. 이 방아쇠를 당긴다면, 이 손가락을 움직인다면, 내 감정을 움직인다면, 나를 지운다면. 그리고 손가락이─

에필로그

안녕하세요. 소설 '마지막 100인'을 쓴 김호진입니다.

우선 이 글을 읽어주신 모든 독자 여러분께 감사의 말을 올립니다. 원래도 글을 구상하거나 글을 읽는 것을 좋아하였는데, 우연히 책쓰기동아리 그린비에 들어가게 되어 글을 쓰기 시작하였습니다.

이 글을 쓰게 된 동기는 이 책에서 나온 것과 같이 서술자가 독자를 속이는 일명 '서술트릭'이라는 장르를 알게 되어, 저도 서술트릭 장르의 글을 쓰고 싶다는 막연한 생각에서부터였습니다. 그러다 이번 그린비 글쓰기 활동의 주제가 환경이라는 것을 알게 되고 환경 파괴로 인한 아포칼립스 장르를 떠올리고, 요즘 즐겨하는 마피아 게임을 모티프로 하여 탄생한 작품이 바로 이 글입니다.

이 글에서는 다양한 인물이 나오는데, 이런 인물들이 서로 상호작용하며 처음에는 서로 분업하며, 서로 이 사태를 이겨나가려는 모습을 보여 주지만, 나중에 가서는 서로를 믿지 못하며 서로를 멀리하며 결국 파멸에 이르게 됩니다.

이 글에서의 범인은 위에서 설명한 것처럼 이 글의 서술자입니다. 범인은 멸망한 인간 사회에서 자신이 마지막 서사를 써나가는 이 세상에서의 작가와 같은 사람이 되기를 원했습니다. 그 바람은 그 방식이 옳든 옳지 않든 간에 자신의 손으로 직접 이루었는데, 이런 주인공의 모습이 어떤 사람에게는 다소 충격적으로 어떤 사람에게는 매력적으로 다가갈 수 있기를 바랍니다.

글을 마치며 다시 한번 이 글을 읽어주신 독자 여러분께 감사의 말씀을 올립니다.

지구 온난화

산 속의 사람들

1학년 임세헌

"성민이 형 이제 좀 일어나. 벌써 10시야."

익숙한 목소리에 나는 눈을 떴다.

익숙한 목소리를 들으니 5년 전의 향수가 밀려들어 왔다.

원인도 모른 채 갑자기 가속된 지구 온난화부터 일부 산지 지대를 제외한 모든 육지가 물에 잠긴 일, 그리고 뉴스로 본 익사해 죽어가던 사람들, 살아남은 그날 하늘을 올려보았을 때 유독 빛나던 유성들. ― 모든 게 여전히 생생하다.

끔찍한 과거의 일들을 상상하니 잘 정착해 물에 잠기지 않은 고산 지대에서 행복하게 살고 있는 지금이 다행이라고 느껴지는 듯했다.

많은 어려움 끝에 얻은 지금의 행복한 나날들을 늦잠 따위로 낭비하지 않아야겠다고 생각하며, 나는 침대에서 일어났다.

나를 깨운 목소리의 주인공인 성훈이는 여전히 바깥에서 들어오는 햇살을 보기 싫은지 어제 쳐둔 커튼을 걷지도 않은 채로 게임에 집중하고 있었다.

"어, 형, 일어났어?"

"응, 이제 옷 갈아입고 밖으로 나가야지. 오늘은 할 일이 많아."

우리는 현재 지구 전체에 닥친 큰 기후 위기 때문에 발생하는 온갖 자연 재해와 변칙적인 날씨, 그리고 대부분의 지상 기반 시설이 해수면 상승으로 물에 잠긴 탓에 실내에서 작물 재배를 하고 있다.

내 일은 그 실내 작물 재배를 돕는 것이다.

해수면 상승과 자연재해 등으로 99.9%의 인류가 사라졌기 때문에 그 정도 농사만 지어도 남은 사람들을 부양하는 데에는 충분하다.

나는 얼른 늦게 일어난 만큼 서둘러 옷을 갈아입고 세면을 끝냈다.

그리고 남아 있을 성훈이를 위해 커튼을 걷었다.

그러자 밝은 햇살이 내 눈으로 밀려 들어왔다.

너무 많은 양의 빛에 나는 잠시 눈을 감았다.

그리고 나가기 전 마을의 모습을 한 번 더 눈에 담기 위해 눈을 떴을 때, 나는 내 눈에 들어온 충격적인 광경에 그대로 자리에 주저앉고 말았다.

모든 것이 빨간색이었다.

마을을 덮는 불꽃의 강렬한 빨간색과 곳곳에 얼룩진 피들의 충격적인 빨간색이 구석구석 어우러진, 그야말로 빨간색이었다. 나는 마을 위로 타오르는 강렬한 불꽃을 보며 멍한 채로 있다 피를 보자 얼른 정신을 차리고 밖으로 뛰어나갔다.

바깥은 사람들의 비명소리로 가득했다. 무슨 일이 일어난 건지 파악하려 애쓰면서, 나는 도망가는 사람들의 인파 속에서 아는 사람을 찾으려고 애썼다. 현재 상황에서는 그것이 가장 최선책으로 판단되었다. 아는 사람을 만난다면 무리에 동참해 대책을 마련하고 위험으로부터 최대한 멀어질 수 있을 것이다. 또한, 이 상황의 정황을 어쩌면 전해들을 수 있을 터였다.

그렇게 생각에 빠져 있던 와중에 나는 인파 속에서 아는 얼굴을 인식하고 정신이 번쩍 들었다. 내가 이 재앙이 처음 일어나던 시점인 5년 전부터 알던 김 아저씨였다.

나는 아저씨가 나를 그냥 지나칠세라 급하게 아저씨를 불렀다.

"아저씨!"

아저씨는 달리던 와중 놀란 기색으로 내 얼굴을 보더니 얼른 내게로 다가왔다.

"이 난리에 무사하다니 정말 다행이구나! 대체 어디에 있었던 거니?"

"무슨 일인지는 모르겠지만 늦잠을 자느라 집에 있던 덕분에 아직 여기 멀쩡히 서 있을 수 있었던 것 같아요."

"어쨌든 참 다행이구나. 일단 빨리 뛰자. 뒤에 성훈이도 챙기고. 그들이 오기 전까지 시간은 얼마 없으니."

그들? '그들'이란 누구를 칭하는 말이지? 나는 머릿속에 자리 잡은 궁금증을 뒤로한 채 아저씨를 따라 달리기 시작했다.

얼마나 달렸는지 시간 감각이 사라져 가기 시작하고 마을을 상당히 벗어나 근처의 숲으로 보이는 지점에 이르렀을 때, 우리는 달리는 것을 멈추었다.

"헉. 헉. 이 정도면 한동안은 그들이 우리를 쫓아오지 못하겠지…… 일단 한숨 돌리고 향후 계획에 대해 생각해 봐야겠군."

김 아저씨가 숨을 몰아쉬며 혼잣말을 했다.

"도대체 '그들'은 누구를 말하는 거죠? 마을을 뒤덮은 불길은 다 뭐고요? 우리 마을에 도대체 무슨 일이 일어난 거죠? 살아남은 사람들은 얼마나 되나요?"

나는 그 말을 기점으로 머릿속에 자리 잡은 의문을 해소하기 위해 질문을 퍼붓기 시작했다. 나도 내가 짧은 순간에 이렇게 많은 말을 할 수 있는지 처음 알았다. 하지만 지금은 질문에 대한 답을 알고 싶은 마음만이 강했다.

"이런, 네가 실내에만 있었다는 사실을 간과하고 있었구나. 네게도 이 상황을 알고 있는 것이 훨씬 더 도움이 될 테지. 일단 안전은 확보했으니 이 상황에 대해 간단히 설명해 주마."

김 아저씨가 미안한 기색을 띠며 내게 이 상황을 설명하기 시작했다.

"일단 이 상황의 발단은 아침 9시경 어떤 사람이 마을에서 약간 떨어진 섬 변두리에서 발견된 시점부터였어."

아저씨가 설명했다. 지구 온난화로 인한 해수면 상승으로 대부분의 육지가 물에 잠기고 일부 고산 지대만 섬이 된 상황이니, 섬 변두리라는 말은 납득이 되었다. 다만, 어떤 사람이 발견되었다는 말은 그 사람이 우리 마을 사람이 아니라는 의미일진데, 어떻게 멀리 떨어진 다른 마을 사람이 우리 마을에서 발견된 건지 정황이 이해가 가지 않았다. 그 생각을 하자마자 아저씨가 내 마음속 질문에 대답하듯이 바로 입을 열었다.

"우리는 그 사람에게 모두가 갑작스럽게 접촉하는 것은 위험하다고 판단

하고 한 사람을 대신 확인시켜려 보냈어. 그러자 멀리서 본 바로는 어떤 얘기가 오가는 것 같더니 그 정체 모를 사람이 우리 사람을 죽였어! 그냥 찔러 죽였다고! 우리는 화가 나서 그 사람을 잡으러 가려고 했지만 그 사람은 어딘가로 연락을 취하는 것 같더니 바다 쪽으로 사라지고 말았어."

나는 갑작스러운 분위기의 반전에 적잖게 당황하였다. 피를 봤을 때부터 예상했지만, 사람이 사람을 죽인 살인이 내 앞에서 일어나고 있다는 사실에 온몸에 소름이 돋을 만큼 긴장되기 시작했다.

"그러더니, 우리 마을 사람들보다 훨씬 많은 것 같은 수의 사람들이 무장한 채로 배를 타고 우리 섬으로 건너오기 시작했어. 그놈들이…… 그놈들이 이 마을을 이렇게 만든 거라고!"

김 아저씨는 상당히 흥분했는지 얼굴이 빨개진 채로 언성을 높였다.

"그럼 아저씨가 지금 말한 우리 마을을 그렇게 만든 놈들의 정체는 뭐죠? 혹시 아시는 게 있나요?"

나는 앞으로의 일에 대한 걱정과 그놈들에 대한 분노로 아저씨를 따라 덩달아 얼굴이 붉어진 채로 아저씨에게 물었다. 이놈들에 대한 어떤 정보라도 알 수 있다면 생존이든 마을 사람들에 대한 복수든 훨씬 더 도움이 될 것이었다.

"아쉽게도 놈들에 대한 어떤 것도 아직까지는 아는 사람들이 없어. 놈들의 수가 아주 많으며 칼 등의 무기를 소지하고 다닌다는 것이 현재까지 우리가 아는 유일한 정보지. 지금으로써는 상황이 불리한 관계로 계속 도망치는 것만이 최선일 것 같다. 이제 숨도 돌렸으니, 안전지대가 나올 때까지 계속 움직이자. 성훈이도 힘들어도 조금만 힘내고. 어서 일어나자."

아저씨는 말을 마친 뒤 일어나 다시 떠날 채비를 했다. 아저씨가 서두르자 현재 상황에 안심하고 있던 우리도 갑자기 마음이 급해져 허겁지겁 일어났다.

우리는 그렇게 임시 건물이 지어진 숲 속으로 향했다. 마을 쪽이 어떤 상황인지 모르기 때문에 최대한 빨리 움직여야 했다. 우리는 급하게 발걸음을 옮겼다. 숲 속으로 들어갈수록 나무들이 더욱 울창하게 우거져 이동이 더뎌졌기 때문에 우리는 발걸음을 재촉했다.

그 순간, 주위에서 부스럭거리는 소리가 들리기 시작했다. 임시 건물에 대해서는 우리만 알고 있다는 확신 때문에 처음에는 애써 마음속에 피어오르는 불안감을 무시할 수 있었으나, 몇 초 뒤 칼을 든 여러 명의 사람들과 마주쳤을 때, 나는 현실을 직시할 수밖에 없었다. 우리는 그놈들과 마주친 것이었다.

"거기, 도망가려던 것 같은데, 안타깝게 됐어. 네놈들 마을에 있던 놈들처럼 괜히 저항하다가 험한 일 당하지 말고, 순순히 따라오는 것이 좋을 거다."

놈들 중 우두머리로 보이는 놈이 우리에게 말했다. 마을에서 다치고 충격적인 일들을 경험한 사람들을 웃으면서 언급하는 놈의 얼굴을 보니 분노를 주체할 수 없었다. 하지만 참아야 했다. 이건 나뿐만이 아니라 김 아저씨, 그리고 성훈이의 목숨이 걸린 문제였으니까. 나는 마음이 최대한 가라앉을 때까지 노력하면서 주변의 상황을 살폈다. 김 아저씨와 성훈이 또한 겁에 질린 동시에 화가 나는 듯 그들을 노려보고 있었다. 나는 김 아저씨와 눈빛을 교환했다. 김 아저씨 또한 현재로서는 순순히 잡혀가는 것이 최선이라고 판단한 것 같았다.

김 아저씨와 의견을 교환한 나는 말했다.

"투항하겠다."

그 남자가 말했다.

"좋은 선택이군. 역시 저승보단 이승이 낫다는 건가."

나와 김 아저씨, 성훈이는 순순히 우두머리 남자와 부하들을 따라 다시 숲 밖으로 나왔다. 그들은 마을 입구를 지나 마을 중앙 건물로 향했다. 아마 그들이 마을을 공격했을 때 마을 중앙 건물도 같이 점령한 것 같았다. 긴 복도를 따라 걸은 후 오른쪽으로 꺾어 '집무실'이라고 적힌 건물 내에서 가장 큰 방 앞에 서니, 우두머리로 보였던 남자보다 더 상관으로 보이는 남자가 앉아 있는 것이 보였다. 아마 이 남자가 마을을 공격한 무리의 진짜 우두머리인 것 같았다. 안으로 들어가자 진짜 우두머리로 보이는 얼굴에 흉터가 있는 남자가 입을 열었다.

"너희들은 참 운이 좋은 놈들이군. 다른 놈들은 단체로 저항하다 전부 죽었는데 말이야."

남자가 손가락으로 지시하자 옆에 있는 부하들이 우리들을 강제로 무릎 꿇리고 뒤에서 도망치지 못하게 막았다. 정리가 끝나자 남자가 다시 입을 열었다.

"너희들은 운 좋게 살아남았으니 내가 넓은 아량을 베풀어주지. 나에게 궁금한 것들을 물어봐도 좋다."

남자는 마을을 완전히 정리한 게 기분이 좋은지, 입꼬리를 올리며 우리들에게 말했다.

"너희들은 어디에서 왔지? 대체 정체가 뭐냐? 마을을 공격한 이유는 무엇이지?"

김 아저씨가 내가 입을 열기도 전에 궁금한 점을 쏟아냈다.

"워워, 궁금한 게 많아도 진정하라고. 하나씩 다 대답해 줄 테니까. 일단 마을 사람들을 상처 입히고 가둔 건 정말 미안하게 됐군. 나도 의도치 않았는데 저항이 너무 거세서 말이야. 뭐 어차피 내가 말로 설득해 봤자 들을 것 같지는 않지만……. 일단 처음 질문에 대해서는……."

남자는 그 말을 듣자마자 이야기를 쏟아내기 시작했다. 그 남자의 이야기는 의외인 부분들이 많았다. 그 남자의 말에 따르면, 그 남자와 부하들은 우리 섬에서 멀리 떨어진 섬에 거주하는 주민이었다. 그 섬은 조용하고 평화로운 섬이었다. 그 섬에 있던 기상 천문학 관측소의 과학자들과 일부 세력이 기득권을 잡은 경향이 있다는 점을 제외한다면 말이다. 그리고 문제는 그 세력들로부터 일어났다. 어느 날 과학자들과 결탁한 세력들이 섬을 점령한 것이다. 그들은 물자와 생활용품들을 모두 차지한 채 다른 사람들과 교류를 끊는 것을 택한 것이다. 그때 남자와 다른 마을 사람들이 힘을 모아 과학자 세력을 제압하는데 성공했고, 계속 추궁한 결과 충격적인 사실을 듣게 되었다. 사실 천문학 관측소의 과학자들은 몇 달 전부터 지구로 운석이 다가오고 있다는 사실과 그 운석이 지구를 박살내 버리기에 충분하다는 것과 그 기간이 몇 달 남지 않았다는 사실을 알고 있었던 것이다. 또한 물자 파악 결과 마을 사람들이 그 물자로 사람들이 생존할 수 있는 기간이 몇 주 되지 않는다는 것 또한 예상하고 있었다. 이를 이유로 기득권층들이 물자를 독식하여 최대한 버티는 것을 택했던 것이다. 이러한 소식을 들은 사람들은 놀라는 것도 잠시, 물자 부족 문제를 해결하기 위해 우리 섬으로 쳐들어 온 것이 오늘의 일이다.

나와 아저씨, 성훈이는 이 소식을 듣자마자 벙쪘다. 운석이라니? 전혀 예상하지 못했던 말이었다. 그리고 운석이라면 지구가 망하기 전부터도 감지해 사람들에게 알릴 수 있을 터인데, 어째서 알리지 않은 거지? 모든 것이 의문이었다. 그때 흉터 진 남자가 다시 입을 열었다.

"그건 정부가 숨겼기 때문이지. 운석이 지구로 곧장 충돌할 확률이 극히 낮다고 판단되기도 했고."

모든 사실을 알고 나자 나는 내 안의 무언가가 끊어지는 감정을 느꼈다. 나는 분노로 가득 찬 채 외쳤다.

"그렇게 운석 충돌로 지구가 망할 날이 머지않았다면, 왜 그렇게까지, 사람들을 죽이면서까지 식량을 얻어 네놈들만 잘 살려고 했던 거지? 다 같이 평화롭게 살다가 가는 게 그렇게 마음에 들지 않는 건가? 그게 진정으로 인간다운 삶이라고 생각하는데."

남자는 웃으면서 말했다.

"몇 달을 살더라도 우리가 배부르게 살다 가는 게 중요한 거지, 다른 게 뭐가 중요한 거지?

어차피 도덕이라는 개념은 인간이 만들어낸 개념에 불과해. 이 세상은 이제 끝났어."

남자는 실성한 것 같았다. 그리고 갑자기 정색하면서 말했다.

"이제 이야기가 끝났으니, 곱게 죽어라. 우리는 몇 달이라도 더 살 테니."

남자 옆에 서 있던 다른 부하들 중 한 명이 몽둥이를 들었다. 그리고 성훈이를 내리쳤다. 성훈이는 피를 토하며 쓰러졌다.

"성훈아!"

나는 놀라서 소리쳤다. 몽둥이를 든 부하는 이번에는 김 아저씨로 향했다. 그때 김 아저씨가 갑자기 일어나 다가오는 사람들을 밀쳤다. 그리고 소리쳤다.

"야, 도망쳐! 적어도 더러운 놈들 손에는 죽지 마!"

나는 김 아저씨가 놈들이 방심한 틈을 이용해 만들어 낸 기회를 통해 도망쳤다. 속으로 놈들을 저주하며, 김 아저씨를 기리면서 말이다. 그것이 진정으로 김 아저씨를 위한 일일 것이다. 나는 복도를 따라, 마을 밖을 따라, 해안가 낭떠러지로 도망쳤다. 다행히 나를 놓쳤다고 생각한 건지 나를 더 이상 쫓아오지는 않았다. 나는 눈물을 흘리며, 내가 살면서 사랑한 모든 사람들을 떠올리며, 그리고 나의 고향 지구를 떠올리고, 나의 모든 지난 날을 회상했다. 사실 이 모든 일들은 서로를 파괴하는 것을 넘어 그들의 삶을 터전까지 파괴하기 시작한 인간들을 위해 신이 직접 선택한 결말이 아닐까?

나는 생각하며, 바다 위로 낙하했다.

차가운 기운이 내 몸을 감쌌다. 그리고 의식이 흐려졌다.

에필로그

저는 1학년 임세헌입니다. 이 소설을 쓴 이유는 그냥 평소 아포칼립스나 환경오염에 대해 생각해 본 적이 많았기 때문에 두 가지를 연결해 보고 싶었기 때문입니다.

이 소설은 인간의 이기심으로 일어난 지구 온난화로 인해 만들어진 섬에 사는 사람들과 그 사이에서 일어나는 갈등, 그리고 그 과정에서 다시 한번 드러나는 인간의 이기심이 주요 소재입니다. 끝은 주인공의 전반적인 성찰로 끝이 납니다.

사실 이번 소설은 여러모로 많은 아쉬움이 남는 것 같습니다. 원래는 평소에도 아포칼립스를 망상하고 생각하는 사람답게 낭만적인 아포칼립스 이야기를 써 보고 싶었으나 개인적인 사정으로 일주일을 빠져 몇 시간 만에 마감해야 하는 상황에 마주하는 바람에 이러한 이야기로 끝나게 되었으니 말입니다. 다음에 또 소설을 쓰게 된다면 최선을 다해 아포칼립스 소설을 써 보도록 하겠습니다.

참고로 주인공 이름인 조성민과 조성훈은 제 반 친구와 그 동생의 이름입니다. 자기 이름을 주인공으로 쓰도록 허락해 준 사람이 얘 밖에 없어서 이렇게 되었습니다.

제 소설 소재를 함께 고민해 주고 수정하는데 도움을 준 친구들에게 감사를 표합니다.

만욕

구더기

1학년 오동건

살인이었다.

그것도 연쇄 살인.

한 사내가 사건현장을 바라보았다. 그는 이목구비가 미려했고, 근육질의 몸을 가진 미남이었다. 긴 코트를 걸치고 있었으며, 그에게서 풍겨나오는 묵직한 기색은 그가 일반인이 아님을 짐작할 수 있게 해줬다.

음침한 골목, 살인 사건, 그리고 한 사내. 그런 분위기를 연주하듯 조용히 울리는 빗소리. 어둑어둑한 골목 사이로 내려앉은 물방울들. 그것들 모두가 하나의 요소로 어우려져 골목의 음침함을 한층 더 가미시키고 있었다.

'시체냄새가 코를 찌르는 군. 어쩌다 이렇게 됐냐······.'

꽤나 시간이 지난 시체라 그런 건가.

사내는 손을 흔들어 냄새를 치우는 시늉을 했다.

뭐, 이런다고 사라질 냄새가 아니었지만. 코를 매섭게 찌르는 냄새. 구더기마냥 들끓는 그 냄새는, 빈말로도 좋다고 할 수 없었다. 그래도 익숙해져야 했다.

형사란 직업은. 특히 앞에 강력반이라는 직함이 붙었다면. 시체랑 친하게 지낼 수밖에 없으니까. 그것뿐만이 아니었다. 흐르는 피, 철 지나 썩어 문드러진 무언가와 역겨운 구더기들까지도 친하게 지내야 했다. 사내는 내심 그런 것들이 역겹다고 느끼면서도, 낯빛은 여전했다. 사내에게는 친숙해질 수밖에 없어진 것이었기 때문에. 윗대가리들의 뒤청소를 해주다 보면 이런 걸 자주 보거든.

"오랜만에 담배가 당기는군. 물론 나한테는 그런 사치품 따위를 살 여력은 없지만. 곧 따라갈테니까 기다려라."

조용히 지껄인다. 시체가 된 옛 동료를 바라보며 그는 옛 감상에 잠시 잠겼다.

"머리 아프네……. 강 형사. 뭔가 알아낸 건 없나?"

그 순간, 말소리가 들려온다.

"강 형사."

사내를 부르는 말이었다. 찰박찰박, 발소리를 들으며 사내는 무표정을 풀었다. 사람을 마주보기 위해 얼굴을 움직였다. 입꼬리를 끌어올리고, 눈꼬리를 움직인다. 이렇게, 아니 이렇게였던가. 그는 얼굴 근육을 대충 끌어당긴 후 그를 바라봤다.

"아, 단장님. 지금 알아보는 중이긴 합니다만. 이거 비가 너무 내리기도 했고, 시체가 구더기한테 파 먹힐 대로 파 먹혀서 과학수사대한테 넘겨야 뭐를 알 수 있을 것 같습니다."

"어, 음…… 그래?"

사내의 얼굴을 본 그는 살짝 당황하는 듯했다. 뭔가 또 잘못한 건가. 표정을 짓는 것은 어렵다. 객관적으로 얼굴에는 80여 개의 근육이 있다고 한다. 이 근육을 하나하나 움직여 모양을 만드는 게 쉬울 리가 없었다.

특히 그한테는.

그는 떨떠름하게 사내를 바라보며 입을 떼었다.

"…… 그래서, 이게 몇 번째였지?"

"25번, 25번째였을 겁니다."

"하아…… 또 엄청 깨지겠네. 안 봐도 뻔하지. 뉴스에선 무능한 경찰이라고 욕먹고, 청장 그 탈모한테는 까일 대로 까이고. 그렇게 자신 있으면 자기네들이 하지. 왜 우리 보고 지랄인 건데?"

그는 머리 아프다는 듯이 오른손으로 얼굴을 쓸어내렸다. 오늘도 야근 확정인가, 그는 그리 중얼거렸다.

"고생하시겠네요."

"그러게 말이다……. 이 시국에 사람 몇 명 죽는 게 대수라고…… 구더기들은 저기 밖에 쓰레기나 줏어먹다가 죽어가는데. 노블 이 새끼들은 자기 이권에나 관심있지, 이 돔 밖에서 어떤 일이 일어나고 누가 죽고 이런 거에는 하등 관심이 없어. 가끔 살다 보면 내가 형사인가 의문이 든다. 그냥, 저기 높으신 분의 개새끼가 아닐까 하고 말이지."

그리 말하며 낄낄대던 그는 담배를 하나 꺼내 입에 물었다.

자조적인 웃음이었다. 이리저리 피어오르는 담배연기. 벽면에 금연 표시가 눈에 띄었다. 단장한테 이 행위는 일종의 반항이었다. 윗대가리들에게 외치는. 그러나 항상 그랬듯이.

담배가 사치품이 된 시대에서 조용히 피어오르는 봉화는, 한 마디 말 못하고 빗속으로 흩어졌다. 그는 얼굴을 찡그리고 고개를 치켜들었다. 물방울이 떨어지며 얼굴을 적셨다.

"이게 맞나 싶어 참. 몇몇 인간만이 선택 받아서 돔 안에서 살고, 나머지는 저기 쓰레기촌에서 산다는 게. 말로는 민주주의네, 빈부격차는 극복할 수 있네 하지만. 다들 알잖아? 금수저가 압도적으로 유리하다는 건. 지구는 망한 지 오랜데, 어떻게든 살겠다고 돔을 만들고, 편을 가르고. 담배만 봐도 그래. 너 담뱃값이 왜 이리 올랐는지 아나. 저어어어기 높으신 분들이 대기 오염이니, 뭐니 하면서 세금을 더럽게 붙여서 그래. 근데 있잖아. 웃긴 건 말이야. 그러면서 지네들 자가용은 친환경이니 뭐니 하면서 괜찮다고 말하는 꼴이야. 이런 걸 보면 가끔은 우리가 저런 구더기가 아닐까…… 싶단 말이지."

"뭐, 어쩌겠습니까. 우리가 무슨 힘이 있다고."

"그렇지……. 어휴. 내가 뭔 소리를 하는 건지. 일할 준비나 하자."

그는 누구한테 하는 말인지 모를 말을 뇌까렸다.

한 10년 정도 늙은 얼굴로 말이다. 찰박찰박, 그는 마저 일을 하기 위해 빗속으로 사라졌다.

'피곤하군.'

역시 사람을 상대하는 건 귀찮아. 사내는 무표정한 얼굴로 그곳을 바라봤다. 그래도 마지막 대화여서 그런지 기분이 썩 그리 나쁘지만은 않았다.

그나저나 비는 역시 익숙해지지 않는군. 이딴 게 선택 받은 자들의 특권이라니. 참 웃기지도 않는 소리야.

마치 구더기가 얼굴을 기어다니는 것 같잖냐. 손가락으로 얼굴의 물을 훑어 냈다. 돔 안에서 오랫동안, 그러니까 한 5년하고도 2개월 2일 3시간 2분 정도 지내도 이런 건 익숙해지지 않는다. 비도, 표정을 짓는 것도, 저 구더기들도.

"강 형사! 어디 갔어!"

…… 그리고 악취도. 그는 그런 감상을 느꼈다.

'뭐, 마지막 날로는 나쁘지 않나. 좀 슬프긴 하네.'

턱을 벅벅 긁고는 입 언저리에 미묘한 감정을 올렸다. 고개를 치켜드는 감정을 가슴팍 언저리로 밀어 넣는다.

'흠, 피부가 간지럽네.'

사내는 괜히 피부가 간지럽다고 느끼며, 발을 떼었다.

"지금 갑니다!"

* * *

한때, 사내, 그러니까 강 형사는 높으신 분들의 개였다. 반역자를 죽이고, 그들의 심기를 거스르는 사람들을 죽이는. 그런 사냥개. 그런데 만약 그 사냥개가 주인을 문다면. 어떻게 되겠는가. 그런 생각을 한 그는 피식하고 실소를 흘렸다.

일은 다 끝냈다. 아마 후임이 어떤 놈이던지 간에 일처리가 어렵지는 않을 거다. 모두 금방 내 빈자리를 잊겠지.

그럴 거다. 그래야만 한다. 안 그럼 미련이 생길 거 같으니깐

'짝짝'

"자, 모두들! 퇴근합시다."

퇴근시간이었다. 인생의 마지막 퇴근인가. 주변의 어수선한 분위기를 느끼며 자리를 정리한다. 컴퓨터를 끄고, 널브러진 서류철을 묶어 넣는다. 입가에 쓴웃음을 걸쳤다.

'비는 그친 건가.'

투명한 유리창 너머로 바깥을 본다. 물방울이 더 이상 떨어지지 않는다. 아무래도 마지막 퇴근길은 기분 좋게 퇴근할 수 있겠군. 그는 가방을 왼손에 쥐어들고 부서를 나섰다.

"그럼 저는 이만 들어가 보겠습니다!"

"어, 그래. 강 형사 내일 보자고."

"넵, 수고하십시오."

'내일이라……. 볼 수 있으면 좋겠네요.'

그는 입에 쓴웃음을 걸쳤다. 찰박찰박, 물웅덩이를 밟아가며 길을 걷는다. 어느새 해가 지며 어둑어둑해진 거리.

조용했다. 낮과 달리.

"담배나 하나 사갈까."

그는 누구나 들으라는 듯 지껄였다. 어쩌면 조용한 적막을 깨기 위해서일지도 몰랐다. 그래, 마지막 날 담배 한 갑 정도는 괜찮겠지. 잠시 가게에 들러 담배를 사서 나온다. 일상과 다를 바 없는 모습이었다.

너무나도 평화롭다. 너무나도 평화롭고, 평화롭다. 잠시 길거리에 멈춰서고는 잠시 주변을 둘러봤다. 돔 안에, 선택 받은 몇 명만 누릴 수 있는 평화를 둘러본다. 그 순간 그의 눈에 들어오는 한 광고판.

"'모두 돔에 와서 즐겁게 사세요?'

그걸 읽은 그는 실소를 흘렸다. 모든 걸 아는 그의 입장에선 웃기지도 않는 소리였다. 오히려 질 낮은 농담에 가까우면 가까웠지 말이다.

돔.

정확한 이름은 다목적 보호 보존 거주 지구. 그는 길을 걸으며 과거를 회상했다. 한 100년 전쯤 지구는 망했다.

다름 아닌 인간들 손에.

지구 온난화, 기상 이변, 환경오염.

인간들이 불러온 재앙들의 이름이었다. 급격한 발전, 그에 뒤따르는 수많은 문제들. 인류는 이를 인식하고 있었다.

그래. 분명 그랬을 터인데. 수많은 협약을 맺고, 노력했을 터인데. 망했다. 그 이유가 어째서인지는 모른다. 그 당시 기록이 없어서 정확히 알 수 없다나 뭐라나.

그러나

'개소리지.'

그는 그 소리를 한 마디로 일축했다. 개소리라고. 말도 안 되는 소리라고. 그는 어떤 일이 일어났는지 알고 있는 사람 중 하나이니까.

핵전쟁.

그냥, 그런 이유였다. 인류가 멸망한 이유는. 자기네들의 이권을 챙기는, 쓰레기들 때문에 그렇게 지구는 순식간에 불모지화 되었다. 그 누구도 살 수 없는 죽음의 땅이 되었단 말이다. 그러나 꼭 죽으란 법만 있는 것은 아닌지. 딱 타이밍 좋게 돔이 완성되었다. 원래 목적은 동물의 보존을 위한 도구였으나. 역설적이게도 인간이 자기들의 보존을 위해 틀어박히게 된 것. 그는 실소를 머금었다. 그러나 그의 얼굴 근육은 미동조차 하지 않았다.

아, 이제 마지막이 다가온다. 마지막으로 죽을 장소 정돈 정하고 싶었는데. 어둑어둑한 길거리라. 나쁘진 않네.

"참 웃기지도 않는 꼴이야. 안 그래? 친구. 환경호르몬 때문에 얼굴도 못 움직인다니."

"……."

"너도 그렇게 생각하지 않아? 아, 날 죽이기 위해 오셨으니. 차 한 잔이라도 대접해야 하나?"

"어떻게 안 거지."

"염병, 내가 그러는 게 아니었지."

헛웃음과 동시에 욕설을 내뱉는다.

여태까지 죽은 자들의 공통점은, 높으신 분들의 개였단 것.

그것도 사냥개.

'킥, 왠지 나를 가만 둔다 싶더라.'

"인생 참 쓸데없어, 안 그래? 인간은 배우는 것도 없고."

"…… 죽어라."

탕! 총성이 울린다. 그와 동시에 가슴에 뚫리는 구멍. 피가 줄줄 샌다. 시간이 느리게 가는 듯한 감각과 함께.

멸망은 갑자기 찾아온다.

참 덧없지.

그리고 죽음도.

갑자기 찾아오는 건 마찬가지지. 내 내일 모습은 어떨까. 구더기에 파 먹힌 채려나, 아님 단단히 굳은 채?

"킥킥……."

이걸 아는 게 아니었는데. 그 윗대가리들의 사냥개로써 일하는 게 아니었는데.

그는 자리에서 일어나려 하는 자신이 꼭 구더기 같다고 느끼면서도 자리에서 일어났다.

"인생 참 엿 같네……."

어디 보자…….

가는 길 외롭지는 않겠네.

'달칵.'

총을 다시 넣는 소리가 들려온다. 확인 사살하려는 건가. 다가오는 죽음에 눈을 감는다.

그리고, 눈을 감는다, 세상으로부터.

그리고, 눈을 감는다, 현실로부터.

그리고, 눈을 감는다, 이 모든 구더기로부터

'탕!'

마지막 격발음을 들으며 생각한다. 구더기들은 언젠가 파리가 되어서 날아간다. 그러나 돔 안의 구더기들은. 지구를 파먹으며 살아가는 그 구더기들은.

날지 못한다.

우리는, 아직 구더기다.

에필로그

어디, 제 부족한 소설을 잘 읽으셨는지는 모르겠습니다.

솔직히 제가 보기에도 굉장히 부족한 글입니다.

제가 단편을 쓰는 건 처음이다 보니 완급 조절에 실패하기도 하고, 스토리도 개판입니다.

좀 막장이죠.

사실 제가 읽어도 난해합니다.

그럼 자책은 여기까지만 하고.

이 글의 제목인 '구더기'는 꽤나 많은 의미를 담은 제목입니다.

이 글의 최하민인 구더기, 시체에 있는 구더기, 돔 안의 권력투쟁을 해대는 윗대가리, 그리고 지구를 파먹는 인간까지.

사실 초기 구상은 이런 과격한 글이 아니었습니다.

문학 작품은 그래도 어느 정도 해석의 여지를 남겨야 한다는 제 신조 아래 잡았던 글인데, 어쩌다 보니 이런 글이 되었네요.

사실 표현이 이 정도로 과격해진 건 이 정도는 말해야 그래도 알아듣지 않을까 싶어서도 있고요.

뭐, 딱히 더 할 말은 없네요.

모두 가방 잘 챙기시고, 제대로 된 여행을 아무쪼록 즐겨주시길 바랄 뿐입니다

작은 한마디

멍청한 지식인

1학년 최우진

'적응'

이 두 음절의 단어가 의미하는 것이 뭘까, 생명학적으로도, 심리학적으로도 의미도 있겠지만 가장 보편적으로는 '일정한 조건이나 환경 따위에 맞추어 응하거나 알맞게 됨'이다.

사람마다 시간의 차이는 있겠지만, 모두가 그들의 환경에 적응함에는 불평의 여지가 없을 것이다. 다들 2019년 말기에 들이닥친 COVID-19 팬데믹 상황에 처음에 늘 마스크를 쓰고 다니고 자가진단을 하고 등교를 하고, 매일 전국의 코로나 확진자 수가 4자리 수를 돌파하는 것에 익숙하지 않았지만, 이 글을 읽고 있는 지금 이 시점에서 봤을 때 어색하지 않은 것을 생각하면 더욱 앞 문장에 공감갈 것이다.

"사람은 적응의 동물이니까." 앞서서 언급한 잘 알려진 도스토옙스키의 "사람은 적응의 동물이다."(원문은 '인간은 어떠한 것에도 곧 익숙해지는 동물이다.')라는 명언은 누군가를 도와주는 데 쓰이며 누군가가 새로운 직장에 들어올 때, 처음으로 무언가를 시도할 때, 새로운 기술을 배울 때 등등 초반에 있는 불안감을 떨쳐내고 편히 있게 해주는 말이라고 생각했었다.

필자도 처음에는 이 말을 정말 달고 살았고 새로운 환경에 있을 때마다 필자 스스로 되뇌던 말이다. 하지만 필자는 이 말에 부작용이 있다는 사실을 간과하고 오용하고 있었다. '적응'이라는 가면을 쓰고 있는 '무지'라는 흉악한 실체를 잊고 사용했었다.

나는 여기에 적응할 줄 알았고, 한 줄 알았는데 실상은 아직도 소위 폐급이라는 취급을 받고 있는 현실이 때때로 존재한다. 즉, 이 '적응'이라는 것은 다른 제삼자의 관점으로 보았을 때 '적응'이 아닌 '무지'로 보일 수도 있다는 거다. 이 환경에 '무지'했다는 사실을 인지를 못하고도 '적응'이라는 단어로 포장을 하려고 했던 것이었다.

현실은 물을 보자기로 싸고 다 새고 있는지도 모르는 그런 채로 집으로 돌아오는 한 나그네와 같은 상황인 거였다. 아마 이 글을 읽고 있는 사람들은 '나는 아니겠지' 하는 생각을 하고 있을지도 모르겠다. 하지만 필자가 살아온 동안 느낀 것은 여러분도 나그네와 같다고 생각한다. 아니라고 생각한다면 더욱이 당신은 그런 나그네이다. 환경에 '적응' 아니, '무지'한 자들. 다들 길 가면서 쓰레기가 넘쳐서 흐르는 쓰레기통, '벼룩시장'이라 적혀 있는 지역신문, 통에 들어가 있는 찌그러진 캔들과 담배꽁초, 이 정도는 적어도 쓰레기를 어딘가 숨겨두거나 쓰레기통에 넣으려고 했던 그 노력이 보이기라도 하지, 그냥 길거리에 버려져 있는 카페에서 쓰이는 컵이나 휴지 같은 그런 노력도 보이지 않는 의문의 물체들도 심심치 않게 봤을 것이다.

필자도 이에 동의하는 바이다. 여러분이 과연 그걸 보고 불편하거나 찝찝하다는 감정을 느꼈는지는 미지수다. 적어도 필자가 학교생활을 처음 시작한 2013년부터 지금까지 저런 쓰레기들을 보고 더럽다고 할지언정 찝찝하고 불편하다는 사람을 본 기억이 없고 더 나아가 저런 곳에 쓰레기를 대놓고 버리는 아이들도 심심치 않게 보는 편이다.

그렇다고 필자와 여러분이 유명한 화가의 걸작을 보는 시점으로 쓰레기들이 버려진 모습과 그것들의 풍채를 바라보는 이는 아닐 것이다. 즉, 여러분과 필자는 이러한 환경에 '적응'한 것이다. 자주 보니까, 안 익숙하지 않으니까, 어쩌면 나도 그랬으니까, 하는 생각으로 우리는 그렇게 무시해 왔다. 하지만 지구의 시점으로 보면 그저 '무지'한 개체들뿐인 것이다. 지구의 입장에서 봤을 때, 인간들은 갑작스럽게 등장한 하나의 동물이고 자신의 몸을 마구잡이로 쓰면서 자기들끼리 이 환경에 적응했다니 뭐라니 말하고 다니는 그저 하나의 개체일 뿐이다. 20세기 후반에 젖어들면서 이제 막 환경을 생각해서라도 쓰레기를 줄이니 빨대를 안 쓰니 그러는데 사실 인간이 환경을 파괴하고 살아온 기간에 비해선 지구의 시점에서 인간의 크기 정도가 아닐까 생각한다.

솔직히 이 글을 쓰는 지금 이 순간에도 대한민국 어느 길가에는 쓰레기가 버려지고 있고 지구 어딘가의 숲에서 나무가 베어지고 있는 건 자명한 사실임이 틀림없다. 그렇다고 이 글을 쓰고 있는 필자가 무엇을 한다 해도 바뀌는 게 극미량인 사실도 틀림없다. 하물며 몇몇 회사들이 ESG라면서 그나마 탄소 배출 줄이면서 일회용품 안 쓰는 그런 산업을 펼치고 있는데도 불구하고, 지구 어딘가에서는 석탄을 때고, 폐수를 방류하고, 그물을 그냥 바다에 버리고 있는데 필자 하나 뭐 한다고 크게 바뀌겠는가?

이런 상황이 현실인데, 필자가 이 글을 막 '그래도 우리부터 쓰레기 줍고, 일회용품 사용 덜 하자!' 하는 긍정의 메시지로 끝낼 것 같으면 이 글을 쓰려고 하지도 않았다. 그리 긴 인생을 산 건 아니지만 적어도 살아오면서 본 것은 이러한 글을 읽고 나서 한 30초 정도, 길어야 3일 정도 환경에 대해 조금 생각하고 원래 자기의 삶으로 돌아오더라. 만일 사람들이 말을 듣고 바꾸었으면 애초에 이런 글을 쓸 일도 없었을 터였다.

하지만 "지구의 평균 온도가 1도 올라가면 도쿄와 인천, 부산, 뉴욕 등지가 잠긴다!", "2050년 즈음에는 인류가 살아갈 수 없을 것이다!" 이러는 전문가들이 진지하게 얘기하고 있는 뉴스를 봐도 사람들은 변하지 않는데 그저 대한민국이라는 작은 나라에, 대구라는 도시에 사는 한 학생이 쓴 글을 보고 변한다는 것은 차라리 해가 서쪽에서 뜬다는 말이 더욱 믿을 만한 말이 될 것 같다. 어쩌면 이러한 멸시의 태도가 우리가 '무지'의 동물이라는 사실을 증명하는 게 아닐까? 계속해서 무시하고 알려고 해도 부정하려는, 그러고 나서 자연스레 잊어버리는, 그러면서 자기들 딴에는 '적응'이라고 말하고 있는 태도를 바라보며 생각이 든다.

자신들은 이러한 환경에 대한 지식인이라 생각하지만 사실상 아무것도 알지 못한 멍청한 지식인들에게 조심스럽게 고해 본다.

에필로그

안녕하세요. 이 글을 쓰게 된 1학년 최우진이라 합니다. 남들 다 소설 쓰고 그러는 동안 저 혼자서 수필을 쓰고 있으니 참 기분이 묘하네요. 남들의 막 흥미진진한 소설 읽다가 갑자기 분위기 우중충하고 분량도 적은 수필을 보니 놀랄 만도 하겠지요.

하지만 제가 소설을 잘 쓰지 못하기도 하고 수필은 그동안 써왔으니 너그러이 이해해 주시면 고마울 것 같습니다. 내용은 읽으셨다시피 인간들의 환경 문제에 대한 등한시하는 태도에 관한 글을 쓰게 되었는데 그동안 많은 글의 결말이 다 쓰레기 줄이고 일회용품 덜 쓰고 그런 너무나도 진부한 결말을 보아 왔기에 저는 이런 결말을 한 번 바꾸어 보고 싶었습니다.

진짜로 암울하고 큰일 났지만 이런 거에 무시하는 현실을 비판해 보았네요. 하지만 저는 누구보다도 이 글을 읽는 독자 분들이 환경을 생각해야 한다고 생각하면서 쓴 겁니다. 작가의 의도가 잘 드러나지 않는 불수능의 화작 지문에 나올 법한 작품을 쓰는 작가의 마음이 이런 건가 싶기도 하네요.

여러분에게 질문 하나 해봅시다, 이 학교에 있으면서 가장 학교가 아름다워 보일 때는 언젠가요? 시험 끝난 그 낮이요? 하하, 저는 그 따스한 햇볕도 좋지만 저녁 먹고 나서 식당을 나와서 하늘을 보면 푸른 날이면 주황색과 남색이 서서히 섞인 색깔이 구름이 낀 날이면 보랏빛 하늘이 제 눈에 들어올 때면 잠시나마 휴대폰을 꺼내 사진을 찍고 그걸 감상하는 날들이 흔합니다.

특히 3학년 교실이 있는 4층에 올라가서 학교 전경을 바라보면, 그 전경은 말로 형용할 수 없을 정도로 인위적이지 않고 자연 그대로의 풍경을 보여 주지요. 아마 이 책을 읽고 있는 멀지 않은 미래에는 이런 경관을 바라보겠지만, 여러분의 후손, 한 2100년 즈음에는 사진으로만 남는 현실이 될 것 같아 두렵습니다. 그리고 그러한 미래를 보고 싶지 않고요. 그러기 위해선 개인이, 개인에서 단체로, 단체에서 대중으로, 대중에서 국가로, 나아가 국가에서 세계 차원에서 우리가 환경에 대해 생각을 해야겠지요. 그런 태도면 밝은 미래가 우리를 반기지 않을까 싶습니다.

사실 그린비를 처음 제안 받았을 때에는 걱정과 우려 그리고 무엇보다도 귀찮음이 컸습니다. 저는 글을 잘 쓰는 게 아닌데 이렇게 간택되어서 쓰게 되니, 부담도 되었지요. 하지만 타자로 한 줄, 두 줄 제 생각대로 천천히 쓰다 보니까 이렇게 또 긴 수필도 쓰게 되고, 옆 친구들은 3, 4장 또는 넘는 소설을 쓰고 있는 걸 보고 그린비 책쓰기 시간 동안 오랜만에 문과 감성도 느껴보고 주제도 또 좋은 주제라 생각을 많이 하게 되었고, 좋은 추억과 시간이 되었던 거 같네요.

그러면서 그린비 책쓰기 시간도 기다려지면서 쓰게 되었네요. 이미 악감정은 사라진 지 오랩니다. 다만 창작의 고통이라는 새로운 게 추가되었다는 점만 빼고 말이죠. 생각보다 글쓰기가 진짜 어렵네요.

아마 이 글을 그린비 책쓰기 후배들이 읽게 될 건데 고생 좀만 하면 책에 이름이 실리는 영광이 찾아오니 조금만 더욱 노력하십시오. 전국에 내 이름이 쓰인 책이 팔린다(?)와 이거만큼 영광이 어디 있겠습니까? 게다가 생활기록부까지 화려해지고 선생님 눈에도 잘 보이는 정말 좋은 기회가 닿은 거니 기쁘게 받아들이십시오.

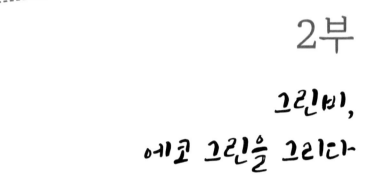

2부

그린비,
에코 그린을 그리다

갈등의 미학

나비효과

1학년 남윤호

"지구 온난화로 인한 고대 바이러스의 부활을 한국도 피할 수는 없었습니다. 26일 오전, 첫 번째 감염자가 생긴 바이러스는 수만 년 전 영구동토층에 언 상태로 묻혀 있었던 몰리바이러스라고 오늘 저녁 방역당국에서 발표하였습니다. 세계보건기구 WHO에서는……."

"아오, 시끄럽네. 게임하는데 방해되게……."
한 번 듣고는 믿기 어려운 뉴스 보도를 게임에 방해된다며 꺼버린 서준은 30살 백수에 게임중독이다.
"야, 뉴스에서는 무슨 저런 걸로 호들갑이냐."
서준은 헤드셋 속 친구에게 저런 바이러스는 아무것도 아니라는 듯 뉴스를 탐탁지 않게 생각하며 말했다. 사실 서준의 가족은 20년 전, 전 세계를 떠들썩하게 만들었던 COVID-19 바이러스를 한 번도 감염되지 않은 일명 슈퍼항체 가족이다. 그러니 서준에게는 저런 반응이 어쩌면 당연할지도 모른다.
(띠리리링)
"여보세요? 아, 엄마 나 지금 게임 중인데!"
전화기 너머로 서준의 엄마가 서준에게 회사로 심부름을 시키는 소리가 들린다.
"야, 나 엄마 심부름 가야 돼. 컴퓨터 끈다."
"뭐? 아니 지금 한창인데!……."
서준은 친구의 말을 끝까지 듣지도 않고 제 할 말만 한 채 짜증난다는 듯이 헤드셋을 벗어 던지며 얼른 심부름을 갈 준비를 한다. 서준이 이렇게 엄마의 말에 순종적인 것에는 마땅한 이유가 있었다. 그건 바로 서준이 '30살 백수에 게임중독'임에도 불구하고 엄마는 여전히 서준을 오냐오냐 하며 데리고 살아주고 있기 때문이다. 서준의 부모님은 어린 시절 맞벌이로 서준에게 마땅한 신경을 쓰지도, 사랑을 주지도 못했다. 그렇기에 서준의 엄마 역시 그 시절의 죄책감 때문인지 서준을 최대한 보듬어 주기 위해 노력하고 있다. 그러니 서준에게도 엄마 같은 존재는 없고 엄마에게도 서준이 가장 중요하다. 그야말로 둘은 아주 돈독한 모자지간이다.

　서준은 엄마의 심부름인 서류가방과 마스크를 챙겨 나왔다. 아무리 바이러스에 잘 걸리지 않는다 해도 이런 시국에 마스크는 필수용품이었다. 집 밖에 나오자마자 도로변에 서 있던 기자가 서준에게 달려와서 마이크와 카메라를 가져다댔다.

　"안녕하세요! SGS 방송국에서 나온 남윤호 기자입니다! 현재 바이러스로 인해 도시가 봉쇄되기 일보직전인데 주민으로서 어떻게 생각하시는지 한 말씀 부탁드립니다! 도시 봉쇄에 찬성하십니까?"

　"네…… 뭐. 전 잘 모르겠네요. 빨리 바이러스가 완화됐으면 좋겠고……."

　그깟 바이러스쯤은 아무것도 아니라고 생각해 왔고 평소에 게임 관련이 아니라면 뉴스는 거들떠도 보지 않는 서준이기에 이런 갑작스러운 질문에 당황하여 무지한 서준의 머리로는 도저히 마땅한 대답을 찾지 못했다. 서준은 도망치듯 기자와 카메라맨들 사이에서 빠져나왔다.

　'휴…… 뭐 중대한 일이라고 저렇게까지 하냐…… 갑자기 말 걸어서 깜짝 놀랐네……'

　서준은 삐쭉 나온 입으로 궁시렁거렸다. 속으론 TV에 자신이 이상하게 나올까 봐 내심 걱정하는 듯 보였다. 그런데 서준의 외출에 찾아온 불운은 이게 끝이 아니었다. 방금 그 당황스러운 상황에서 빠져나온 지 얼마나 됐다고 서준의 코앞에서 어떤 아주머니가 쓰러지듯 주저앉아 땅을 짚고 죽을 듯이 기침을 하고 있었다.

　"저, 저기요. 괜찮으세요?"

서준이 쓰러진 아주머니를 도와드리기 위해 손을 뻗으려는 순간 아주머니는 소리쳤다.

"아악! 만지지 마! 니 더러운 손 내 몸에 갖다 대지 말라고!"

서준은 자신의 선의에 경악하며 자신의 손을 혐오스럽다는 듯이 쳐다보며 소리 지르는 아주머니에 몹시 당황했지만 자신의 선의를 무시한 아주머니에게 더 이상 도움을 줄 필요가 없다는 생각에 오히려 큰소리 쳤다.

"아, 네. 그러면 계속 여기서 이러고 계시던가요. 더 이상 제 도움은 필요 없어 보이시네요."

아줌마에게 무심한 말을 내뱉고 씩씩거렸던 서준이지만 지하철을 타고 엄마의 회사까지 오면서 서준의 머릿속은 복잡해졌다.

'도대체 아까 내가 본 그 아줌마는 뭐지? 게임에 나오는 좀비처럼 쓰러져서는 얼굴이 완전 붉게 달아올랐던데…… 그리고 아까 도시가 봉쇄된다는 건 또 무슨 말이야!……'

겉으로는 이런 상황에 아무런 관심도 없어 보이던 서준은 어느샌가 무서운 생각이 들기 시작했다. 아무리 이런 상황에 덤덤한 사람이라고 해도 막상 본인의 눈으로 경험하면 느낌이 달라지는 것이 어쩌면 당연하다. 하지만 감기를 제외하곤 살면서 한 번도 바이러스에 감염된 적이 없는 서준이기에 한편으로는 본인과 본인의 엄마는 걸리지 않을 거라는 근거 없는 믿음으로 스스로를 달랬다. 조금 전 본 상황에 대한 충격과 걱정, 본인과 엄마에게는 닥치지 않을 일이라는 오만, 그리고 그 상황들이 진짜 실제 상황일까라는 의심을 반복하다 보니 어느새 서준은 엄마의 회사 앞에 발을 딛고 있었다. 그리고 서준은 방금 전까지 자신이 본 상황이 모두 실제였다는 현실 직시와 함께 그 상황들에 받은 충격은 어쩌면 충격도 아니라는 것을 깨닫는다.

"아니 이건 또 무슨 상황이야!"

서준이 두 눈으로 본 상황은 지하철을 타고 오면서 상상했던 상황보다도 훨씬 심각했고 참혹했다. 이미 엄마 회사의 정문과 후문은 구급차로 가득 찼고 수많은 사이렌 소리가 점점 더 가까워졌으며 방역복을 입은 구조대원들은 쉴 새 없이 바삐 움직였다. 서준의 상태는 그야말로 멘붕이었다. 엄마의 회사 사람들이 침대에 실려 나가는 와중에 엄마의 모습은 어디에도 보이지 않았다.

'엄마. 엄마 어디 있어…… 엄마는 괜찮겠지? 아. 제발 전화 좀 받아라…… 엄마, 전화 받아. 제발!'

벌써 6통째인데 엄마에게 건 전화는 소리샘으로 연결될 뿐이었다. 그때 침대에 누워 실려 가는 많은 사람들 중 한 사람이 서준의 눈에 띄었다. 서준은 바로 그 사람에게 달려갔다. 침대에 누워서 죽어가는 듯 앓고 있는 사람은 바로 서준도 잘 알고 있는 엄마의 오랜 회사 동료였다.

"아줌마! 괜찮으세요? 이게 어떻게 된 거예요…… 혹시 저희 엄마 못 보셨어요?"

서준은 찌르면 눈물이 터질 듯한 목소리로 벌벌 떨며 엄마의 행방을 물어봤다. 하지만 엄마의 동료는 본인의 정신조차 붙잡고 있기도 힘들 정도로 바이러스가 온몸에 퍼져 있었기에 당연히 제대로 대답하지 못했다. 상황이 꽤 심각하다는 걸 깨달은 서준은 뒤따라 오는 구급대원에게 간절한 마음으로 엄마의 행방을 물어봤다.

"저기 혹시 저희 엄마 못 보셨나요…… 저희 엄마도 여기 회사 직원인데. 이름은 김민희고요…… 나이는 59살이세요…… 제발……."

서준은 엄마의 행방이 너무 걱정되었지만 한편으로는 구급대원이 엄마를 몰랐으면 하는 마음이었다.

"이 분이 이 회사에 있으신 마지막 환자예요. 따로 연락이 없으신 거면 같이 병원으로 가보시는 게 좋으실 것 같습니다. 회사 전체에 바이러스가 퍼져서 회사 안에 있으셨던 분들은 모두 병원으로 이송되셨습니다."

구급대원이 앞에 본인이 끌고 가는 침대에 있는 환자를 가리키며 말했다. 서준은 그 말을 듣자마자 심장이 쿵 내려앉았다. 어느새 서준의 볼에는 눈물이 비처럼 쏟아지고 있었고 휴대폰을 잡은 손과 다리는 가만히 서 있지 못할 정도로 심하게 떨리고 있었다.

난생 처음 타 보는 구급차 안에서 서준은 아무 말을 할 수도, 그 어떤 생각을 하고 싶지도 않았다. 어떤 생각을 하건 결국 생각의 도착지는 부정적일 거란 걸 서준도 알고 있었고 그저 눈물만 흘릴 뿐이었다. 소름 돋는 긴장감과 서준의 훌쩍이는 소리를 제외하면 침묵만 감돌던 구급차는 몇 분도 채 걸리지 않아 병원에 도착했다. 골든타임을 지킨 구급차 덕에 환자는 숨을 거두기 전 병원에 도착하였지만 서준에게 그 시간은 너무나도 길었다. 서준은 앞만 보고 달렸다. 여기가 어디고 병원 상황이 어떤지는 볼 겨를도 없었을 뿐더러 보이지도 않았다. 닫혀 있는 커튼을 하나하나 제쳐보며 엄마의 얼굴만 찾을 뿐이었다.

"엄마?⋯⋯ 엄마!"

서준이 본 엄마의 모습은 가히 충격적이었다. 엄마의 얼굴은 마치 화상을 입은 것처럼 빨갛게 달아올라 있었고 온몸이 심하게 부어 있었다. 또 얼굴에는 이미 죽은 사람처럼 생기가 없었고 다크서클은 광대까지 내려와 있었다. 오죽했으면 얼굴에만 집중하며 커튼을 열고 다니던 서준이 엄마를 한 눈에 알아보지 못하고 지나칠 뻔했다.

"엄마 괜찮아? 나 알아보겠어? 나 서준이야⋯⋯ 엄마 제발 말이라도 좀 해봐. 어떻게 된 거야. 이게⋯⋯ 괜찮은 거지? 괜찮아야 돼. 엄마 정신 놓으면 안 돼⋯⋯."

서준의 엄마는 서준의 말을 듣고 아무 말도 하지 못했다. 말은커녕 숨을 쉬기도 버거워 보였다. 그 대신 서준을 향해 생기 없는 얼굴에 온화한 미소를 지었고 손을 잡아달라는 듯 서준에게 손을 내밀었다. 서준은 그 손을 너무 잡고 싶었다. 당장이라도 두 손을 붙잡고 제발 살아달라고, 제발 힘내라고 소리치고 싶었지만 그러지 못했다. 아니 그럴 수 없었다. 죽어가는 엄마에 대한 걱정보다 본인에게 저 바이러스가 옮겨오는 것에 대한 불안감과 두려움이 더 크다는 사실에 서준의 머릿속은 자기혐오로 가득 찼다. 그때 지나치게 감정적이었던 서준을 깨우는 고함 소리가 들렸다.

"아니 그러면 뭐 어쩌자고요!⋯⋯ 지금 죽기 일보직전인 사람한테 아무것도 해줄 수가 없다니⋯⋯ 이게 병원 맞아? 당신 의사 맞아? 그러면 우리 남편은 그냥 이대로 죽으라는 거야? 당신도 죽어. 우리 남편 못 살려내면 내 손으로 당신 죽일 거야!"

"보호자 분 진정하세요…… 정말 죄송합니다. 저희도 너무 죄송하지만 해드릴 수 있는 게 당장은 진통제 말곤 없습니다. 현재 퍼져 있는 바이러스는 수만 년 전 영구동토층에 얼어 있던 바이러스가 녹으면서 변이되어 퍼진 거라 저희도 손쉽게 진단하지도, 어떤 약을 드릴 수도 없습니다."

"그럼 이대로 사람 죽게 놔둘 거야? 의사 양반이 직접 판단해서 맞는 약을 달라고! 우리 남편이…… 흑…… 죽어가잖아. 제발…… 제발 약 좀 주세요……. 제발요……."

"보호자 분 이러시지 마세요. 정말 죄송하지만 저희는 더 이상 해드릴 수 있는 게 없습니다. 정말 죄송합니다."

약을 달라고 소리치며 난동 피우던 옆 침대의 보호자는 어느샌가 울면서 무릎을 꿇고 빌고 있었다. 이들의 소란에 여기저기서 웅성웅성거리기 시작했다. 그리고 거기엔 서준도 포함되어 있었다.

'이렇게 죽어가는 데 해줄 수 있는 게 없다고? 그럼 우리 엄마는…… 우리 엄마는 어떻게 되는 거야? 바이러스에 걸린 사람들은 그냥 다 죽으라는 거야? 아니 애초에 바이러스 하나 걸렸다고 죽는단 게 말이나 돼?'

사람들은 난동을 피우던 보호자 곁으로 몰려들기 시작했고 금세 의사와 그 보호자를 둘러싸기 시작했다. 서준도 질세라 거기에 껴선 의사를 노려보고 있었다. 그때 한 남자가 먼저 소리쳤다.

"무슨 말이라도 해보쇼! 이게 지금 다 무슨 말입니까? 여기 죽어가는 사람이 이렇게나 많은데 그럼 이 사람들은 다 죽으란 겁니까?"

사람들은 다들 동의한다는 듯 고개를 끄덕이며 한마디씩 얹었다.

"저 양반이 옳은 말 하시네. 지금 여기 누워 있는 사람이 얼만데!"

"당신네가 의사야? 요즘 의사되기 참 쉬운가 보다!"

"우리 남편 죽으면 나도 당신 가만 안 놔둘 거야!"

"저희 남편도. 저희 남편도 살려줘요.!"

"우리 아내도!"

"나도!"

"여기도!"

"여기 있는 사람 모두 다 살려내. 지금 여기 응급실 상황 안 보여? 지금

저 밖에까지 환자가 가득 차 있더라! 응급실 문 앞에 사람 한 명 지나갈 틈도 없어! 이 사람들 다 죽일 거란 말은 아니지?"

"옳소, 옳소!"

서준은 주위를 둘러봤다. 아까의 감정적인 모습은 온데간데없고 어느새 누구보다 냉정해진 서준은 주위를 보고 깜짝 놀랐다. 환자가 누워 있는 침대가 병원을 가득하게 채웠고 간호사들은 사람 한 명 지나가기도 힘든 틈을 헤집고 환자들의 상태를 보기 위해 돌아다녔다. 병원 안은 앓는 소리와 일정하게 삐- 삐- 거리며 울리는 심전도소리, 보호자들이 우는 소리로 가득 차 있었다. 재난영화에서나 보던 장면이 서준의 눈앞에 나타난 것이다. 서준은 정신이 혼미해졌다. 병원 상황은 너무 분주하고 어수선했고 짜증나게 시끄러웠다. 서준의 주위 사람들은 의사에게 입을 모아 소리치고 있었다.

"우리 모두-살려내라! 방관을-멈춰라! 우리 모두-살려내라!……."

그때였다. 점점 소음이 되어가던 소리들 사이에서 일정하게 울리던 심전도 소리가 바뀌었다.

"삐-"

금세 사람들은 조용해졌다. 모두가 본인들 가족의 침대를 바라봤다. 일정한 규칙을 깨는 소리를 낸 침대는 바로 서준의 엄마가 누워 있던 침대였다.

"엄마!……."

눈 깜짝할 새에 방역복을 입은 의사와 간호사들이 서준의 엄마의 침대로 달려갔고, 비닐이 씌워진 심장충격기로 심폐소생술을 시작했다.

"하나, 둘, 셋, 클리어!"

하나가 된 듯 모여 의사에게 소리치던 사람들은 모두 본인들의 침대로 돌아가 서준과 서준의 엄마 쪽을 경멸하며 쳐다보고 있었다. 누군가는 아예 커튼을 쳐버리기도 했다. 순식간에 소란스러웠던 응급실의 내부는 정리가 되었고 고요해졌다.

"죄송합니다…… 2041년 9월 22일 16시 37분, 김민희 씨 사망하셨습니다."

서준은 아무 말도 하지 않았다. 아까는 비처럼 쏟아지던 눈물도 나지 않았다. 그냥 이 상황이 믿기지 않았다. 말 그대로 정말, 믿기지 않았다.

병원을 나오는 길에 서준은 아무 말도 들리지 않았다. 의사가 한 엄마의 사망선고도, 바이러스 치료제 및 백신 개발을 위해 부검을 해야 해서 당장 장례식을 치르기 힘들 것 같다는 병원 관계자의 말도 서준에게 크게 다가오지 않았다. 그냥 대충 대답하고 나올 뿐이었다. 평소에도 자주 입던 후드티 한 장에 맨발에 슬리퍼를 신은 서준의 몰골은 오늘따라 더 구차해 보였고 평소에는 멋있어 보이던 풀 한 포기 없이 발달된 도시는 초라하고 차가워 보였다. 나무가 없어 정화기능이 부족한 도시의 매캐한 공기가 마스크를 뚫고 들어와 코를 찔렀고 옛날의 맑고 푸른빛의 하늘 대신 하늘을 채운 잿빛은 서준을 더 비굴하게 만드는 것 같았다.

오늘은 서준이 아무 생각도 없이 집에 돌아온 지 3일째다. 3일째 서준은 술을 제외하면 뱃속에 넣은 게 아무것도 없지만 그다지 배고프단 생각은 들지 않았다. 계속해서 술만 마시고 싶었다. 서준은 본인이 술을 마시는 건지 술이 본인을 삼켜버린 건지 가늠도 안 될 정도로 술에 취해 있었고, 술은 금세 다 떨어졌다. 하지만 서준은 냉장고를 가득 채웠던 술이 바닥을 보여도 사러 나갈 수 없었다. 엄마를 떠나보낸 지 3일이 지난 지금, 서준에게는 엄마를 잃은 슬픔과 충격보다는 돈독했던 사이를 갈라놓은, 한순간에 서준의 모든 것을 빼앗아 가버린 바이러스에 대한 두려움뿐이었다.

"콜록"

서준의 집 안을 감도는 무거운 적막감을 깬 건 다름 아닌 서준의 기침소리였다. 그리고 서준이 아래를 내려다본 순간 손은 이미 빨간색으로 뒤덮여 있었다.

'?!…… 아닐 거야…… 난 아니야…… 술을 너무 많이 마셔서 그런가? 아니면 잠을 안 자서 그런 건가? 아닐 거야…… 아니어야 돼…… 난…… 이럴 리가 없어…….'

에필로그

　그날은 결국 서준의 마지막이 되었습니다. 서준의 모든 것을 빼앗아가다 못해 서준의 목숨까지 앗아간 것은 가장 멀다고만 느꼈던 바이러스였죠. 그리고 그 상황을 초래한 것은 어쩌면 지금의 우리였을지도 모릅니다.

　환경이라는 주제를 듣고 처음에는 어떤 내용으로 글을 써야 우리에게 환경에 대한 경각심을 뼈에 와 닿게 할 수 있을지를 가장 많이 고민했던 것 같습니다. 그리고 그 고민에 대한 답을 찾고 나니 글은 비교적 쉽게 써졌습니다. 지금 이 시대를 살고 있는 모든 사람들은 모두 코로나바이러스를 겪은 코로나 세대입니다. 2019년의 마지막 날 처음 발견된 코로나바이러스는 벌써 3년 가까이 우리의 생활을 망치고 있죠. 그리고 이 바이러스가 얼마나 무서운지는 이를 경험한 우리가 제일 잘 압니다. 그리고 지금 우리의 무모한 행동이 미래에 또다시 이런 바이러스를 가져온다면, 그거야말로 정말 호러물이 아닐까 생각했습니다.

　그런 의미에서 저는 지구 온난화로 인해 빙하가 녹고, 그 속에 얼어 있던 고대 바이러스가 녹으면서 변이되어 모두를 위협하게 되고 일종의 새드엔딩을 맞게 되는 어쩌면 조금은 클리셰스러운 소설을 쓰게 되었습니다. 글의 분량과 시간이 한정적이라 제가 담고 싶었던 이야기, 여러분께 전하고 싶었던 이야기가 모두 잘 전달되었을지는 모르겠지만 제 글에서 일종의 충격을 느낄 수 있었다면 그것만으로도 만족할 만한 결과라고 생각합니다.

　마지막으로 환경에 대해 글을 쓸 내용을 구상하면서 생각난 말이 있는데 바로 지구는 유한하다는 것을 잊어서는 안 된다는 것입니다. 지금 우리가 살고 있는 이 지구는 결코 무한하지 않습니다. 우리가 지구를 사랑하고 아끼지 않는다면 지구는 언제 어떻게든 우리의 곁에서 멀어질 수 있다는 점을 우리는 절대 망각해서는 안 됩니다.

　부족한 솜씨의 글을 끝까지 읽어주신 모든 분들께 정말 감사드립니다.

갈등의 미학

어느 평범한 하루

1학년 남윤호

"56, 57, 58, 59, 60…… 땡!"

오늘도 매일같이 아침 5시 정각이 되자 준비를 끝내고 문을 나섰다. 어제와 똑같이 동네를 벗어나 30분간 걸어 청계천에 도착해선 차려입은 양복 소매를 걷고 조심스럽게 맑은 하천에 손을 갖다 대어 본다. 여기에 앉아서 냇물 흐르는 소리를 들으며 사람 구경을 하다 보면 시간 가는 줄도 모르고 하루가 가버린다. 때로는 세상 사람들 모두 바삐 움직일 때 나 홀로 한산한 것 같아 외로운 감정이 찾아들 때도 있지만, 그것보단 여기 앉아 느끼는 여유가 내게는 더 크게 다가온다. 오늘도 어김없이 그렇게 하루를 보냈다. 하지만 집으로 돌아가는 길은 꽤나 공허하다. 그런 감정은 요즘 들어 자꾸만 더 커져갔고 그럴 때면 감정에 매료된 건지 나도 모르게 멍해진다.

"아야! 엄마!"

"찬민아! 괜찮아? 저기요, 할아버지! 조심 좀 해주시지…… 찬민아, 너도 잘한 거 없어. 앞을 잘 보고 다녀야지!"

"아…… 아닙니다. 내 잘못이에요. 미안해요…… 나도 모르게 딴 생각을 하느라…… 얘야, 괜찮니?"

"찬민아, '괜찮습니다.' 해야지."

"괜찮아요. 할아버지!"

"이름이 찬민이라 그랬나? 찬민아~ 할아버지가 미안해…… 여기."

아파서 울 만도 한데 씩씩하게 괜찮다고 외치는 아이를 보니 너무 대견해서 나는 주머니에 있는 작은 약과 하나를 줬다.

"감사합니다…… 엄마 먹어. 난 이거 별로 안 좋아해."

"한 번 먹어봐. 달싹하니 맛 좋다."

"괜찮아요."

아이는 내가 준 약과를 쓴 웃음을 지으며 엄마에게 줬다. 마음 한편이 조금 쓸쓸했지만 아이니깐 그럴 수 있다 생각했다.

'내가 손주가 있었으면 딱 저랬으려나.'

우연한 만남을 지나 나는 어느새 집과 청계천의 중간 지점쯤 되는 지하철역에 도착해 있었다. 매일 아침 5시 정각에 청계천에 가서 저녁이 되어서야 돌아오는 것과 마찬가지로 집에 오는 길에 이곳에 들르는 것도 나의 똑같은 하루일과 중 하나였다. 그리고 나는 또다시 지하철역에 뒷문 앞에 와선 지하철역을 쳐다보고 있다. 또다시 감정에 깊게 빠져들 때쯤 어디선가 내 이름을 불리는 소리가 들린다.

"선생님……? 구정모 선생님 맞으시죠?!"

"어? 너는……."

"저예요! 옛날 선생님 반이었던 뽀글머리 유찬이요!"

"와, 너 정말 많이 변했다."

"하하, 선생님도 마찬가지이신걸요. 이런 데서 선생님을 다 뵙네요. 선생님 뵈러 학교에 몇 번 찾아갔었는데 이미 퇴직하신 후더라구요."

"날 찾으러 학교에 갔었다니…… 감동인걸?"

"당연히 뵈러 가야죠! 제 인생을 바꿔주신 분인데……."

내 이름을 부른 건 고등학교에서 교직생활 하던 당시 우리 반 학생이었던 유찬이었다. 유찬이는 착하지만 공부와는 거리가 멀었던 아이였다. 나는 그런 유찬이를 바꿔보겠다고 매일매일 비슷한 잔소리를 쏟아부었다. 결과적으로 유찬이는 내 잔소리가 듣기 싫어 이 악물고 공부해서 좋은 대학에 진학했지만 당시 우리의 사이는 너무나도 많이 멀어져 있었다. 그 착한 유찬이가 나를 싫어하는 게 대놓고 표정에 보일 정도였다.

뭐 내가 유찬이었어도 나를 무지하게 싫어했을 것 같긴 하다. 어쨌든 그랬던 유찬이를 우연찮게 만나 이리 가깝게 이야기할 수 있게 되었다는 게 조금은 감격스러웠다. 또 나를 싫어하던 유찬이의 마음이 무뎌질 정도로 세월이 지난 게 느껴져서인지 오랜만에 만난 그리운 옛 제자 유찬이의 모습이 너무나도 달라져 있어서인지는 모르겠지만 자꾸만 마음이 먹먹해졌다. 그래도 오랜만에 만난 옛 제자 앞에서 약한 모습을 보이기 싫어 먹먹한 마음을 꾹 눌렀다.

"와, 근데 선생님께선 모습은 변하셨어도 사람은 안 변하신 것 같아요. 제가 고등학생일 때도 매일같이 이렇게 양복 입으셨는데 20년이 지났는데도 아직도 그대로시네요. 제가 선생님은 진짜 존경을 안 할 수가 없습니다 정말!"

"그렇지…… 교직생활을 하던 게 몸에 배어 있어서 그런가. 아직도 아침 5시만 되면 이렇게 양복을 입고 밖에 나온다. 나도 참 독해. 사람은 이리도 안 변하는데 세상은 뭐 이리 빨리 획획 변하는지 몰라."

"그렇죠…… 세상 진짜 많이 변했어요. 요즘엔 가게에 가도 점원이 없어요. 다들 키오스크로 하니깐…… 그거 꽤 어렵더라구요. 그나저나 선생님 여기서 뭐하고 계세요?"

"난 매일같이 여기에 온다. 딱 여기지? 어딘지 알겠나?"

"네? 뭐가요? 여기…… 지하철역 말씀이세요?"

"아니 욘석아. 누가 여기가 지하철역인 거 모르냐? 나도 눈 있어. 저리 크게 적혀 있는데 내가 아무리 나이를 먹었어도 저 정도는 보인다."

"그런 뜻 아닌 거 아시잖아요."

유찬은 실실 웃으면서 말했다.

"정말 여기가 어딘지 모르겠어? 딱 여기. 우리 학교 옆에 있던 백년 된 소나무가 있던 자리잖아."

"백년 된 소나무면…… 그 동현분식집 옆에 있던 나무요?!"

"그래. 잊진 않았나 보네. 그게 딱 여기잖아."

"그러고 보니 그러네요. 그 학교 바로 옆에 지하철역 짓는다고 그 나무를 베었었죠. 아마……."

"그래. 평생을 후회할 짓을 한 거지. 그 나무가 어떤 의미인 줄도 모르고……."

옛날 얘기를 하다 보니 나도 모르게 감정이 격해졌다. 가슴속 깊은 곳에 묻혀 있던 응어리가 터져 나오듯 현대인들의 무자비한 욕심에 대한 울분을 토해냈다.

"요즘 사람들은 아무것도 몰라. 다 지들 좋자고 하는 일에 온갖 이유를 붙이지. 뭐가 우선인지도 모르면서."

"그렇긴 하죠. 그래도 개발이 많이 되서 살기는 편해진 것 같아요."

"개발? 그래. 많이 되긴 했지. 그런데 살기가 편해졌다고? 너는 지금 이 삭막한 도시가 정말로 살기 좋다고 생각하냐 유찬아. 옛날에 드높던 하늘은 어디가고 하늘엔 매캐한 공기가 몇 겹으로 쌓여 있고 어딜 가나 온통 시멘트에 둘러싸여 있질 않나, 나무나 풀 같은 초록식물들을 딱 디자인 용도로만 쓰질 않나, 하물며 백년 묵은 그 귀한 나무를 베어버리고 이딴 지하철 역을 짓질 않나. 사람들이 이래서야 되겠냐. 이젠 하다하다 천하를 지들 걸로 만들려고 한다. 어찌 보면 우리도 지구에 딱 죽을 때까지만 전세내고 사는 것 아니냐? 이게 정말 살기 좋아진 게 맞긴 하냐?"

사실 이 상황을 만든 게 유찬이 아닌데도, 그걸 알면서도 유찬에게 뾰족한 말을 뱉어댔다. 내가 왜 그랬는지는 지금도 모르겠다. 뭐 어쩌면 말을 할 상대가, 내 말을 들어줄 상대가 유찬밖에 없어서 그랬을지도 모른다. 아무튼 그때는 그냥 그렇게 유찬에게 대답할 틈도 주지 않은 채 쏘아붙였다.

"편해지기야 했겠지. 그런데 이게 다 무슨 소용이냐. 지금 우리가 허는 짓이 세입자가 깔끔했던 전세방에 들어와 온갖 거 다 어지럽히고 나가는 격 아니냐? 잠깐을 살더라도 아름답게, 양심 있게 살자. 너도 한번 생각해 봐라. 개발한답시고 산 깎고 나무 잘라내고 옛날 그 흙바닥들 다 아스팔트로 메워 놨다. 세상 부질없는 짓을 왜 하냐. 나중에 땅을 치고 후회할 짓을 왜 하냐. 난 그렇게는 안 살 거다. 아니, 그렇게는 못 살겠다. 도시가 차가워지니 사람들도 차가워진다. 청계천에 걸터앉아 사람 구경 하다 보면 온통 다 짜증투성이이다. 매순간 짜증이란 말이다. 자동차들도 잠깐을 못 참아 경적을 빵빵거리고 사소한 일 하나하나에 갈등 생기고. 밤이 되었는데도 세상은 깜깜해지질 않는다. 잘 시간인데 불빛은 밝고 시내는 시끄럽고. 이런 매 순간 순간에서 사소한 결점이 하나씩 나오는 게 아니겠냐? 난 그렇게 생각한다. 내가 너한테 옛 선생이랍시고 이리 살아라 저리 살아라 강요는 못 한다. 그런데 진지하게 한번쯤은 이런 문제에 대해 생각해 봐라. 솔직히 요즘 사람들 너무 속이 좁은 것 같지 않냐?"

유찬은 아무 대답도 하지 못하고 얼어붙었다. 막 쏘아대는 내 말에 당황한 기색이 역력했다. 그제야 정신줄이 잡히는 것 같았다. 잘못도 없는 애를 잡다가 괜히 하고 싶었던, 속에 있던 짜증을 토해낸 것 같아 미안한 감정이 들었다. 하지만 내가 한 말을 주워 담고 싶었던 생각은 없었다. 그건 내가 계속 참아왔던, 온전히 내 속에서 나온 진심이었기 때문이다. 다만 영문도 모르고 내 화풀이의 대상이 된 유찬에게 사과를 건네야 할 것을 깨달았다.

"유찬아…… 내 뜻은 그게 아니라…… ."

"…… ."

"우선 미안하다. 그냥…… 어쩌면 그냥 말할 대상이 필요했나 보다. 내가 일면식 있는 사람이랑 이리 오래 얘기하는 게 오랜만이라…… 별 뜻이 있어서 너한테 쏟아부은 게 아니야…… 쌤 마음 알지?"

"물론이죠, 선생님. 옳은 말씀이신데요 뭘. 이 말이 어떻게 들리실 진 모르겠지만 선생님께서 하신 말씀이 적어도 저한텐 정말 크게 와 닿았어요. 어쩌면…… 이건 고등학교 때처럼 또 한 번 제 인생의 터닝포인트가 될 수도 있겠단 생각이 들 정도로요. 선생님은 자꾸만 절 변화시키시네요. 그것도 항상 좋은 쪽으로만요."

나는 그렇게 유찬과 헤어지고 집으로 발걸음을 옮겼다. 집으로 가는 길 내내 유찬의 마지막 한마디가 자꾸만 떠올랐다.

'짜식…… 말은 참 예쁘게 한단 말이지……'

나는 유찬의 한마디에 옛 시절 유찬을 대하던 내 행동에 대한 후회와 오늘 했던 날 선 말들을 이해받는 것 같은 느낌이 들어 자꾸만 입가에 미소가 지어졌다. 그와 동시에 유찬과 헤어지면서 하고 싶었지만 하지 못했던 말도 자꾸만 떠올랐다. 유찬에게, 아니 요즘시대의 젊은이들에게 정말 해주고 싶었던 말이 있었지만 더 이상 꼰대같이 보이기는 싫어서 눌러 삼켰던 말이 있다. 나는 유찬이 텔레파시라도 통하는 것처럼 어디선가 내 말을 듣고 느끼지 않을까 하는 생각에 입으로 뱉어본다.

"유찬아, 네가 그럴 아이는 아니란 걸 알지만 절대로 내가 했던 말을 잊지 않길 바란다. 너희 세대는 우리와는 달라. 우리 때는 발전에 급급했고 하루라도 사람 살기 편해지는 게 급했지만 너희는 조금 더 넓은 세상을 볼 수 있고 그래야만 한다. 우리가 너무 많이 망쳐 놓은 게 아닌가 하는 생각에 미안한 감정이 물론 있지만 결국 그건 너희 세대가 해결해야 하는 과제라고 생각한다. 한 세대의 실수는 다음 세대, 또 그 다음 세대까지 이어진다는 걸 우리는 뼈저리게 느끼고 있고 지금 당장 우리가 너희에게 해줄 수 있는 건 이 말을 전해 주는 것밖에 없다. 당장의 달콤한 맛에 너무 많은 것을 걸어서는 안 돼. 네가 어디선가 이 말을 듣고 있길 바라며, 안녕."

에필로그

　안녕하세요. 어쩌다 보니 벌써 두 번째 글을 쓰고 이렇게 후기를 작성하고 있네요.

　이 글은 별다른 특별한 설정 없이 그냥 단순히 요즘 세상을 보면서 제가 느낀 감정과 생각을 담아내려고 노력한 글입니다. 저는 아직 어리지만 당장 제가 조금 더 어렸을 때와 비교해 봐도 세상은 많이 달라졌다고 느껴집니다. 많이 발전해서 우리의 생활은 편리했지만 분명히 좋은 점이 있다면 안 좋은 점도 있죠.

　인터넷이 발달해서 사람들은 익명성을 믿고 험한 말들을 쏟아내고 바쁜 사회에 적응하면서 조금의 여유를 즐기지도 못할 뿐더러 시간에 대한 강박증은 점점 더 심해지고 있습니다. 이런 발달의 양면성을 여러분들도 생각해 보셨으면 합니다.

　제가 이 글을 쓰면서 느낀 것은 과학기술은 하루가 멀다 하고 달라지고 발달하는데 인간은 변화하는 것이 아니라 적응하는 거죠. 결국 발달하는 과학기술에 매일매일 힘겹게 적응하기 위해 나아가다 보니 우리의 고유한 페이스를 놓친 것은 아닌가 하는 생각이 들었습니다. 그러다 보니 사람과 사람과의 관계는 소홀해지고 우리는 보다 많은 시간을 인터넷과 유튜브와 SNS와 함께 하게 되었고 그 과정에서 사람을 대하는 방법을 조금은 잊어버린 게 아닐까 조심스레 생각해 보았습니다. 물론 저도 포함해서요.

　우리는 이미 꽤나 편리한 삶을 살고 있고 꽤 많이 발달된 세상에서 살고 있습니다. 그리고 그 고지는 어쩌면 조금밖에 남지 않았을 수도 있습니다. 하지만 그 고지를 넘어서면 뭐가 있을지는 아무도 모릅니다.

　'5분 빨리 가려다 50년 빨리 간다.'라는 말이 있죠. 이 말은 현재의 우리에게도 포함된다고 생각합니다. 당장 눈앞의 것만 좇는 게 아니라 세상을 넓게 보고 조금 더 지속가능한 발전을 하고 조금만 더 환경을 신경 써보는 것은 어떨까요? 부족한 솜씨의 글을 읽어주신 모든 분들께 진심으로 감사드립니다.

나무는
잘못한 것이 없다

1학년 박찬엽

- 인공위성 메일 보관함 -

20XX. 12. 16 - N 64 °~70 °, E 125 °~130 ° // 이상 현상 발견. 해당 지역 푸른색 사라짐.

20XX. 12. 20 - N 55 °~80 °, E 110 °~143 ° // 이상 현상 지역 확대.

-NASA 연구소

"이런, 무슨 일이 생긴 거지? 갑자기 이럴 리가 없잖아!"

"일단은 진정하십시오. 지금 바로 UN 회의를 소집하겠습니다."

"도대체 무슨 일이 일어나고 있는 거지?"

-UN 회의

"안녕하십니까, NASA의 인공위성 총책임자 백지훈입니다. 긴급하게 논의해야 할 일이 생겼습니다."

"무슨 일이길래 꼭두새벽부터 깨웁니까? 나 참······."

"그 사실, 며칠 전부터 캐나다 북부 지역에서 이상 현상이 발생했습니다. 그래서 시간을 두고 살펴보려고 했으나 불과 4일 만에 이상 현상이 일어나는 지역의 면적이 50배 이상 증가했습니다. 그래서 회의를 소집하였습니다."

"오 마이 갓."

"원인은 무엇입니까?"

"저희도 원인은 모르겠습니다. 하지만 하나 확실한 건 그 이상 현상이 나무들 사이에서만 일어나는 것입니다. 그래서 추측하건대, 나무 간의 전염병 같은 게 아닐까 합니다."

"나무가 발이 달린 것도 아닌데 갑작스럽게 그렇게 넓은 지역으로 확산하는 것이 말이 됩니까?"

"그건 저희도 잘……."

"그럼 대책이라도 있습니까?"

"저희 측에서 논의해 본 결과, 국가별로 역할을 분담하여 원인을 밝히고 해결 방법을 찾고자 합니다."

•

•

•

아으, 추워. 보일러가 돌아가긴 하는 건가? 요즘 겨울은 정말이지 너무 춥다. 길이가 짧아졌다고 심술이라도 부리는 건지 참. 하지만 나는 직장인, 출근해야 한다. 서둘러 따뜻한 국밥 한 그릇 말아먹고 출근해야지.

"띠링~"

뭐야 갑자기 팀장님이 문자를 보내다니……. 회사에서 얘기하시지, 출근 시간도 얼마 안 남았는데 말이야. 아니, "긴급 상황" 이것만 딸랑 보내다니……. 뭔지 미리 알려주면 어디가 덧나나? 어휴, 밥도 못 먹게 생겼네.

"왜 이렇게 늦게 와? 내가 문자 보낸 거 못 봤어?"

"봤죠. 최대한 빨리 온 거예요."

"됐고, 일단 앉아봐. 위에서 갑자기 오더가 내려왔다."

정말로 무슨 일이 생긴 건가? 다들 떨고 있는 듯한 이 무서운 분위기는 뭐지?

"자, 다들 똑바로 들어라. 긴급 상황, 그 자체다. 지금까지 이런 긴급함은 없었다."

"뜸 들이지 말고, 빨리 얘기하세요."

"짜식, 왜 이렇게 급해? 저쪽 캐나다 북부 지역에 나무가 대규모로 죽는 일이 일어났다. 그것도 매우 **빠르게**."

"그 일이 저희랑 무슨 상관이죠? 저흰 제약회사잖아요." 한 직원이 물었다.

"솔직히 나도 어이없다. 우리더러 나무를 치료할 약을 만들란다."

"네? 이건 아니죠. 우리는 나무를 고치는 약을 만들어 본 적도 없는데요?" 내가 소리친다.

팀장이 이어서 말한다."자 일단 진정하고 계속 들어봐. 사람도 죽었다. 원인을 알기 위해서 조사하던 조사단 중 한 명이 사망했어. 심지어 국내 연구진, 서모 씨 아들 모 진호 군이다."

"허어업?" 갑자기 팀원이 놀란다.

"아는 사람이야?" 팀장님이 묻는다.

"아뇨."

"……."

"그럼 우린 사람을 살리는 약을 만들면 되겠네요. 그렇지 않나요?" 내가 묻는다.

"그렇지 않다. 이번 경우는 유난히 감염 속도가 빠르기 때문에 사람을 살리는 약은 세계적으로 인정받은 제약사들이 만들기로 했다. 너희가 가고 싶은 그런 꿈의 직장에서 말이다."

"여기가 꿈의 직장인걸요?" 쟤는 우리 팀 아첨 왕이다. 항상 왜 저럴까?

"아무튼, 이건 전 세계적으로 동의했고 이미 결정났다. 우리가 나무를 살리는 약을 만들 기회를 얻은 것만으로도 감사하게 생각해라. 자, 시간이 없다. 시작하자!"

뭐부터 해야 하지? 뭘 아는 게 있어야지 뭐라도 할 것 아닌가. 일단 연구 준비부터 해야겠다.

"쾅!!" 어휴 깜짝이야!

"왔다! 원인이 발견됐어! 빨리 모여 봐라." 팀장님이 매우 흥분하셨네. 그렇게 신나진 않은데.

"자, 근본적인 원인은 역시나 지구 온난화였다." 에라, 맨날 원인은 온난화냐?

"영구동토층에 묻혀 있던 물질이 지구 온난화로 영구동토층이 녹으면서 북극의 대기로 상승했다. 그리고 최근에 제트기류가 계속 약화되면서 대기의 흐름을 따라 쉽게 캐나다 상공으로 이동한 것으로 보인다."

"그럼, 대기에만 머물러 있는 거 아니에요? 어떻게 나무가 감염됐죠?"

"아니다. 대기의 갑작스러운 변화로 캐나다 상공에 최근 뜨거운 공기들이 모여들면서 많은 구름이 형성되고 있어. 그로 인해 비가 내린 것이 문제를 일으켰다." 왜 평소에 안 오던 비가 갑자기 내려서 우리를 힘들게 만드는 건데…….

"그럼 나무는 어떻게 감염이 된 건가요?"

"그 물질이 비에 섞여 지상으로 내려왔고 그 물을 흡수한 나무가 감염되었다. 근데 여기서 또 주목해야 할 점이, 기상청의 예보에 따르면 앞으로 10일 이내에 비가 세계적으로 내릴 예정이다. 그래서 우리는 서둘러 치료제를 만들어야 한다."

"10일 안으로요?"

"뭔 소리야, 당연히 아니지. 그냥 최대한 빨리 만들라는 얘기야." 아이고, 큰일 났네!

"자, 모두 받아라. 감염된 나무에 대한 연구 자료다. 어서 분석하고 약 개발에 착수하도록. 참고로 그 못된 바이러스의 이름은 '에레르기옵신'이다."

자자, 서둘러야 한다. 시간이 없다. "현탁 씨? 빨리 와요. 우리 회의부터 해야 해요."

"자료 한 번씩은 봤죠? 이게 문제가 광합성 과정에서 물을 사용하면 그때 감염이 되는 것 같군요. 그렇다면 이걸 고쳐야 할 텐데…….”

"대리님, 우리가 예전에 만들었던 '에올리게스'가 있는데 그 메커니즘과 유사하게 한번 연구해 보면 어떨까요?" 역시 에이스 현탁. 믿을 만하군.

"왜 그렇게 생각하죠?"

"그야, 당연한 거 아닌가요?"

"맞아요. 저도 알고 있었어요."

"그럼 왜 물어봤어요?" 현탁님의 눈동자가 커졌다.

"그냥?"

"저 또라이……." 다 들린다.

"장난이었고 상당히 좋은 아이디어네요. 이걸로 한 번 해볼까요?"

"네……." 모두들 기운이 없구먼.

"다들 기운 내요. 일 잘하면 보너스가 있을 거니까."

"넵!"

와, 드디어 다 만들었다. 쪽잠 자면서 일하니 너무 피곤하다. 어휴, 생각보다 만드는 과정이 복잡해서 시간이 오래 걸렸다. 그래도 역대급으로 빠른 속도고 팀장님의 요구도 맞췄다. 현탁 대리님의 탁월한 의견이 아니었으면 더 걸렸을지도 모른다. 자, 이제 임상실험만 하면 된다.

"델렐레렐렐…… 델렐레렐렐……."

"여보세요?"

"네, 안녕하세요. 저 장구동섭 연구원입니다."

"장구동섭 씨라구요? 저 혹시 무슨 연구원이신지……."

"아, 그 이번에 감염된 나무들을 연구하고 있습니다."

"아하! 나무 연구원이시군요! 무슨 일이신가요?"

"다름이 아니라 나무에 이상한 점이 있어서요."

"이상한 점이요?"

"네, 그러니까요 이게 말이죠……."

"나무에 다른 문제가 생겼나요?"

"저 혹시 이리로 오실 수 있나요? 직접 보셔야 할 것 같은데……."

"아하……. 저도 최근에 약을 다 만들어서 임상을 해야 해요. 시간이 없는데, 사진으로 보내주시면 안 될까요?"

"아무래도 직접 오시는 편이 나을 것 같은데요. 사진으로는 이해가 잘 안될 겁니다."

"하아, 알겠습니다. 그럼 내일 중으로 가볼게요."

"네. 그럼 내일 뵐게요. 감사합니다."

장구동섭? 성이 장구인 건가? 내일은 아침부터 차로 동쪽 언덕을 달리면서 저 위로 떠오르는 해를 보게 생겼네. 어쨌든, 저렇게까지 직접 와 달라고 하는데는 이유가 있겠지. 어휴 안 그래도 몸이 천근만근인데, 왜 이리 못살게 구는 거야!

"안녕하세요."

"네 안녕하세요." 장구동섭 씨가 마중을 나와 있었다.

"일찍 오시느라 수고하셨어요. 커피라도 한잔하실래요?"

"괜찮습니다. 오면서 라면 한 그릇 먹고 왔어요. 시간이 많이 없어서 그런데요, 지금 바로 문제의 나무를 볼 수 있을까요?"

"그럼요. 이리로 오시죠. 먼저, 방호복을 입어야 합니다."

"아, 사람도 죽었다고 했었죠?"

"네, 나무가 상당히 위험한 친구들이 됐습니다."

"자, 바로 이 나뭅니다. 이 나무에만 독특한 일이 나타났습니다."

어? 어디서 많이 본 듯한 나무다. 어디서 봤지? 너무 익숙한데…….

"왜 그러시죠?"

"아, 혹시 이 나무가 아주 흔한가요? 어디서 본 듯해서요."

"어? 그런가요? 이 나무는 상당히 희귀한 나무인데요. 이름은 미선나무입니다."

"허업! 미선나무요?"

기억났다. 내가 어렸을 때 살던 집 근처 산책로에서 봤던 그 아이다. 꽃이 예뻐서 집에 꺾어오기도 했었다. 그런데 지금 보니 그렇게 특별해 보이진 않았다. 왜 이 나무에만 문제가 생긴 걸까?

"저 연구원님?" 동섭씨가 날 부른다.

"아, 네네."

"여기 보세요. 이 부분에 문제가 생겼어요."

"어, 뿌리가 썩었네요? 이게 무슨 문제가 있는 거죠? 원래 바이러스가 나무 전체를 집어삼키잖아요. 그러면 당연히 뿌리도 감염돼서 썩을 텐데요."

"알고 있습니다."

"그럼 뭐가 이상한 거죠?"

"자, 이걸 보세요. 이파리는 전혀 썩지 않았어요."

"?!!! 아니 이게 무슨 일이죠? 뿌리는 썩었는데 이파리는 썩지 않았다니요."

"그러니까요. 저도 그게 의문이에요."

이럴 수가. 뭐가 잘못된 거지? 이렇게 되면 우리가 만든 약이 문제를 일으킬 수도 있겠어. 그럼 지금까지 연구된 내용이 잘못된 건가?

"동섭 씨, 저 지금 당장 가봐야겠어요. 이건 큰일이에요. 벌써 약을 다 만들어놨는데…… 심지어 오늘 임상실험을 하기로 했거든요. 어쨌든 감사했습니다. 먼저 가볼게요."

"행운을 빌게요. 안녕히 가세요."

"팀장님! 긴급이에요 긴급!", 내가 소리치면서 문을 벌컥 연다.

"뭐야? 뭐가 문제야?"

"다 만들긴 했는데, 이상한 점을 찾았어요. 그, 제가 직접 보고 왔는데요, 이파리는 멀쩡한데, 뿌리만 감염된 나무가 있더라니까요?"

"뭐? 그런 말도 안 되는……. 그럼 지금까지 우리가 받았던 자료가 잘못됐다는 거야?"

"그건 모르겠는데요, 일단 연구를 더 해봐야 할 것 같아요. 혹시 더 큰 일을 불러올지도 몰라요."

"그건 안 돼."

"네? 왜죠?"

"이미 약을 만들었다고 상부에 보고했어. 대통령님께도 이미 보고 됐을 거고."

"팀장님? 아니죠? 이건 정말 긴급 상황이에요. 누가 뭐라고 해도 다시 연구해야 한다고요. 그리고 임상실험도 안 했잖아요. 그런데 완성됐다고 보고하면 어떡해요?"

"어차피 사람도 아니고 나무인데 임상실험이 필요해? 뭐 어느 정도는 효과가 있겠지. 그리고 기존에 있던 약을 기반으로 만들었다며. 그럼 믿을 만한 거 아니었어?"

"어떻게 그런 무책임한 말을 할 수 있죠?"

"큰 문제 없을 거야. 지금 상황에 저 위에서 원하는 건 효과보다 속도라고, 빠른 속도."

나는 아무 말도 할 수 없었다.

드디어 오늘이 처음으로 약을 선보이는 날이다. 진짜 이게 맞는 건지 몇 날 며칠을 생각했다. 아무리 생각해도 이건 아닌 것 같은데…….

"네, 여러분 안녕하셨습니까? SG 뉴스 김민성입니다." 오, 뉴스가 시작됐다.

"오늘이 드디어 국내 연구팀이 개발한 약을 처음으로 선보이는 날입니다. 연구와 개발에 참여하신 배수호 팀장님께서 나와 계십니다. 안녕하세요."

"네, 안녕하세요. 배수호 신약 개발 팀장입니다."

"오늘 드디어 처음으로 약을 현장에 사용하시는데, 현재 심정이 어떠십니까?"

"지금 무척 설레지만, 긴장도 됩니다. 저희 팀원들도 지금 저처럼 무척 긴장하고 있을 겁니다. 사실 이번 연구가 정말 쉽지 않았습니다. 시간도 부족했고 가지고 있는 정보도 충분하지 않았습니다. 그래도 최선을 다했으니 좋은 결과가 있을 것으로 생각합니다."

최선을 다했다고? 흥이다.

"이제 시작까지 약 20분도 채 남지 않았는데요, 그전에 간단하게 이번 약에 대해서 소개해 주시겠습니까?"

"네. 이번에 개발한 약은요, 감염이 광합성 과정에서 일어난다는 연구 결과를 토대로 광합성 과정에서의 감염을 막는 것에 중점을 두고 개발됐습니다. 저희가 이전에 개발했던 특정 물질의 투과를 막는 약의 원리를 이번 약에 적용해서 만들었습니다."

"그러면 약의 효과가 나타나기까지는 시간이 얼마나 걸립니까?"

"약 1시간 이내로 약효가 나타날 것으로 예상됩니다."

"생각보다 훨씬 빠르네요. 그럼 시간이 얼마 남지 않았으니 바로 현장을 연결해 보겠습니다."

아, 진짜 너무너무 불안한데. 아무리 생각해도 실패할 것 같다. 아니다, 나쁘게 생각하면 나쁜 일이 일어나기 마련이지. 좋게만 생각하자.

"시작 1분 전입니다. 드론 1000대를 이용하여 한 번에 약 천만 제곱킬로미터에 해당하는 면적에 약을 투하할 예정입니다."

이제 시작한다. 제발 아무 일도 없어라.

.

.

.

TV 화면 속에서 드론이 움직이기 시작했다.

"위이이이잉"

1000대의 드론이 한 번에 움직이니 눈을 뗄 수가 없었다.

"이제 약을 다 뿌렸습니다. 이제는 기다리는 일만 남았습니다. 저희는 계속 생중계 화면을 띄워 놓도록 하겠습니다."

생각보다 약을 뿌리는 데는 오래 걸리지 않았다. 이젠 정말 기다리는 수밖에 없다. 주사위는 던져졌다.

한 30분 정도가 지났다. 아직은 아무 변화도 없다. 다리가 너무 심하게 떨린다.

"하나님, 부처님, 천지신명님…… 제발 도와주세요." 나도 모르게 중얼거린다. 바로 그때였다.

"어? 저기에 무슨 변화가 나타나고 있습니다. 확대해 보겠습니다."

어, 설마? 설마?

"아! 이파리의 푸른빛이 돌아오고 있습니다! 성공입니다!! 성공!!! 팀장님 정말로 축하드립니다!"

"하, 정말 다행입니다. 속으로 얼마나 걱정했는지 모릅니다. 정말 꿈꾸는 것 같은 기분입니다. 도와주신 모든 분께 감사드립니다.", 팀장님이 눈물을 흘리면서 얘기한다.

"됐다!!", 나도 모르게 소리를 질러버렸다. 모든 직원도 축제 분위기다.

앵커가 말한다, "그럼 이제 시간이 지나면서 저절로 다 치료될 것으로 보입니다. 이제 모두 편안한 마음으로 지켜보시면 되겠습니다."

모든 것이 완벽했다. 하지만 언제나 예외는 있기 마련이다.

문제가 생겼다. 다 치료되는데 치료가 되지 않는 몇몇 나무들이 보였다. 처음에는 모두 그냥 약효가 늦게 나타나는 것이라고 생각했다. 하지만 너무 안심했던 걸까? 아니면 연구를 얼렁뚱땅 끝내버렸던 우리의 과거를 잊어버린 걸까? 당연하면 안 되지만, 당연할 수밖에 없는 일이 일어나기 시작했다.

"잠시만요? 지금 무슨 일이 일어나고 있는 듯합니다. 무슨 일이죠?"

"무슨 일이죠……?" 팀장님의 목소리가 떨렸다.

"지금 정확하게 확인되지는 않았지만 아까 약효가 나타나지 않았던 나무 주위로 다시 전염병이 확산되고 있는 것으로 보입니다. 팀장님 이게 어떻게 된 일인가요?"

"아……. 저도 지금 무슨 일이 일어났는지 모르겠습니다……. 연구를 해봐야 합니다……."

이런 제길. 결국 우려했던 일이 일어났다. 약효가 모든 나무에서 나타나지 않았다. 어휴……. 내가 그렇게 연구를 더 해야 한다고, 임상실험을 해야 한다고 했거늘. 업보다. 다시 처음부터 시작해야 하나?

임상실험도 없이 한 실전은 무참히 실패했다. 처음에는 효과가 있는 것 같았지만 끝은 아니었다. 거의 모든 나무가 재감염 돼 버렸다. 겨우 치료된 상태인 나무 한 그루를 뽑아 와서 분석하고 있고, 치료가 되지 않았던 나무에 대한 연구도 진행 중인 상태다. 연구 결과가 나오기 전까진 내가 할 수 있는 것이 없어서 한동안 엄마랑 지내기로 했다. 나에게는 휴식이 필요하다.

"엄마!"

"아들, 왔어?"

"오랜만이에요, 요즘에 일만 한다고 너무 바빠서 연락도 못 했네."

"괜찮아 세상을 구하는 일을 하고 있었잖아."

"세상을 구하지도 못했는걸……."

"괜찮아, 실패할 수도 있지 뭘 그래. 빨리 들어가서 밥부터 먹자. 김치 등갈비찜 해놨어."

"등갈비찜? 빨리 가자 엄마. 나 갑자기 배고파졌어."

"음! 엄마 정말 맛있는데? 예전에 먹던 그 맛 그대로네."

"많이 먹어. 한 솥 끓여 놨어. 먹고 더 먹어. 엄마 손이 좀 크잖아."

"헤헤"

"그런데 그 일은 어떻게 됐어?", 엄마가 조심스럽게 물어본다.

"뭐, 망해 버렸어요. 나름대로 열심히 했는데……."

"그래 잘했어. 그래도 대부분은 원래대로 돌아왔었잖아."

"그렇긴 해요. 그래도 결국은 실패했잖아."

"……."

"아으 모르겠다. 엄마 나 밥 더 먹을래요."

"그래. 많이 먹어라."

아으 너무 잘 쉬었다. 이제 일을 할 힘이 나는 것 같다. 2주 동안 쉬었으니 다시 시작해 볼까? 최근에 치료된 나무를 분석한 결과가 나왔다. 우리가 만든 약은 제대로 작용했다. 치료된 나무에는 더 이상 바이러스가 남아 있지 않았다. 그렇다면 이제 왜 재감염 사태가 발생했는지, 왜 그 나무는 약효가 나타나지 않았는지를 알아야 한다. 도대체 뭐 때문에 재감염이 일어났지?

그렇게 고민하다가 메일 한 통이 도착했다. 아, 동섭 연구원님이다. 미선나무를 분석한 자료라고? 그러고 보니 얼마 전에도 엄마 집에서 쉴 때 미선나무를 보았다.

"오랜만에 이렇게 걸으니까 얼마나 좋은지 몰라. 공기도 산뜻하고 말이야."

"그러게 벌써 봄이네. 엄마도 아들이랑 걸으니까 더 좋다."

"여기는 정말 옛날 그대로다. 저기 저 연못에서 돌 던지고 놀고 그랬는데. 하하."

"맞다. 그랬었지? 엄마도 맨날 저기에 앉아서 노는 모습 보고 그랬어."

"어? 엄마, 엄마도 저 나무 알아?"

"저거? 당연히 알지. 너 기억 안 나? 네가 처음으로 집에 가져온 나무였잖아."

"맞아. 나도 얼마 전에 연구하면서 봤어."

"연구하면서? 약으로 쓰려고 했던 거야?"

"약? 저 나무가 무슨 효과가 있어?"

"그럼 있지."

"무슨 효과?"

"저 나무의 이파리만 따가지고 곱게 다져서 물에 풀고 상처에 바르면 상처를 보호해 주는 역할을 해."

"진짜?"

"어. 근데 효과가 그렇게 오래 가진 않아서 많이 사용하진 않았어. 정말 급할 때 말고는."

그렇다. 엄마가 우리를 구원했다. 물론 동섭 씨를 비롯한 여러 연구진들에게도 감사하다. 추측하건대, 이건 분명 미선나무 이파리에 무언가가 있다! 만약 그것도 아니라면 정말 더 힘들어진다. 제발 내 생각이 맞아야 한다.

미선나무를 연구한 지 2주째, 일단 미선나무의 그 효과를 만드는 물질이 무엇인지 알아냈다. '프리벤트리'라는 물질로, 미선나무 이파리의 표피와 잎맥에 존재한다. 얇은 보호막 역할을 하는 점성 있는 액체를 만들어 내며 이 보호막을 다른 물질이 통과하기는 어렵다. 표피와 잎맥에 존재하는 보호막은 내부에선 체관과 물관으로부터의 침입을, 외부에선 잎을 통한 침입을 막는다. 여기서 가장 중요한 특징이 있다. 미선나무는 보호막이 두 가지의 해로운 물질을 막고 나면 그 보호막을 다시 사용하지 않는다. 보호막에 3가지 이상의 물질이 닿으면 프리벤트리가 파괴됨을 마치 식물이 알고 있는 것 같다. 심지어 프리벤트리는 다시 생성되지 않는다. 프리벤트리가 다시 완전한 보호막을 구축하기까지는 약 10분 정도가 소요된다.

이쯤 되니 뭔가 느낌이 온다. 그렇다, 그 모든 일들이 다 이 프리벤트리 때문에 일어난 일이다. 제일 처음에 이파리는 감염되지 않았는데 뿌리만 감염됐던 것부터, 약을 처음으로 뿌릴 때 미선나무는 약효가 나타나지 않았던 것과 다시 미선나무 주위의 나무부터 감염이 시작됐던 것까지 모두 저 녀석 때문이었다.

자, 이제 저 녀석을 다 파악했으니 이 약 2년 반이 걸린 싸움을 끝내러 간다. 아니 근데 아직 그 연구원들은 미선나무가 왜 약효가 없었는지도 알아 내지 못했다니 도대체 뭘 하고 있는 거지?

"안녕하세요."

"네, 안녕하세요. 오랜만이네요. 동섭 씨?"

"이렇게 뵙게 되니 더 반갑네요."

"드디어 제가 약을 완성했습니다."

"들었습니다. 정말로 반가운 소식이었답니다."

"그럼 약을 한 번 써 볼 수 있을까요? 이번에는 임상 실험을 해야 하니까요."

"물론입니다. 그때 거기로 가시죠."

．

．

．

"안녕하십니까, SG 뉴스 9시 뉴스 김민성입니다. 드디어 기쁜 소식이 들려왔습니다. 우리는 기나긴 터널을 지나 따스한 햇살을 맞이했습니다. 영상으로 살펴보겠습니다."

"20XA년 5월 17일 드디어 우리는 나무들을 되찾았습니다. 국내 연구진이 최초로 유일하게 치료되지 못했던 나무를 정복했습니다. 우리는 나무를 감염병으로부터 지켜냈고 앞으로의 대응방안도 마련했습니다. 한편, 이 길었던 과정과 어떻게 해결책을 찾았는지에 대한 이야기가 다가오는 이번 주 성광대학교에서 강연될 것으로 예정되어 있습니다. 온라인으로도 참석할 수 있습니다. 지금까지 SG 뉴스 노영호 기자였습니다."

-강연 날
"여러분 모두 안녕하십니까. 이렇게나 많은 분이 찾아와주셔서 감사드립니다. 드디어 오늘 기나긴 여정의 비밀을 다 설명해 주실 분을 모셨습니다. 평범한 제약사의 연구원이자 나무를 약으로 구한 오늘의 강연자를 바로 모셔보겠습니다."

"안녕하십니까. 박찬엽입니다. 여러분께 이 이야기를 하는 날이 와서 정말 기쁩니다."

에필로그

안녕하세요?

처음에 글을 써 보는 것이 어떻겠냐는 선생님의 말씀을 듣고 정말 당황스러웠습니다. 저는 한 번도 글을 쓸 때마다 저 스스로가 **"이야 잘 썼구먼."** 하는 생각을 못 받았기에, 제 글이 책에 실릴 수 있다는 **것이 조금은 두려웠습니다.** 그런데도 이번에 글을 쓰면서 글과 더 친해지고 배울 점도 있을 것 같아서 간단하게 글을 써 보기로 마음먹었습니다.

'환경'이라는 주제에 맞는 이야기 소재가 정말 떠오르지 않았습니다. 그렇다고 평범한 주제로 글을 쓰기에는 제 마음이 움직이지 않았습니다. 그래서 바람이나 맞으려고 운동장을 바라보다가, 바람에 흔들리는 나무들에 대해 써 보기로 생각했습니다.

글을 쓰다 보니 자꾸 제가 평소에 관심이 있고, 알고 있는 쪽으로 내용이 써졌습니다. 그래서 여러분들이 보시기엔 별로 관심 없고 지루한 내용이었을지도 모르겠습니다. 또한, 일상적인 내용을 다루고 있어서 재미있다는 느낌을 못 받으셨을까 봐 걱정됩니다. 그래도 나쁘지는 않았다고 기억될 만큼만 되었으면 좋겠습니다.

사실 환경 파괴로 인해 우리의 삶이 영향을 많이 받고 있습니다. 대표적으로 최근에 코로나바이러스가 엄청나게 유행했고, 지금도 우리를 괴롭히고 있습니다. 그만큼 우리의 삶이 벌써 환경 파괴로 어려움을 겪고 있습니다. 더 이상 지구에서 살기 힘들어질 때가 언젠가는 올 것이라고 생각합니다.

물론 그런 일이 생기지 않도록, 제가 쓴 이야기가 현실이 되지 않도록, 우리들은 함께 노력해야 합니다. 저의 글이 단순히 하나의 글이 아니라, 여러분에게 저의 뜻이 전해져서 우리가 조금은 바뀔 수 있는 기회가 되면 좋겠습니다.

시간 여행

할아버지가 남긴 황금빛 유산

1학년 최성빈

이 세상의 환경을 보호하겠다는 마음으로 노벨상까지 받아 현재 환경보호의 일인자의 선두에 서 있는 나의 과거 이야기를 해보고자 한다. 믿기지 않겠지만 2080년인 현재, 이제 나의 생이 얼마 남지 않았기에 나의 알려지지 않은 이야기를 후손들에게 알려주고 싶다.

방금 막 대학 수업을 끝낸 뒤인 평화롭고 한적하기 그지없는 오후였다.

"아휴, 대기오염에 관한 것은 왜 이렇게 발표할 게 많은지. 참, 대학 빨리 졸업하고 싶다."

"띵"

갑자기 아이폰에서 평소에 잘 오지 않던 부모님 메시지가 와 있었다.

"할아버지께서 심장마비로 갑자기 돌아가셨으니 장례식에 오길 바란다."

난 내 두 눈을 의심했다. 난 건강하시던 할아버지가 이렇게 갑작스럽게 돌아가실 줄은 꿈에도 몰랐다. 장례식장에 도착한 뒤, 할아버지의 관 위에 놓인 사진을 보자 실감이 났다. 나의 눈물은 어느새 쉴 새도 없이 계속 흘러내리고 있었다.

"성빈아 왔구나. 얼른 이리 와서 할아버지께 마지막 인사드리거라. 할아버지는 널 아주 보고 싶어 하실 거다."

할아버지의 마지막 곁에 없었다는 아쉬움과 더 잘해 드리지 못했던 나 자신에게 속상해 눈물은 계속 흘러내렸고 할아버지가 나와의 마지막을 섭섭하게 여기시지 않게 절을 해드린 뒤, 뒤에 계시던 어머니와 아버지의 품으로 달려가 꼭 껴안았다. 내 어릴 적 아버지와 어머니는 두 분 다 일하시느라 바쁘셨다. 심지어 그 흔한 생일파티도 온 가족이 모여서 한 적이 없었다. 그리하여 난 할아버지 손에서 자라게 되었다. 그다지 부유하지도, 돈

욕심도 없고 항상 책과 식물을 곁에 두시던 할아버지는 좀 이상한 사람이셨다. 내가 해달라는 것은 모두 다 해주셨고 나를 혼내시는 일도 별로 없었다. 하지만 내가 분리수거를 안 하거나 길거리의 나무를 함부로 대하거나 하는 등 환경과 관련된 일은 정말 엄하게 대하셨다. 그리고 항상 나에게 종이 한 장도 허투루 쓰지 말고 항상 나에게 환경 그리고 이 세상을 사랑하라고 하셨다. 더 이상한 점은 가끔 가다 나에게 엉뚱한 말씀을 하시곤 했다. 예를 들어,

"성빈아, 넌 세상이 어떻게 변할 것 같니? 이 할아비는 다 알고 있단다."

"이 할아비가 죽거든 일기장을 살펴보거라."

난 괜히 그땐 죽는다는 말이 무서워 할아버지를 이상하게 생각했었다. 그리고 일기라곤 쓰시는 걸 본 적도 없었는데 도대체 왜 일기장을 보라고 하시는 걸까 하는 의문도 품곤 했다.

열 살 때 아버지는 회사를 퇴직하시고 개인 사업을 차리셨다. 그래서 날 돌보아줄 시간이 많이 생기셨기 때문에 난 할아버지의 품을 떠나게 되었다. 거기다 할아버지는 서울에 사시고 난 대구에 살아서 할아버지 집에 자주 가지 못하고 간간이 전화만 하게 되었다.

할아버지의 장례식이 끝나고 할아버지께 하나밖에 없는 가족인 우리는 할아버지의 관을 산에 묻은 뒤 마지막을 배웅했다. 그리고 난 할아버지께서 생전에 사시던 집에 들어가 하룻밤을 지내고 싶었다.

"어머니, 저 할아버지 집에서 오늘 혼자 하룻밤 묵고 와도 될까요?"

"음, 안 될 건 없지. 왜?"

"어쩌면 마지막이 될지도 모르는데 한 번 가보고 싶어서요."

그 말을 들으신 어머니와 아버지께서는 할아버지 집에 나를 태워주신 뒤 떠나셨다. 바쁘다는 핑계로 5년 가까이 가지 못한 할아버지 집은 정말 변한 게 텔레비전 빼고는 하나도 없었다. 그 와중에 어릴 적 할아버지와 같이 제주도에 가서 찍었던 사진이 내 눈을 울상 짓게 만들었다.

"와… 옛날 그대로네. 그립다 그리워 정말."

나는 방 곳곳을 돌아다니며 어릴 적 기운을 느껴보았다.

문득 할아버지께서 어릴 때 하셨던 말씀이 기억났다. 난 바로 창고란 창

고는 다 뒤져 보았고, 할아버지께서 누누이 들어가지 말라고 이야기하셨던 어느 한 방으로 들어갔다. 방 안에 엄청 특별한 무언가가 있을 줄 알았는데 그냥 일반 방이랑 다를 것 없었다.

"뭔가 특별한 것이 있을 텐데 말이지."

그 순간 책과 책 사이에 빨간 보물상자 같은 것이 보였다.

"이게 뭐지?"

빨간 보물상자 안에는 일기장과 엄청 옛 되어 보이는 물건과 카메라가 들어 있었다. 특이한 점이 있다면 요즘 것으로 보이는 물건과 정체를 알 수 없는 미래지향적인 물건도 있었다는 것이다. 난 다른 건 다 제쳐두고 먼저 일기장을 펼쳐보았다. 기분 탓이었겠지만 일기장은 누가 막 쓰기라도 한 듯 온기가 느껴졌다. 할아버지의 일기장에는 1976년 2월 25일부터 일기가 적혀 있었다. 특이한 점은 일기장이 10년 단위로 쓰였다는 것이었다.

"날짜를 보자? *1976, 1986, 1996, 2006, 2016, 2026, 2036* ……."

난 놀랐다. 아니, 지금은 아직 2026년이고 할아버지께서는 돌아가셨는데 왜 일기장에는 10년 이후가 기록되어 있는 걸까?

일단 일기장을 가지고 창고를 빠져나왔다. 그다음 거실로 나와 한 페이지 한 페이지씩 읽어보았다. 일기장 맨 앞장에는 누군가 읽어보란 듯 노란색 포스트잇에 이 일기장을 쓰게 된 경위가 적혀 있었다. 내용은 이렇다.

할아버지께서는 20살 때 어느 노점상 주인에게서 새 일기장을 사셨는데 일기장을 펼치니 주변이 새하얗게 바랜 뒤 자기가 10년 뒤 세상에 와 있었다는 것이었다. 그때부터 할아버지는 시간여행을 하게 되었다고 적혀 있었다. 그리고 책 뒷장을 열어보니 1976년부터 96년까지는 짧고 몇 문장 되지 않은 것 같은 글들이 적혀 있었고 그 중 가장 나에게 짧고 강력하게 느껴졌던 문구는

'이건 내가 알던 세상이 아니다. 컴퓨터라는 것을 활용하여 사람들은 생활하고 있고, 손에 들고 다니는 핸드폰이라는 것이 있다. 세상이 아주 **빠르**게 변하고 있다.'

이었다. 나에게 이 문구가 가장 인상적이었던 이유는 할아버지께서 바뀐 세상을 표현한 말 중 가장 나의 마음에 와닿았기 때문일 것이다. 할아버지

께서는 2006년부터는 제대로 적기 시작하신 것 같았다. 2006년은 내가 태어난 해이기 때문인 것으로 추측해 볼 수 있을 것 같다. 내가 이 말을 확신할 수 있었던 것은 이 문구 때문이다.

"나에게도 손주가 태어나다니… 항상 좋은 말만 해주고 남에게 꿇리지 않게 키워내야겠다."
라고 적혀 있었다.

난 이 문구를 읽자마자 할아버지께 사랑을 더 드리지 못한 거 같아서 눈물이 쏟아져 나왔다. 눈물을 삼킨 뒤 난 뒷장을 펼쳐보았다. 16년에는 그해 있었던 특별한 사건들이 적혀 있었다. 그리고 이때부터 적히기 시작한 것이 있었는데 그것은 바로 환경이 파괴되고 있다는 문구였다.

"응? 갑자기 웬 환경이 파괴되고 있다고."

난 이 문구를 기억한 뒤 다른 장들도 읽어보았다. 근데 10년 이후부터 일기장에는 앞에 몇 문구 없었던 것과 달리 엄청 많은 환경과 관련된 글들이 쏟아져 나왔다. 난 미래에 어떤 일들이 일어날지 상상하며 본능에 못 이겨 바로 책장을 넘겨보았다.

-2036년 2월 25일, 제주도 서귀포의 어느 한 동네에서의 기록-

오늘도 일기장을 펼치자마자 무수한 별빛 같은 빛점들이 나에게 쏟아져 나왔다. 그 빛은 마치 오늘도 날 어디론가 이끌어주려는 듯 포근하게 감쌌다. 내가 눈을 뜨자 도착한 곳에는 여러 가게와 상점들 그리고 10년 전과는 다르게 생긴 듯한 자동차들이 즐비했고 시장인 것을 알리려는 듯이 '제주매일 올레 시장'이라고 적힌 간판이 있었다.

난 내 눈동자를 가만히 둘 수 없었다. 왜냐하면 내가 살고 있는 1970년대의 제주도를 갔을 때는 개발이 덜 되어 있고 정말 볼품없었기 때문이다. 난 이 30년 만의 비약적인 발전에 놀랐다. 곧바로 시장 안으로 들어가 보았다. 여러 사람들이 즐비한 시장은 정말 꽉 차 있었다. 그리고 먹을거리도 엄청 많았다. 하지만 그런 것도 잠시, 고등어, 갈치의 가격을 보고 엄청 놀랐다. 분명 10년 전만 해도 여러 곳을 구경할 때 수산물들의 가격이 이 정도는 아니었던 것 같았는데 난 눈을 의심했다.

수소문해 알아본 바로는 해양이 심각하게 오염되어서 먹을 수 있는 물고기들이 많이 줄었다고 한다. 그리고 물가 상승 등의 이유도 더해져 물고기의 가격이 10년 전보다는 거의 40% 정도 올랐다고 했다. 하지만 난 물가 상승이라는 문제보다 해양오염이라는 말에 더 이끌렸다. 난 시장에서 간단하게 먹거리와 다시 70년대로 돌아갈 때 남길 것들을 산 뒤 근처 표선 해수욕장으로 갔다.

바다는 다시는 70년대로 돌아가지 않고 눌러살고 싶을 만큼 아름다웠다. 2월 중순인 쌀쌀한 날에 물에 못 들어가는 것은 당연하지만 해수욕장이라는 말이 무색하게 해수욕장 입장 금지라고 적혀 있었다. 밑에 이유가 적힌 스티커들을 보니 해양에서 우리 피부에 암을 일으킬 수 있는 물질들이 대거 검출되었다고 적혀 있었다. 난 이때 환경오염이 점점 심각해지고 있는 것을 자각하게 되었다. 난 제주도의 서귀포에서의 경험들을 아쉬워하며 뒤로한 채 다시 일기장을 펼쳐 과거로 돌아왔다. 막상 이렇게 갔다 오니 내가 그때까지 살아 있을 수 있을까 라는 생각이 문득 든다. 만약 그때까지 살아 있다면 내 아내와 자식, 손주들과 함께 여행을 가고 싶다.

-2046년 2월 25일 , 서울 광화문 앞에서의 기록-

어김없이 일기장은 포근한 빛점들과 함께 날 인도하더니 어느새 서울 광화문 앞에 나와 있었다. 앞의 제주도 서귀포에서의 2036년과는 달리 많은 것들이 변해 있었다. 하늘을 날아다니는 자동차는 기본이고 예전에는 볼 수 없었던 높은 신식 건물들이 보였다. 특히 30년대에는 얇디얇은 핸드폰을 썼던 반면 40년대는 사람들이 홀로그램으로 통화를 하거나 특이한 선글라스처럼 보이는 안경을 쓰고는 이리저리 눈동자를 움직이며 걷고 있었다. 그런데 이상했다. 분명 3시쯤임에도 불구하고 하늘이 파랗다기보다는 생기 없는 보랏빛에 가까운 색을 띠고 있었다. 또한 10년 전과는 다르게 모든 사람들이 얼굴을 가리는 방호복과 산소마스크 등을 쓰고 있었다. 급기야 옆에 지나가던 한 사람이 날 보며 기겁하더니 자기에게 남은 여분 산소마스크

를 주었다. 그러더니 하는 말이,

"당신! 이 세상 빨리 뜨고 싶은 건 아니죠?"

라고 화를 내면서 나에게 말하였다. 난 자세히 설명을 해달라고 부탁했다. 그 사람은 이상한 눈초리로 나를 쳐다보더니 나에게 현재 상황을 설명해 주었다.

"지금 전 세계적으로 황사와 사막화가 빨리 진행되고 있어요. 밖에 산소 마스크 안 쓰고 다니면 10시간 이내에 죽을 수도 있어요? 아시겠어요!"

그러곤 급히 자리를 피했다. 그보다 난 정말 충격적이었다. 고작 10년 전만 해도 이만큼은 아니었는데 10년 동안 대체 무슨 일이 일어난 걸까 혼잣말을 중얼거리며 거대한 건물들 사이에 가려졌던 주위 동식물들을 보았다. 가히 충격적이었다. 나무는 살아 있는 것을 거의 볼 수 없었고, 특히 살아 있다고 하더라도 생기가 없어, 보고 있자니 내 몸이 괴로울 지경이었다. 식물들은 더 참담했다. 녹색 풀은 거의 찾기 힘들었고 설령 꽃이 피어 있다 하더라도 이 또한 내가 알던 그런 꽃이 아니었다. 난 1970년대에서 가져온 카메라에 현재 이 세상을 담았다. 카메라에서 나온 사진은 내가 보고 있는 세계의 심각성을 알려주는 듯 세상을 더 끔찍하게 담아냈다. 10년이 지날 때마다 환경이 파괴된 모습을 보자니 내가 스스로 약속했던 제주도의 아름다운 경치를 보면서 가족들과 행복하게 노는 그런 여행을 할 수 없을 것 같아 절망적이다. 현재로선 아무것도 할 수 없는 나이기에, 빨리 이 세계 사람들이 환경을 다시 복구할 방법을 찾았으면 좋을 것 같다.

"할아버지께서 진짜 시간여행을 하신 건가? 아니지 지금은 그게 중요한 게 아니잖아! 이게 진짜면 우리 세상은 멸망하는 거라고."

난 약간의 두려움 반 기대 반으로 56년과 66년 76년을 읽어보았다.

−2056년 2월 25일, 부산 해운대 앞에서의 기록−

내가 방금 56년대에 도착했을 때에는 세상이 꺼진 것 같았다. 길거리에는 사람이 종종 보이는 듯하나 거의 찾아볼 수 없었다. 난 직감적으로 산소

마스크를 안 쓰면 큰일이 일어날 것 같아 바로 썼다. 그리고 절대로 벗지 않았고 카페로 보이는 한 건물 안으로 들어갔다. 거기에는 56년대의 뉴스가 나오고 있었는데, 내용은 정말 충격적이어서 말로 표현할 수 없었다. 내가 들었던 뉴스 기사를 기억해 보자면 이렇다.

"요즘 지구 온난화와 여러 악재로 인해 더 이상 예전의 지구로 돌아갈 수 없다고 합니다. 유엔 라스트 어스 찬스 회담에 따르면 이젠 정말 단 한 번의 기회밖에 남지 않았다고 합니다. 이젠 환경오염의 심각성을 인지하고 바꿀 차례입니다. 제일 먼저 기업들이……."

난 카페에서 뭔지 모를 차를 마시면서 이런저런 생각을 하며 창문을 통해 부산 앞바다를 보았다. 부산 앞바다는 70년대의 바다와 다르게 아름답지 않았다. 그렇게 카페를 나온 뒤 버스와 지하철을 타며 이리저리 돌아다녀 보았다. 그렇게 돌아다닌 지 몇 시간이 지났을까, 나는 어느새 부산의 어느 한 동상으로 가 있었다. 거기는 내가 70년대에 아내를 처음 만나고 같이 나들이를 갔던 곳이었다. 동상은 그대로인데 파괴되고 부서진 세상을 보자니 눈물이 쉴 새 없이 나왔다. 우리의 이기심으로 인해 이런 고통을 내 손자, 미래를 책임지기에도 벅찰 아이들이 짊어지게 되다니 하루빨리 내 세계로 돌아가 사람들에게 환경오염에 대해 자각심을 심어줘야겠다. 날 미친놈 취급하더라도. 이 세계를 구할 수 있다면 말이다.

-2066년 2월 25일 대구 동성로에서의 기록-

미래로 가면 갈수록 파괴되고 아파지는 세상을 보자 난 미래로 가는 것이 망설여졌다. 그래서 거의 2년 가까이 일기에 손을 대지 않았다. 하지만 사람의 호기심이란 어쩔 수 없나 보다. 난 창고의 빨간 상자에 넣어 두었던 일기장을 펼쳤고 일기장은 기다렸다는 듯 이번엔 여러 흑색과 빛색을 띤 빛점들이 날 거칠게 빨아들였다. 마치 아픈 지구를 대신하듯 말이다. 이번엔 기절했었는지 눈을 뜨니 머리가 으깨질 것 같이 아팠다. 둘러보니 동성로의 어딘지 모를 한 화장실에 있었다. 화장실을 나오니 건물 밖으로 나갈 수 있는 문은 보이지 않았다.

다행히 창문은 있었는데 창문을 보니 입이 떡 벌어졌다. 세상이 온통 모래바람으로 휘날리고 있었고 나무는 보이지 않았으며 길거리에는 모래가 쓸고 다니고 있었다. 난 일단 복도로 쭉 걸어갔다. 그리고 어느 한 지점에 도착하니 한 곳에 사람들이 모여 있는 것을 보았다. 난 그 사람들에게 조심스레 말을 걸었다. 그 사람들은 다행히 착한 사람들이었는지 가볍게 인사를 해주었다.

또한 대충 병원에 오래 있었다고 둘러대서 현재 상황을 들을 수 있었다. 그 사람들이 말하길 지구 육지의 약 40%가 사막화됐다고 말했다. 그리고 세계의 지구 환경복구에 실패했다고 했다. 또한 밖의 미세먼지와 환경오염이 너무 심해 외부 공기의 출입을 막고자 완전히 문을 봉쇄했다고 했다. 그리고 나에겐 충격적으로 다가올 말을 전했다. 이제 지구의 수명이 5년밖에 남지 않았다고 전해 주었다. 난 애써 웃으며 사람들에게 인사를 한 뒤 천천히 세상을 둘러보았다.

이젠 눈물은 나오지 않았고 화가 났다. 사람들과 기업들은 지구가 멸망되어가는 것을 보고도 재빨리 대처하지 않았는지, 왜 기업들은 자신들의 이익만 챙기면서 환경은 챙기지 않았는지 말이다. 이젠 나도 진절머리가 난다. 그냥 망해 버렸으면……

-2076년 2월 25일, 여수 앞바다의 한 건물에서의 기록-

66년도에 갔다 온 후 난 더 이상 일기를 펼치지 않았다. 이미 망하기 직전인데 더 보아도 달라질 것은 없었기 때문이다. 그렇게 20년 가까이 묵혀 두었다. 그사이 내 자식인 태현이가 세상에 나왔고 세상에 대해 많은 것을 배우게 되었다. 또한 얼마 전 머릿속에서 완전히 지웠던 일기장을 우연히 창고 청소를 하다가 발견하게 되었다. 일기장은 내가 손에 든 순간 날 기다리느라 힘들었다는 듯이 오색 빛을 내며 날 빨아들였다.

눈을 뜬 나는 여수 앞바다의 한 건물에 있었다. 난 지구 수명이 5년밖에 남지 않았다고 말한 것을 듣고서 짐작은 했지만, 이 찬란했던 세상에 활기가 안 느껴졌다. 복도는 온통 불이 꺼져 있었고 간신히 옆에 붙어 있던 비

상용 손전등으로 밖을 볼 수 있었다. 문은 낡은 건지 테이프가 뜯어져 있고 삐걱삐걱 거센 소리를 내며 열려 있었다. 밖은 모래성이 커다랗게 있었고 건물들은 철제 구조물만 남아 있고 사람이 살 수 없을 정도로 변해 있었다.

난 커다란 결심을 한 뒤 밖으로 나가보았다. 나가자마자 거센 모래 바람이 날 맞이해 주었고 얕은 눈으로 세상을 쳐다보았을 때 동물 하나가 걸어다니는 것을 보았다. 혹여나 내가 아는 동물인가 유심히 쳐다보았지만 모양이 내가 알던 그런 동물이 아니었고 이 거친 세상에 따라 진화한 동물인 것 같았다. 난 천천히 1시간 동안 어딘지 모를 그런 거리를 걸어보았다. 세상 삶을 산 지 20년이 지난 지금 문득 내 후손이라면 아직 늦지 않았을 것 같다는 생각이 들었다. 그리고 난 다시 카메라를 이 세상에 비춰 보았다. 그 순간 텔레비전 꺼지는 소리 비슷한 게 나더니 난 거실의 소파 위에 앉아 있었고 태현이가 울고 있었다. 난 혹여나 다시 가볼 수 있을까 기대하며 일기장을 펼쳐 보았지만 더 이상 일기장은 날 미래로 인도해 주지 않았다.

할아버지의 10년마다의 세상 환경파괴에 관한 일기는 말로 표현할 수 없을 정도로 충격적이었다. 난 솔직히 할아버지가 시간여행을 한 것이 잘 믿기지가 않았다.

난 혹시라도 창고에 무언가가 더 있을까 다시 가보았다. 하지만 그냥 보이는 것은 빨간 상자 하나뿐이었고 조금 실망했다. 그때였다.

"어 저건…… 또 다른 일기장인가?"

빨간색 상자가 너무 강렬해서인지 그 전에 있던 또 다른 상자는 못 봤던 것이었다.

난 바로 또 다른 상자를 열어보았고 아니나 다를까 거기에는 또 다른 일기장이 있었다. 난 바로 거실로 가져가 일기장을 펼쳐 한 장씩 한 장씩 읽어보았다. 거기에 적힌 일기에서의 할아버지는 이 세상을 바꾸려고 노력을 많이 하신 것 같았다. 하지만 세상은 무심한 듯 할아버지에겐 관심을 가져주지 않았던 것 같았다.

-1996년 2월 26일-

일기장은 마치 자기가 알려주고 싶었던 것을 다 알려준 것처럼 더 이상 미래를 비춰 주지 않았다. 난 미래를 가지 못하는 아쉬움보단 만약 신이 있다면 나에게 이 세상을 바꾸게 해줄 마지막 기회를 주었다고 생각하고 싶다. 그리고 이 글을 보고 있는 내 손주인 성빈이에게, 성빈아, 너는 내가 시간여행을 했다고는 믿지 않을 거야.

나 또한 솔직히 말하자면 믿기지 않고 이게 정말 실제 일어난 일인가 가물가물하기도 해. 하지만 내가 가지고 온 물건과 사진을 보면 진짜라는 것을 알 수 있어. 사진에 모습들이 보이듯이 세상이 많이 오염되어 있고 또한 사람들의 이기심 때문에 결국 멸망의 길을 간 것을 알 수 있지. 이 할아버지가 세상을 바꾸려고 노력해 볼게. 너도 세상이 멸망하는 것을 막고 싶다면 같이 도와다오.

1996년, 1997년. 수많은 날짜가 나열된 연도가 내 눈앞에서 한 종류의 비디오테이프처럼 스쳐 지나갔다. 마지막으로 적혀 있는 어떤 연도가 내 눈에 띄었다.

-2006 2월 25일-

오늘 예정되어 있던 나의 손주가 태어났다. 예전 30여 년 전 미래에서 보았던 것처럼 그대로 재현되었다. 난 손주가 태어났다는 기쁨보단 손주가 태어날 30년 동안 세상을 바꾸지 못했다는 것에 눈물이 났다. 이제는 손주에게 그 아픈 미래를 선물해야 한다니…….

이때 이후로의 글은 내가 어떻게 성장했는가에 대한 일기가 쓰여 있었다. 그리고 이때 이후로 단 한 번 빼고는 환경 관련 글을 찾아볼 수 없었다. 단 한 개의 그 글은 할아버지가 돌아가시기 하루 전날에 찾아볼 수 있었다.

-나의 하나뿐인 보물, 성빈이에게-

성빈아, 이 할아버지가 성빈이 많이 사랑하는 것 알지?

이번 글이 나의 마지막 일기가 될 것 같다. 앞으로 너를 볼 수 없겠지.

나는 얼마 전에 갑자기 가슴을 움켜쥐고 길에서 쓰러졌단다.

그때 길의 양 옆에서 빠른 발걸음으로 걸어가던 사람들이 버선발로 달려와 나를 살려 주었지.

그 사람들은 생명의 은인이지. 너에게 이렇게 일기를 쓸 수 있는 시간을 만들어주었기도 했고. 하지만 병원에서는 청천벽력 같은 소식을 들었단다. 바로 내가 시한부 판정을 받았다는 거지. 내가 생각해 보았는데 몇 달 전에 너의 할머니가 교통사고로 돌아가신 이후로 나는 나의 아내이자 너의 할머니의 빈자리를 달래기 위해 매시간 술을 달고 살았단다. 나는 그 이후에 건강이 악화되었던 것 같더구나.

마지막으로 이 할아비가 해주고 싶은 말은 성빈이 네가 대학을 환경 관련 쪽으로 갔다시피 네가 나의 뜻을 이어주었으면 한다. 최소한 우리가 만든 파괴된 환경을 후손들에게 물려주어선 안 되지 않겠니? 성빈이 네가 이 지구를 좀 더 살리는 쪽으로 해주려무나. 할아버지가 너에게 줄 마지막 자산은 공책 맨 마지막 장에 있단다. 이 돈으로는 세상을 바꾸는데 한몫할 수 있을 거다. 너에게 부탁하마. 그리고 사랑한다. 너에게 참 미안하구나.

-나의 사랑하는 손주인 성빈이에게 할아버지가.-

이 글을 읽으면서 눈물을 닦으며 참 많은 생각이 들었다. 이제는 할아버지가 시간여행을 했다는 것을 믿을 수 있었고 또한 나에게 이런 미션을 내어주신 것이 부담스럽기도 하였다. 그리고 할아버지께서 남기신 돈의 출처를 보고는 한바탕 크게 웃었다. 할아버지가 시간여행을 하면서 복권과 은행 상황 등을 다 분석하여 돈을 끌어 모아 놓으신 거다. 난 이때 이후로 항상 매일 할아버지의 말씀을 되새기고 모든 돈을 환경을 보호하는 데 썼다.

난 적극적으로 캠페인을 하고 돈을 써가며 먼저 우리나라의 미세먼지의 근본을 없앴고, 또한 나무 심기를 통해 나라에 원래 있던 나무 수보다 더 많은 나무를 심었고, 더 나아가 중국, 일본, 미국 등 각국에서 나의 위상을 알아봐준 사람들이 나에게 자문을 구했다. 그래서 난 세상을 보호하는 데 엄청난 이바지를 할 수 있었다. 난 정말 다행이라고 생각했던 것이 할아버지의 일기장에 적혀 있었던 그런 상황이 아니라, 지금 현재 깨끗한 공기, 맑은 물을 마실 수 있게 된 것이라고 생각한다.

에필로그

처음에 학교에서 주최하는 소설쓰기로 인하여 글쓰기 회원으로 뽑혔을 때 정말 당황스러웠다. 왜냐하면 나는 글을 제대로 써 본 적도 진심으로 써 본 적도 없었기 때문이다. 솔직히 소설을 반 정도 썼을 땐 '포기할까'라고 고민을 수십 번도 더 했던 것 같다. 올해에 환경 관련 주제로 글을 쓴다고 할 때 내 머릿속에 영감이 슉 빠르게 스쳐 지나갔는데, 그것이 지금 내가 쓴 '할아버지가 나에게 준 황금빛 유산'이다.

이 소설을 간단하게 요약하자면 환경 관련 1인자인 내가 어떻게 1인자가 되었는가를 쓴 것이다. 난 이 소설을 통해 우리의 사소한 비환경적 행동으로 세상이 어떻게 멸망되어 가는가를 보여 주고 싶었다. 이 글은 내가 지어 낸 짧은 환경 관련 허구이지만 지금 우리 지구 상황을 보면 60년 안에 세상이 끝장나는 게 아니라 더 빨리 멸망할지도 모를 것 같다는 생각이 든다.

실제로 아침에 뉴스를 틀면 제일 먼저 나오는 게 오늘의 미세먼지 수치, 급격한 온도 변화 등인 것을 이유로 들 수도 있겠다. 이 글을 읽은 독자들에게 전해 주고 싶은 말은 우리 주변의 사소한 것들을 아끼고 사랑하라는 말을 들어본 적이 있을 것이다.

이처럼 우리의 주변 환경에 조금만 더 관심을 가져 우리 다 같이 환경을 보호하는 데 힘써 보자.

잿빛 하늘

악몽의 스모그

1학년 이찬서

"Rrrrrrrrrrrrrrrr……."

아이든은 이른 새벽부터 시끄럽게 울려대는 전화 소리에 잠에서 깨어나 전화를 받았다.

"아이든, 지금 회사에 급하게 처리해야 할 문서가 생겼네. 5시 반까지 사무실로 오게나. 어서!"

부장의 전화였다. 아이든은 서둘러 시간을 확인한 후 씻을 새도 없이 나갈 채비를 했다.

'현재 시각은 4시 50분. 회사까지는 50분이 걸리지만 새벽이라 차가 막히지 않아. 그렇다면 5시 반까지는 도착할 수 있을 거야.'

아이든은 혼자서 생각을 정리한 뒤 현관문을 박차고 서둘러 차에 탑승했다. 차는 매연을 가득 뿜으며 도로를 재빠르게 달렸다.

아이든은 런던에 위치한 ○○기업에서 6년째 근무 중인 회사원이다. 아이든은 본인이 맡은 업무들을 착실히 해내는 사원들 중 한 명이었으며, 상사들이 눈여겨보고 있는 회사의 유망주였다.

아이든은 내비게이션과 시계를 번갈아 확인하며 차의 속도를 더욱 높였다. 그 후 5시 27분, 그는 회사 주차장에 차를 대고 전력을 다해 6층에 있는 사무실로 뛰어 올라갔다. 사무실에 도착한 그는 거친 숨을 내쉬며 부장의 자리로 걸어갔다. 하지만 그곳엔 아무도 없었다. 이에 크게 당황한 아이든은 사무실 구석구석을 누비며 부장의 행적을 찾으려 노력했지만 별다른 성과는 없었다. 크게 상심한 아이든은 본인의 자리로 가 온몸에 힘이 풀린 채로 의자에 털썩 주저앉았다.

"빌어먹을 부장, 이 새벽에 나한테 장난 전화나 해대다니!"

단단히 화가 난 아이든은 지끈지끈 아파오는 머리를 조금이라도 식힐 작정으로 의자에 온몸을 기대어 눈을 감았다.

몇 분 후, 눈을 뜬 아이든은 자신의 책상 위에 덩그러니 놓여 있는 한 통의 편지를 발견했다. 아이든은 정체 모를 편지를 읽기 위해 손을 뻗어 동봉된 편지 봉투를 낚아챘다. 곧바로 편지 봉투를 개봉한 아이든은 편지를 한 자 한 자 읽어 내려가기 시작했다.

Mr. Aiden 께

"2022년의 당신에게 이 편지를 전합니다. 현재 런던은 스모그가 온 거리를 뒤덮어 앞이 보이지 않을 지경에 이르렀습니다. 이 스모그는 미래의 당신뿐만 아니라 당신이 소중히 여기는 모든 사람들의 목숨을 위협할 것입니다."

2052년 12월 5일

- 익명의 편지 -

편지를 읽은 아이든은 혹시 자신이 헛것을 보고 있는 것이 아닌지 생각하며 편지를 몇 번이고 반복하여 읽었다. 특히 아이든의 눈에 거슬렸던 것은 편지가 쓰인 날짜인 2052년 12월 5일이었다.

'어떻게 미래에서 편지가 올 수 있는 거지? 혹시 누군가 또 나에게 장난을 치는 것이 아닐까?'

아이든의 머릿속이 혼돈으로 가득 찼다. 아이든에게 혼란을 가져다 준 것은 그뿐만이 아니었다.

'스모그가 나와 내 주변 사람들의 목숨을 앗아갈 수 있다고?'

물론 아이든은 어릴 적부터 런던에서 살아왔기 때문에 스모그의 위험성에 관해서는 어느 정도 인지하고 있었지만, 자신의 생사로 이어지는 문제라고 단 한 번도 생각해 본 적이 없었기에 아이든에겐 이 사실이 더욱 큰 불안으로 다가왔다.

어느새 회사의 창가에도 햇빛이 하나둘씩 내리쬐고 직원들도 한두 명씩 사무실에 들어와 아이든에게 반갑게 인사했다.

"좋은 아침입니다, 아이든 씨!"

"······."

평소와는 다른 아이든의 반응에 당황한 회사 동료가 아이든에게 가까이 다가가 걱정스러운 투로 물었다.

"혹시 무슨 일 있으세요? 안색이 많이 안 좋아 보여요."

오랜 시간 멍을 때리다가 겨우 깨어난 듯한 상태로 아이든은 대답했다.

"아, 아닙니다. 잠을 조금 설쳤더니 컨디션이 좋지 않네요. 금방 나아질 겁니다."

"아이고, 힘내세요."

"감사합니다."

회사 동료와 막 대화를 마친 그때 저 멀리서 부장이 걸어 들어오고 있었다. 부장의 얼굴을 보자마자 화가 머리끝까지 치밀어 오른 아이든은 부장에게로 걸어가 단단히 물었다.

"부장님, 사람 곤히 자고 있는 새벽에 장난 전화는 도리가 아니지 않습니까?"

그러나 부장은 미안해하는 기색은커녕 무슨 말이냐는 듯한 표정을 지으며 말했다.

"저기, 자네. 뭔가 오해의 소지가 있는 듯한데, 나는 자네에게 전화를 한 적이 없네. 헛소리 말고 빨리 업무에 매진하게나."

부장의 얼토당토않은 소리에 아이든은 더욱 화가 났지만 단 한 줄의 거짓도 말한 적이 없다는 듯한 부장의 표정에 결국 한 발 물러나 자신의 자리로 돌아갔다. 아이든은 의자에 앉아 바로 자신의 전화기를 켜 통화기록을 확인했다.

[어제]
(발신) 엄마   오후 10:23
(수신) 임세헌   오후 07:45

[12월 3일]
(발신) 아빠   오후 08:47
(수신) 서현탁   오후 12:34
(수신) 최현욱   오전 12:13

.
.
.

'오늘이 며칠이었더라. 아, 12월 5일. 어, 왜 부장의 통화기록이 없지?'
무언가 이상함을 감지한 아이든은 통화 기록을 계속 뒤적거리며 부장과의 통화기록을 찾으려 노력했지만 부장의 이름은 그 어디에도 찾아볼 수 없었다.

"드디어 내가 미쳤구나."
짧은 한 마디를 마지막으로 아이든은 정신을 잃어 바닥으로 쓰러졌다.

"아, 머리야. 여기가 어디지?"
낯선 환경 속에서 눈을 뜬 아이든은 자신이 병상에 누워 있다는 것과 자신의 팔에 링거가 꽂혀 있는 것을 보고 금방 이곳이 입원실이라는 것을 알아차렸다. 그때 병실 문을 열고 간호사가 들어와 아이든에게로 다가왔다.

"조금 괜찮으신가요?"
"네, 근데 제가 왜 입원실에 있는 건가요?"
"갑작스레 환자분을 크게 덮친 스트레스로 인해 잠시 정신을 잃으셨습니다. 약은 이미 처방해 드렸고 충분한 안정을 취하신 후에 퇴원하시면 되겠습니다."

"고맙습니다, 혹시 지금이 몇 시인지 알 수 있을까요?"

"오후 7시 40분입니다. 혹시 더 궁금한 게 있으세요?"

"음, 혹시 지금 바로 퇴원 가능할까요?"

"네, 그럼 퇴원 절차 준비해 드리겠습니다."

곧바로 병원 로비로 나온 아이든은 지금까지의 상황을 정확히 듣기 위해 부장에게 전화를 걸었다.

"여보세요, 부장님. 혹시 대화 가능하신가요?"

"자네 몸은 좀 괜찮나? 그래, 무슨 얘기?"

"혹시 제가 쓰러지고 난 이후의 상황을 여쭈어 봐도 될까요?"

"어어, 그래. 너랑 대화를 끝마치고 난 후 몇 분 되지 않았을 때의 상황이었지. 갑자기 저 멀리서 우당탕 하는 큰 소리가 들리더군. 무슨 일인지 확인하기 위해 소리가 난 쪽으로 향했더니 자네가 바닥에 힘이 쪽 빠진 채로 널브러져 있더라고. 깜짝 놀라 바로 999를 불렀지. 다행히 앰뷸런스가 금방 도착해 자네를 싣고 병원으로 향했네. 그 이후의 상황은 나도 잘 모르겠는데, 혹시 더 궁금한 것이 있는가?"

"아, 아닙니다. 내일 뵙겠습니다."

"그래."

"삐- 삐- 삐-"

그때 카운터에서 자신을 부르는 목소리가 들렸다.

"아이든님, 120파운드입니다."

"여기 카드요."

"결제 완료되셨습니다. 몸조리 잘하세요."

"네, 감사합니다. 수고하십시오."

집에 돌아온 아이든은 급히 밀려오는 피로에 서둘러 잠에 들 준비를 했다.

"아, 피곤해. 빨리 자야겠다."

곧장 침대로 뛰어든 아이든은 고작 몇 분 만에 잠이 들었다.

"아, 머리야. 벌써 아침인가?"

아이든은 주변을 두리번거렸다. 처음 보는 낯선 집이었다. 아이든은 집 안을 살펴보다 커튼으로 가려진 창문을 발견했다. 아이든은 창문을 열고 바깥을 확인했다. 회색 잿빛이 온 거리를 덮고 있었다.

'무슨 일이 일어난 거지?'

아이든은 바깥의 상황을 확인하기 위해 살며시 문 밖으로 나갔다.

'윽, 무슨 냄새지?'

매캐하고 역한 냄새가 아이든의 코를 찔렀다. 아이든은 급히 자신의 코를 막고 주변을 둘러보았지만 짙은 회색 안개로 인해 아무것도 볼 수 없었다. 어떠한 정보도 알아내지 못하고 다시 집 안으로 돌아온 아이든은 방 한 가운데 있는 소파에 털썩 앉아 그늘진 방구석을 가만히 응시했다.

"어, 저게 뭐지?"

아이든은 저 정체불명의 물체가 무엇인지 알아보기 위해 가까이 다가갔다. 그곳에는 한 통의 편지가 놓여 있었다. 아이든은 그 편지를 집어들어 한 글자씩 읽어 내려갔다.

"2022년의 당신에게 이 편지를 전합니다. 현재 런던은 스모그가 온 거리를 뒤덮어 앞이 보이지 않을 지경에 이르렀습니다. (중략) 2052년 12월 5일."

"어, 이 편지……!"

아이든은 깨달음과 동시에 무언가 이상함을 느꼈다.

"이 편지는 분명히 사무실 책상 위에 있을 텐데 이게 왜 여기에 있지? 아니, 애초에 여긴 어디고 대체 지금 몇 시인 거야?"

아이든은 지금이 몇 시인지 알아내기 위해 자신의 휴대전화를 찾으려 노력했지만 그 어디에도 휴대전화는 보이지 않았다. 그때 아이든의 시선은 벽에 걸린 달력으로 향했다. 급히 달력으로 다가간 아이든은 깜짝 놀라 눈을 의심했다.

"2052년 12월……? 지금이 2052년이라고? 그럼 이 편지가 작성된 지 얼마 되지 않았을 텐데. 아, 편지에서 말한 스모그가 지금 바깥에서 일어나고 있는 거구나……! 그렇다면 오늘이 2052년 12월 5일이고, 이제 여기가 어딘지 알아야 할 텐데……."

갑자기 현관문에서 문이 열리는 소리가 아이든의 귀에 들렸다. 아이든은 숨을 죽인 채 식탁 위에 놓인 프라이팬을 들고 문을 향해 살금살금 다가갔다. 그때 익숙한 남성의 음성이 집 안 가득 울려 퍼졌다.

"자네, 깨어났는가?"

이건 분명히 부장의 목소리였다. 급히 프라이팬을 내리고 문으로 다가간 아이든은 헐레벌떡 뛰어온 듯한 부장의 모습에 깜짝 놀란 표정을 지었다.

"부장님, 여긴 어쩐 일이십니까?"

"어쩐 일이긴, 여기가 내 집이라네."

전혀 이해가 되고 있지 않는 듯한 아이든의 표정과 함께 집 안 가득 정적이 찾아왔다. 몇 초 후, 부장은 정적을 깨며 아이든과 대화를 이어나갔다.

"자네의 머릿속이 지금 많이 복잡할 것이란 걸 잘 아네."

"부장님은 현재 상황에 대해 잘 아시는 겁니까?"

"허허, 혹시 자네 밖으로 나가보았는가?"

"네, 평생을 살아오면서 이토록 심한 스모그는 처음 봅니다."

"그렇겠지. 혹시 자네 런던 스모그 사건에 대해 아는가?"

"당연하죠. 뉴스에서도 자주 다루던 사건 아닙니까."

"그렇지. 1952년 12월 런던에서 발생한 스모그로, 만 명 이상의 사망자가 발생했던 런던 역사상 최악의 대기 오염 사건이라고 할 수 있지. 내가 이 사건을 왜 언급하고 있는지 혹시 짐작이 가는가?"

"음, 글쎄요."

"자네, 오늘이 며칠인지 알아냈는가?"

"2052년 12월 5일 맞습니까?"

"정확하네. 런던 스모그 사건이 일어난 지 정확히 100주년이 되는 날이

지. 그리고 지금, 더 최악의 스모그가 런던 전역을 덮쳐오고 있네. 길거리에서 폐렴으로 쓰러진 사람만 40만 명 이상이라고 하니…….”

“그렇다면 그 사람들 중 저희 가족이 있을 수도 있겠네요.”

“그렇지. 없을 것이라는 보장은 없으니까.”

침울한 분위기 속에서 대화가 마무리된 후, 부장은 거실 한 구석에 있는 피아노로 향했다. 그리고 아주 조용히 피아노 선율을 연주하기 시작했다.

“베토벤의 피아노 소나타 제 14번, 월광이라네. 하늘이 잿빛으로 물들 때마다 밤하늘의 아름다운 달빛이 그리워지지. ‘달빛이 비친 루체른 호수 위에 떠 있는 조각배’라는 표현이 정말 아름답지 않나?”

몇 분 동안 잔잔한 셋잇단음표들의 향연이 이어졌다. 연주가 끝난 후 오랜 시간의 침묵 끝에 아이든이 먼저 입을 뗐다.

“그래서 이 스모그는 언제쯤 사라지나요?”

“글쎄, 자네가 이 잠에서 깨어날 때쯤이면 아마 걷혀 있지 않겠나.”

“네? 잠이라뇨. 그게 무슨 말씀이신지…….”

“아, 그렇지. 자네 혹시 저기 구석에 있었던 편지 한 통을 기억하는가?”

“당연하죠. 그 편지 하나가 저에게 얼마나 큰 혼란을 안겨줬었는데…….”

“허허, 그 편지 말이야. 사실 내가 쓴 거라네. 그 편지를 2022년의 자네에게 보냈었지.”

“그렇다면 그날 새벽의 통화도…….”

“맞아. 그래서 2052년의 내가 2022년의 자네에게 전화를 한 거야. 자네가 그 편지의 존재를 알아야 자넬 이 꿈 속으로 들어오게 할 수 있으니까.”

“그렇다면 지금 이 꿈속에서 일어나고 있는 상황들이 전부 실제로 일어나는 건가요?”

“실제로 일어날 수도 있고, 아닐 수도 있지.”

“네? 그게 무슨 소리인지…….”

“나는 인류가 계속해서 낭비의 길을 걷는다면 생기는 현상들 중 하나를 자네에게 살짝 엿보여 준 것뿐이네. 지금은 자네의 꿈 안에서만 일어나는 악몽에 머무르겠지만, 머지않아 이 악몽은 우리 모두의 것이 될 거야. 저 스모그처럼 말이야."

아이든은 아무런 말도 할 수 없었다. 그저 자신이 지금까지 살아오면서 해왔던 행동들이 주마등처럼 머릿속에 스쳐갈 뿐이었다.

"이제 잠에서 깰 시간이라네. 회사 출근해야지."

아이든은 몸을 부르르 떨며 눈을 떴다. 아이든은 곧바로 주위를 둘러보았고 이곳은 틀림없이 자신의 집이었다. 아이든은 본인의 얼굴에 식은땀이 폭포처럼 흐르고 있는 것이 느껴졌다.

'지금까지 살아오면서 경험했던 꿈들 중 가장 길고 생생한 꿈이었어……'

아이든은 아침 햇살이 들어오는 창가를 빤히 바라보았다. 꿈과는 전혀 다른 광경에 이질감이 느껴질 정도였다.

"하, 출근 준비나 하자. 지금 시간이 7시 맞나, 아니 일단 2022년은 맞지? 휴, 맞네."

아이든은 오늘 매연을 잔뜩 뿜어내는 차 대신 지하철을 타고 회사에 출근하기로 마음을 먹었다.

에필로그

　안녕하세요, 1학년 이찬서입니다. 우선 저에게 환경을 주제로 소설을 쓸 기회를 주신 선생님과 저의 곁에서 아이디어를 제공해 주며 소설 제작에 도움을 준 학우들에게 감사 인사를 올립니다. 이 소설을 작성하기 전, 어떠한 환경오염 사례를 토대로 하여 글을 쓰면 좋을지에 대해 끊임없이 생각해 보면서 사전 조사를 진행하였습니다. 그 후 오랜 시간의 고민 끝에 스모그를 소재로 하여 소설을 작성하기로 결정하였습니다.

　스모그는 연기(smoke)와 안개(fog)를 뜻하는 영어 단어를 조합하여 만들어진 용어로, 자동차의 배기가스나 공장에서 내뿜는 연기가 안개가 된 상태를 의미합니다. 특히 겨울철에 날씨가 맑고 바람이 불지 않는 밤부터 아침에 걸쳐서 지상 부근의 공기가 몹시 차가워질 때, 매연이나 배기를 핵으로 하여 공기 중의 수증기와 엉겨 발생합니다. 이 소설의 시간적 배경을 12월로 설정한 이유도 바로 이 때문입니다.

　이 글은 '런던 스모그 사건'을 모티브로 하여 작성하였습니다. '런던 스모그 사건'이란 1952년 12월 영국 런던에서 일어난 대기오염 사건으로, 석탄을 연소함으로써 생기는 아황산가스와 차가운 수증기가 엉겨 황산 스모그를 발생시키며 만성폐질환과 호흡장애로 약 1만 2000명의 인명피해를 낳은 최악의 환경 재난 중 하나입니다. 이 사건을 소설 속 하나의 부분으로 구성하여 환경오염으로 인해 발생하는 재난에 대한 심각성을 강조하고 싶었습니다.

　글을 작성하는 과정에서는 약간의 어려움이 존재했습니다. 머릿속에선 잘 그려졌던 장면들이 실제 글로 옮겨보니 잘 표현되지 않을 때, 그리고 이 다음에 어떤 내용이 와야 앞 문장과 어색함 없이 이어질지 고민이 될 때 막막함이 느껴졌습니다. 하지만 이러한 경험들이 저를 한 단계 더 발전시켜 주었고, 그렇기에 그린비 책쓰기 활동이 저에겐 잊지 못할 추억이 될 것 같습니다.

　아직 글을 쓰는 솜씨가 부족하지만, 그럼에도 불구하고 이 소설을 끝까지 읽어주신 모든 분들께 다시 한번 감사의 인사를 올립니다.

환경 리뷰

England &
Joseon in 19C

1학년 이한호

올 겨울 나는 작년 대비 월등히 오른 수익으로 가족들과 함께 행복한 크리스마스를 보낼 생각에 벌써부터 들떠 있었다.

"여러분 오늘 하루도 수고하셨습니다."

공장 문을 닫고 밖으로 나와 보니 이미 밖은 어두워져 있었다. 12월의 추위는 장갑을 뚫고 들어왔고 나는 주머니 속에 손을 찔러 넣고 타박타박 집으로 향했다.

"어머 엔버론 이제야 집에 들어오는 거예요?"

"응 요즘 따라 일이 너무 즐거운 거 있지? 시간가는 줄 모른다니까?"

"당신이 좋으면 저도 좋아요."

나는 영국에서 섬유공장을 운영하고 있다. 10년 전까지만 해도 많은 직원들을 고용해서 수공업으로 섬유를 생산했지만, 5년 전에 공장을 세워 기계를 사용하여 섬유를 생산하고 있다. 그 덕분에 더욱 정교하게 더욱 많은 섬유를 만들 수 있게 되었다. 사업이 잘된 덕분에 우리 공장에서 만든 섬유를 통해 의류 사업까지 할 수 있게 되었다.

너무 피곤했던 나머지 간단한 샤워를 끝내고 잠자리에 들기 전에 두 아들에게 잘 자라는 인사를 하러 아이들의 방에 들어갔다.

"콜록 콜록." 갑작스럽게 기침이 나왔다.

"아빠 괜찮아요?" 아들이 걱정하는 눈빛으로 나를 쳐다보았다.

"물론이지. 겨울철이라서 그런지 요즘 따라 기침이 나네." 나는 걱정해 주는 아들을 향해 괜찮다는 투로 말했다.

"아프지 마요, 아빠. 우리 크리스마스 때 대관람차 타기로 약속한 거 안 잊었죠?"

"그럼~ 아빠 건강하니까 걱정하지 마, 우리 아들. 잘 자고 좋은 꿈 꾸어라."

그렇게 아이들 방을 나와서 침실로 들어가서 침대에 누웠다.

"여보. 요즘 들어 몸이 안 좋아 보여요. 혹시 무슨 일 있는 건 아니죠?"

"에이 기분 탓이야. 내가 얼마나 건강한데~"

"그래도 건강관리 하면서 일해요. 일보단 건강이 먼저니깐요."

"알겠어. 너무 걱정하지 마. 오늘 하루도 힘들었을 텐데 잘 견뎌줘서 고마워. 잘 자."

가벼운 입맞춤을 하고 나와 아내는 그렇게 하루를 마무리했다.

사실 내가 건강이 안 좋은 이유는 내가 가장 잘 알고 있다. 몇 년 전부터 다른 공장들과 같이 매일같이 방류해온 폐수들이 강을 오염시켰고 공장에서 마시는 물, 음식에 쓰이는 물들이 모두 강에서 끌어온 물인 탓에 몇 년 동안 오염수를 계속해서 마셔왔기 때문이다. 또 하나의 이유는 기계를 돌리기 위해 사용된 석탄들의 찌꺼기들이 계속해서 나의 폐를 괴롭혔기 때문이다. 매출이 늘고 수익이 늘었지만 나의 건강은 이와 반비례하였다. 하지만 계속해서 높아지는 매출은 나의 건강과 바꿀 충분한 가치가 있었다. 그렇게 나는 하루하루 나의 건강을 돈과 바꾸었다.

크리스마스 이브. 나는 크리스마스에 대관람차를 타기로 한 아이들과의 약속을 지키기 위해 하루 전에 공장 문을 닫고 영국에서 가장 큰 대관람차 근처에 있는 나의 부모님의 집으로 향하였다. 오랜만에 부모님을 뵙고 싶기도 하였고, 나의 어렸을 적 추억이었던 강가에서 하는 낚시의 손맛을 아이들에게도 맛보여 주고 싶었기 때문이다.

간단하게 짐을 챙겨 집에서 마차를 타고 두 시간 거리인 부모님의 댁으로 향했다. 마차를 많이 경험해 보지 못했던 아이들은 마차가 달리는 내내 신기하다며 함박웃음을 지으며 좋아했다.

"아빠, 이거 너무 재미있어요!"

아이들을 보니 나도 마치 아이가 된 것처럼 동심으로 돌아가 아이들과 함께 짧았던 2시간을 즐겼다.

최근 5년 동안 부모님을 찾아뵙지 못한 탓에 반가운 마음과 죄송한 마음이 섞여 뒤숭숭하게 집으로 들어갔다.

"아버지 저희 왔어요." 문을 열며 낮고 굵은 소리로 도착하였음을 알렸다.

"오, 엔버른! 5년 만에 보는구나. 잘 지냈니? 오, 우리 두 똥강아지들은 정말 많이 컸구나. 우리 며느리도 아이들 잘 키운 것 같아 참 고맙구나. 얼른 들어오거라."

디행히도 반갑게 맞이해 주신 덕분에 마음을 놓았다. 간단하게 간식을 먹으며 그동안 하지 못했던 이야기를 나누었다.

"아버지 제가 어릴 때 아버지께서 절 강가에 데리고 가서 낚시 자주했던 거 기억나세요?"

"당연하지. 참 행복했지. 물고기가 어찌나 많던지. 줄을 던질 때마다 족족 걸려들었어."

"맞아요. ㅎㅎ 요즘에도 물고기가 많……."

"아빠 저도 낚시 해보고 싶어요!"

옆에서 듣고 있던 아들 둘이 흥미로운 눈빛으로 쳐다보며 말을 가로챘다.

"우리 손자들 낚시를 해보고 싶구나? 하지만 요즘에는 강가에 물고기가 없어서 낚시를 할 수가 없어. 몇 년 전부터 공장들이 더러운 물들을 강에 버려서 강에 살던 물고기들이 죽거나 더 깨끗한 물이 있는 곳으로 가버렸단다."

아버지께서 아쉬운 표정을 지으며 아이들에게 말했다. 하루 일찍 도착한 이유가 부모님을 뵙는 것이 목적이기도 하였으나 아이들에게 낚시의 손맛을 느끼게 해주는 것 또한 목적이었기에 나는 겉으로는 드러내지 않았지만 굉장히 실망하였다. 아이들 역시 아쉽다는 듯 탄식을 내뱉었다.

가족 모두가 저녁식사를 마치고 산 너머로 해가 간당간당하게 넘어갈 때쯤 나는 혼자 강가로 나가보았다. 아버지의 말대로 강에는 물고기는 눈을 씻고도 찾아볼 수 없었고 추운 날씨에 코가 얼얼했지만 지독한 악취는 추위를 가뿐히 이기고 콧속으로 파고들어 왔다. 내가 공장을 운영하며 버린 폐수들이 강의 생태계를 어지럽힘과 동시에 나의 옛 추억까지 짓밟아버렸다는 사실에 나 자신이 너무 한심하게 느껴졌고 무책임한 인간이라는 생각까지 들었다. 해가 산을 완전히 넘어가고 많은 새로운 생각들이 나의 부족하고 짧았던 생각들과 어우러져 나를 혼란스럽게 하였다. 많은 고민과 생각을 하였지만 결국 결론을 내리지 못하고 심해진 기침과 함께 부모님의 집으로 돌아왔다.

크리스마스 당일. 부모님은 손자들과 함께 놀이공원에 가고 싶다고 하셨지만, 연세가 많으시기도 하고 오늘 대기 질이 좋지 않은 탓에 집에서 푹 쉬시라고 전하고 가족들과 함께 대관람차가 있는 곳으로 떠났다. 부모님 댁 근처에 커다란 공장이 생기면서 주택들이 늘어나고 여가시설들이 하나 둘씩 들어오기 시작하였다. 대관람차 또한 많은 여가시설들 중 하나였다. 주택가를 조금만 벗어나면 강과 산들이 보이기 시작하고 이러한 자연의 모습을 높은 하늘에서 보면 한 폭의 그림처럼 아름다울 것이라 생각한 나는 설레는 마음으로 아이들과 대관람차가 있는 곳에 도착했다.

크리스마스여서 그런지 사람들이 굉장히 많았다. 가족끼리 온 사람들도 있었고 연인과 특별한 추억을 쌓기 위해 단둘이 온 사람들도 있었다. 모든 것이 완벽하다고 생각했을 때 하늘을 올려다보았다. 크리스마스에 맞지 않는 우중충하고 뿌연 하늘이 나의 시야에 들어왔다. 공장 주변이라 그런지 더욱 심한 듯했다. 크리스마스였지만 공장들은 크리스마스 따위가 자신을 막을 수 없다는 듯 쉴 새 없이 연기를 뿜고 있었다. 우리 차례가 다가왔고 아쉬운 마음을 뒤로한 채 대관람차에 올라탔다. 아이들은 대관람차를 태어나서 처음 타봐서 그런지 조금은 무서워하였다. 그렇지만 금세 적응이 되었는지 창밖을 구경하며 좋아했다. 평소 같았으면 저 멀리 산들이 보였어야 했지만 오늘은 날이 흐려서 그런지 공장들이 뿜어대는 연기가 안개처럼 내 시야를 가려서 그런지 멀리까지 보이진 않았다. 아이들은 즐거움을 감추지 않고 함박웃음을 지으며 마음껏 경치를 둘러보았지만 나는 공장들의 연기들이 내 마음속 불편한 곳에 자리 잡았고 이유 모를 죄책감이 공장들의 연기처럼 스며들어 왔다. 30분 정도 상공에서 경치를 즐기며 추억 한 장을 더 쌓은 아이들은 최고였다며 엄지를 치켜세우며 좋아했다. 추위를 달래줄 따뜻한 차로 올해 크리스마스를 장식하였다.

추웠던 겨울이 지나고 다시 따뜻한 생명이 꽃 피는 봄이 다가왔다. 나는 새로운 해의 유행과 더 나은 옷감을 조사하기 위해 잠시 공장을 멈추고 거리로 나왔다. 몇 년 전부터 중국의 비단들이 하나둘씩 영국으로 들어오기 시작했다. 중국 비단의 금색 무늬는 영국 귀족층들의 관심을 사기에 충분했고 거리에서도 중국 비단으로 만든 옷을 입고 우아하게 걸어 다니는 사람들을 흔히 찾아볼 수 있었다. 그래서 나도 2년 전부터 중국인 비단 상인과 친구를 맺고 비단에 대해 알아가고 있는 중이었다. 비단은 100% 수공업으로 만들어지기 때문에 기계로 만들 수 있을 거라는 나의 도전정신을 일깨우기엔 안성맞춤이었다. 오늘은 발길이 닿는 대로 가다 보니 마침 비단 친구의 집 근처에 다다랐다. 오늘은 오랜만에 비단 친구와 얘기도 할 겸 사업 얘기도 할 겸 겸사겸사 집으로 찾아갔다. 친구 집 앞에 도착해서 목소리를 가다듬고 문을 두드렸다. 집 안에서는 분주한 소리가 나더니 얼마 뒤 친구가 문을 열고 고개를 빼꼼 내밀었다.

"你怎么不联系我？"

"왕징징 오랜만이다! 사실 근처에 돌아다니다가 갑자기 생각이 나서 찾아왔어. 혹시 시간 있어? 이번 봄 시즌에 중국 비단 소재를 써볼까 하는데. 나 혼자서는 시작할 엄두가 안 나서."

"음. 나도 도와주고 싶은데 사실 오늘 집에 손님이 와서 시간이 있을지 모르겠어."

나는 벌어진 문틈 사이로 거실에 앉아서 신문을 읽고 있는 남성을 보았다.

"혹시 저번에 말한 동업하는 사람이야?"

집 안에 있던 그 남자는 비단 소재의 옷을 입고 있어서 쉽게 짐작할 수 있었다.

"오, 뭐야. 어떻게 알았어?"

"내가 널 하루 이틀 보니~ 안 봐도 비디오지."

나름 짐작이 적중해서 기분이 좋았는지 우쭐거렸다.

"혹시 너의 동업자도 괜찮다면 같이 인사하고 얘기할 수 있을까?"

비단 전문가가 둘이나 있다니. 나는 이 기회를 놓치고 싶지 않았다. 약간 고민하는 모습이 눈에 보이긴 했지만 얼마 있다가 그 사람의 동의를 구하러 잠깐 집에 들어갔다. 1분이 조금 넘어서 친구가 다시 나타났다.

"상관없대. 편하게 들어와~"

나는 기쁜 마음으로 집 안으로 입장했다.

"안녕하세요. 한류성이라고 합니다."

"반가워요. 저는 이 근처에서 섬유공장을 운영하고 있는 엔버론이라고 합니다. 잘 부탁드려요. 중국에서 같이 넘어오신 건가요?"

"아뇨. 아실지 모르겠는데 중국보다 조금 아래에 있는 조선이라는 곳에서 왔습니다."

사실 처음 듣는 나라라서 어떻게 반응해야 할지 고민하다가 결국엔 계속해서 질문해 나가자는 결론이 났다.

"그렇군요. 조선도 비단이 유명한가요? 사실 아는 게 많지가 않아서.^^"

"조선은 비단도 유명하지만 곡선과 직선, 그리고 오색 빛이 어우러진 한복이 조금 더 유명합니다. 한 번 보여드릴까요?"

"있으시면 볼 수 있을까요? 다른 나라의 옷이라니 굉장히 궁금하네요."

그러자 잠시 일어나서 옷을 가지러 간 사이에 비단 친구가 나에게 말했다.

"이번에 나랑 내 친구랑 함께 조선에 가보기로 했어. 최근 영국에서도 그렇고 색이 이쁘고 품이 넓은 옷들이 유행이어서 그런지 한복을 개조해서 만들면 굉장히 성공할 것 같아. 갑자기 너무 뜬금없긴 하지만 괜찮다면 같이 가보지 않을래? 넌 섬유산업을 할 뿐만 아니라 의류사업도 같이하고 있으니까 나쁠 건 없을 거야. 단지 시간이 조금 오래 걸리긴 하겠지만 그건 네가 결정할 일이니까 알아두면 좋을 것 같아서 말해 봤어. 내 동업자도 분명 좋아할 거야."

갑작스러운 제안에 당황스럽긴 하였지만 나쁘지 않은 제안이었다. 시간이 조금 걸리고 조선이라는 나라에 다녀올 동안 가족들을 보지 못한다는 단점이 있었지만 유행과 사람들의 선호도에 따르면 갔다 오는 것이 더 합리적일 것 같기도 하였다. 약간의 고민을 하고 있는데 동업자가 한복을 들고 왔다. 처음 보는 형태였지만 정말 아름다웠다. 봄에 입기에 적당한 두께와 넓은 통으로 들락날락하는 시원한 공기, 곡선이 주는 아름다움, 다양한 색의 조화로움까지. 우리나라 귀족층뿐만 아니라 일반인들도 좋아할 만한 옷이었다.

"한 번 입어 봐도 될까요? 입었을 때 어떤 느낌일지 궁금해서요."

갑자기 옷 상점이 되어버린 것 같은 기분을 뒤로한 채 옷을 입어보았다. 옷이 살짝 작긴 했지만 통이 넓어서 그런지 움직일 때 불편함은 없었다. 통풍도 잘되었다. 마음에 들었다. 조선이라는 나라에 가보고 싶었다.

"한복 이거 되게 편하네요. 마음에 들어요. 조만간 조선으로 떠나신다는 소식을 들었어요. 뜬금없긴 하지만 같이 동행해도 될까요? 제 사업에 도움이 되었으면 해서요."

"저희야 인원이 많을수록 좋죠. 2주 뒤에 떠나는데 그때까지 결정하고 말씀해 주세요. 같이 간다면 굉장히 뜻깊을 것 같아요."

그렇게 많은 말들을 하다가 해가 산에 걸칠 때쯤 집으로 돌아왔다.

"앤버론, 오늘은 어디에 다녀오는 길이에요?"

"오늘은 중국인 비단 상인 친구랑 그 친구의 동업자를 만나서 사업 관련 이야기를 했는데, 그 동업자 나라의 옷이 그렇게 편하고 좋은 거야. 그래서 관심이 생겼어."

"그렇군요. 설마 그 사람들이랑 그 나라에 가겠다는 어처구니없는 말을 하려던 건 아니죠?"

들어오자마자 흥분한 듯한 말투로 말한 나머지 아내가 진정하라는 듯이 말을 가로챘다. 그리고 그녀의 빠른 눈치로 나의 의도를 파악하였다.

"아니 어떻게 알았어? 사실 이번에 비단 친구랑 그 친구의 동업자랑 같이 조선이라는 나라에 가볼까 하는데……."

그러자 아내는 글썽이는 눈을 보여 주기 싫었는지 고개를 돌리며 방으로 들어오라고 손짓했다. 어느 정도 의도를 짐작할 수 있었다. 사실 나는 지독한 워커홀릭이다. 일에 살고 일에 죽는다. 그래서 그런지 가정 일에는 소홀하였다. 아내와의 관계도 그렇게 점점 나빠져 갔고 아이들과 보내는 시간도 점점 줄어들었다. 아내는 정말 착한 사람이다. 모두가 그렇게 생각할 것이다. 하지만 아내도 인간인지라 인내심의 한계에 다다랐고 결정적인 사건으로 인해 아내와 이혼까지 할 뻔했다. 그래도 그 사건 이후로 내가 가정

일에 신경을 보다 더 쓰게 되었고 아내의 마음을 조금이나마 돌려놓을 수 있었다. 하지만 이번에 한 번 더 위기가 다가올 것만 같다.

"도대체 왜죠? 옛날 일을 잊은 거예요? 3년 전에 당신이 겨울옷을 조사하겠다고 러시아에 간 뒤로 저와 우리 아이들이 얼마나 힘들었는지 알고 있지 않아요? 그 추운 겨울에 장작 땔 돈조차 없어서 바들바들 떨고 있는데 집의 가장이라는 사람은 사업 일이랍시고 외국에 나가 있고."

다 맞는 사실이었다. 3년 전에 러시아의 모피를 직접 가공하는 것을 배우러 겨울철에 러시아에 다녀왔다. 공장도 문을 잠시 닫은 탓에 돈을 벌 수 있는 수단이 없었다. 그렇게 가족들에게 생계를 이어나갈 돈을 주지 못했고, 나는 형편없는 가장이 되었다. 주변 사람들은 나를 가장 노릇도 못하는 워커홀릭이라고 손가락질했고, 나의 아내도 사람들의 불쌍하다는 시선을 피할 수 없었다. 아내는 나와 이혼하자는 제안을 편지에 담아 나에게 보냈고 나는 더 이상 사업이 문제가 아니라는 것을 깨닫고 곧바로 영국으로 돌아왔다. 그 뒤로 가정을 돌보고 아내와의 관계도 점점 회복했다. 하지만 사람은 욕심을 버리지 못하는지 그 뒤로 계속해서 모피 생각이 났고 새로운 것들을 찾아서 만들고 싶었다. 이때 중국인 비단 친구를 만나고 오늘 결정적으로 확신이 들었다.

"이번엔 돈도 많이 모아놓기도 했고 사업에 확신이 들어서 그래. 마지막 부탁이야. 금방 다녀올게. 갔다 오면 더 큰 성공은 시간문제인 걸."

아내는 간신히 참고 있던 눈물을 한 방울씩 뱉어냈다.

"그럼 같이 가요. 혹시나 모르잖아요. 한 번도 안 가본 먼 나라에 갔다가 안전하게 돌아온다는 보장도 없고 너무 먼 나라예요 조선은."

가족들과 함께 가는 것도 나쁘지 않은 선택이었다. 어린 아이들에게 다른 나라의 문화를 직접 느끼게 해줄 뿐만 아니라 오랜 시간 동안 떨어져 있지 않아도 되었다.

"알겠어. 그럼 내일 그 친구들한테 말해 볼게."

다음날 아침 일찍 비단 친구의 집에 찾아갔다. 그 전날 집에서 함께 술을 마시다 잠들었는지 탁자 위에 술병들이 있었고 류성 씨도 같이 있었다. 비단 친구는 반쯤 눈이 떠진 채로 나를 집안으로 들였다.

"아침부터 무슨 일이야? 벌써 결정한 건가?"

"응. 그런데 같이 갈 사람이 조금 더 생겼어. 우리 아내가 나 혼자 간다고 하니 절대로 안 된다고 갈 거면 가족들이랑 다 같이 가자고 해서. 혹시 자리가 있다면 같이 가도 괜찮은가?"

"물론이지. 자리는 많아. 그치 류성?"

"응. 그치."

잠이 덜 깬 듯 나지막이 말했다.

"알겠어. 고마워!"

얼른 아내에게 알리기 위해 재빨리 집을 빠져나왔고 집안에 있던 둘은 그런 나를 비몽사몽한 표정으로 쳐다보았다.

〈D-day〉

그동안 많은 일들이 있었다. 가족과 같이 가서 일정을 좀 길게 잡아 반년 동안 다녀오기로 했다. 가서 입을 옷도 싸고 귀중품들도 챙겼다. 두 아이들은 놀러간다는 생각에 이른 아침이지만 한껏 들떠 있었다. 배가 출항하기 한 시간 전 우리 가족은 함께한 두 친구를 만나 인사를 하고 배에 올라탔다. 아이들은 처음에 낯을 가려서 그런지 처음 보는 아저씨들에게 쉽게 다가가기 힘들어하였지만, 두 친구들이 장난도 쳐주고 먼저 다가가 주어서 아이들도 점점 마음을 열었다. 약 한 달간의 긴 여정을 앞두고 우리는 한동안 밟지 못할 조국의 영토를 바라보았다. 아침의 따스한 햇볕이 항구를 비추었고 굉장히 아름다웠다. 바람도 우리를 배웅해 주듯 살살 불었다. 그야말로 완벽했다. 아이들은 처음에는 큰 크기의 배를 보고 긴장했지만 배를 타고 나서는 조금씩 움직이는 것을 온몸으로 느끼며 신기해하였다. 짐들을 객실에 정리하여 넣고 함께할 가족과 친구들과 한 자리에 모여 조용히 대자연의 아름다움을 감상하였다.

30일간 프랑스, 서아프리카 해안선을 따라 인도양을 거쳐 중국에 잠시 내렸다가 작은 배로 갈아타서 조선으로 들어갔다. 비가 올 때도 있었고, 바람이 많이 불 때도 있었지만 나름대로 잘 도착하였다.

중국에 도착하였을 때, 왕징징은 오랜만에 가족들을 만난다고 조금 늦게 조선으로 가겠다고 하였다. 그래서 우리 가족과 류성 씨, 이렇게 5명이서 조선에 먼저 도착하였다.

조선의 동래(현재의 부산)라는 곳에 도착하였는데 그곳의 아름다움은 말로 표현할 수가 없었다. 금빛 지붕은 지고 있는 해의 강하고 따스한 빛에 비추어져서 더욱 밝고 아름답게 빛났다. 같은 지구이지만 다른 세계에 온 것만 같았다. 모든 사람들이 열심히 일하고 있었고 산과 하늘과 바다가 각각의 색깔을 뽐내며 조화롭게 어울려 있었다. 노을이 비추고 있는 해안가는 그야말로 장관이었다. 우리 영국에서는 더 이상 보지 못하는 광경이었다. 날씨가 우중충한 날이 많았지만 그보다 공장들이 들어서고 흐린 날이 더욱 많아졌다. 동래의 해안가에 위치한 류성의 집에서 앞으로 생활하며 연구도 같이 할 예정이다. 류성의 집까지 도보로 30분이면 도착하여서 수레에 짐을 싣고 천천히 걸어갔다. 모든 것들이 처음이고 낯설었다. 하지만 나쁜 감정은 들지 않았다. 자연과 하나 되는 느낌이었다. 모든 것들이 자연으로부터 왔고 자연과 공존하는 듯했다. 물론 사람들의 이상한 눈초리가 부담스럽긴 했지만. 이 나라에서 나와 비슷한 외모를 가진 사람은 찾아보기 힘들다. 그래서인지 사람들이 더욱 경계하였고 신기하게 바라보았다. 사실 주목받는 것은 나쁘지만은 않았다. 마치 소설 속 주인공이 된 듯한 느낌이었다. 그렇게 아름다운 자연과 아름다운 소리, 그리고 많은 사람들의 시선을 받으며 금세 류성의 집에 도착하였다.

류성은 혼자 살고 있었다. 오랫동안 집을 비워서 그런지 집안에 먼지가 쌓여 있었고 여기저기에 거미줄도 보였다. 원래는 부모님과 함께 살았는데 일찍이 돌아가셔서 혼자 살고 있다고 한다. 아이들은 약간은 더러워 보이는 집 안을 들여다보고는 몰래 인상을 찌푸렸다. 그런 모습을 류성이 발견하고는 말했다.

"아저씨가 집을 비운 지 오래되어서 많이 더러워. 너희들이 같이 도와준다면 치우는데 큰 도움이 될 것 같은데 도와주지 않을래?"

아이들은 큰 거부 없이 빗자루를 들었고 나는 그런 아이들을 흐뭇하게 바라보았다.

해가 산을 넘어가고 앞이 겨우 보일 때쯤 청소가 마무리되고 드디어 저녁

식사를 준비하였다. 오늘 저녁은 간단하게 밥과 구운 생선을 먹었다. 불을 직접 아궁이라는 곳에 피워서 조리를 하였는데 색다른 느낌이 들었다. 아내도 새로운 방식의 조리법에 흥미를 느꼈는지 아궁이 옆에서 계속해서 지켜보고 있었다. 그렇게 저녁식사가 완성되고 모두가 둘러앉아 조선에서의 첫 끼를 먹기 시작했다. 푸짐하진 못했지만 직접 힘들게 요리를 해서 그런지 더욱 맛있었다. 아이들도 처음 먹어보는 밥이 입에 맞았는지 잘 먹었다.

왕징징이 오기까지는 일주일 정도 걸렸다. 왕징징과 함께 한복 연구를 시작하자는 류성의 의견에 동의하며 나는 가족들과 함께 남은 일주일간 동래의 곳곳을 둘러보았다. 바닷가지만 조금만 걷다 보면 산이 나왔고 산은 굉장히 울창하고 푸르렀다. 하늘은 언제나 맑았고 새들은 아름다운 소리로 나의 귀를 즐겁게 하였다. 일밖에 몰랐던 나에게 새로운 세계가 펼쳐진 듯하였다.

"엔버론, 요즘따라 기침이 많이 준 것 같네요?"

함께 산책하고 있던 중 아내가 나에게 말했다. 나도 인식하지 못하고 있었는데 조선에 들어오고 나서부터 기침의 횟수가 많이 줄었다. 신선한 공기를 많이 마신 덕분일까. 영국에선 경험하지 못한 깨끗한 자연환경 때문일까. 악화되고 있어서 낫지 못할 것이라 생각한 건강 문제가 갈수록 호전되고 있었다. 몸과 마음이 모두 가벼워진 느낌이 들었다.

조선. 여기는 거대한 병원 같았다. 빳빳하고 불편한 병원복 대신 편하고 자연과 하나된 한복을 입고, 산소호흡기 대신 나무들이 뿜어내는 신선한 공기를 마시며 좁은 병실 대신 넓은 대지에서 마음껏 뛰어다닐 수 있는 그런 병원 말이다. 이런 병원에서는 평생을 살아도 좋을 것 같았다. 처음에 경계하던 사람들의 눈빛은 이젠 친한 친구처럼 웃음기 가득한 눈빛으로 바뀌었고 말이 안 통하긴 하지만 그래도 좋았다.

나는 이땐 인지하지 못했지만 내가 궁극적으로 하고 싶은 것, 이루길 원하는 것을 지구 반대편에 있는 나라에 와서 알게 되었다. 나는 사업을 위해 머나먼 이 땅에 왔다. 새로운 아이템을 발견했고 그것이 나의 마음을 움직였다. 하지만 이 모든 것의 끝에는 돈이라는 최종 목표가 있다. 결국 나는 돈을 위해 가족들과 멀고도 먼 조선이라는 땅에 왔고, 조선이라는 땅에 올 수 있게 해준 류성과의 관계 또한 돈 때문에 맺어진 것이다. 모든 것은 돈 때문이었다. 공장을 거의 하루 종일 돌리면서 많은 오염물질들이 나의 몸을 괴롭혔다. 하지만 그깟 건강 따위가 나의 매출을 막지 못했다고 생각한 나머지 치료도 못하고 계속해서 일을 하였다. 이때 두 친구를 만나고 사업을 위해 조선이라는 나라에 발을 내딛었다. 치료가 안 될 것이라 믿었던 나는 깨끗하고 신선한 공기를 마시고 더럽혀지지 않은 자연 속에서 지내며 나 스스로를 되돌아보았다.

정말 돈이 나를 행복하게 할까? 돈이 많다고 해도 건강하지 않으면 무슨 소용인가. 건강을 되찾고 나서 나는 깨달았다. 섬유, 의류사업도 중요하지만 지금은 점점 나빠져 가는 환경을 보존하는 것이 우선이라는 사실을. 영국에는 많은 사람들이 폐렴으로 죽거나 사망하고 있고 스모그 현상도 자주 나타나서 많은 사람들을 죽음으로 몰아넣고 있다. 그 중심에는 공장들의 쉴 새 없이 뿜어대는 이산화탄소와 오염물질이 있다. 내가 하고 있는 행동이 나뿐만 아니라 다른 사람들의 건강까지 위협한다는 것을 깨달은 것이다.

집에 돌아와서 류성에게 사정을 설명하였다. 사업 때문에 온 타국에서 정말로 필요한 교훈과 내가 해야 할 목표가 생겼으며 조선에서 많은 것들을 배우고 관찰해서 영국으로 돌아가 사람들에게 알리고 싶다고. 그러자 류성도 나의 말에 고개를 끄덕이며 이해해 주었다.

"사실 나도 조선에 있다가 처음 영국에 갔을 때 그 탁한 공기를 들이마시고 며칠을 앓아누웠어. 그래서 환경이 오염되고 있다는 사실을 알리고 싶었는데 그럴 사정이 안 되어 그러지 못했어. 네가 나 대신에 많은 사람들에게 환경오염의 심각성을 알려줬으면 좋겠어."

그렇게 나는 새로운 도전을 하기 시작했고, 조선의 아름다운 자연을 연구하고 관찰하며 어떻게 하면 영국의 환경 문제를 해결해 나갈 수 있을지 해결책을 찾아나갔다. 우리 가족들도 처음에는 사업을 접는다는 말에 반대를 하였지만 점점 나를 믿어주었고 힘이 되어 주었다. 아이들도 자연을 직접 경험하며 일찍이 자연의 소중함을 깨달을 수 있었다.

예정된 6개월간 많은 연구 끝에 나는 가족들과 새 출발을 위해 영국으로 향했다.

에필로그

안녕하세요. 이 글을 쓴 작은저자 이한호라고 합니다. 짧은 시간에 완벽한 작품을 써내기는 쉽지 않은 것 같습니다. 평소에 남이 쓴 글을 읽는 것은 많이 하지만 직접 쓰는 경험은 많지 않았기에 글에 부족한 점이 많이 들어가 있거나 내용이 매끄럽게 이어지지 않는 부분이 많을 것이라 생각이 듭니다. 서툰 글쓰기 실력이지만 최선을 다해서 쓴 만큼 재미있게 읽어주셨으면 좋겠습니다.

저의 글은 1차 산업혁명을 배경으로 하고 있습니다. 1800년대 영국의 한 섬유사업자가 조선이라는 나라에 가서 큰 깨달음을 얻는 내용을 담고 있습니다. 처음에 환경이라는 주제를 받고 막막하였지만 이를 역사와 연관을 지어서 써 보면 어떨까 하는 생각에 인간이 환경오염에 직접적인 영향을 주기 시작한 1차 산업혁명을 배경으로 설정하였습니다. 주인공은 환경오염의 주된 원인이었던 공장의 사장으로 공장에서 오랜 시간을 보내며 기계에서 나오는 오염물질과 접촉하며 건강에 문제가 생긴 상태였습니다. 또 주인공의 이름을 Environment의 앞부분을 따서 Environ(엔버론)으로 지었습니다. 그리고 그 당시 환경을 오염시키는 인물을 주인공으로 하여 환경오염의 심각성을 깨닫는 방향으로 스토리를 구성하였습니다.

매일 저녁에 야간자율학습을 빠지면서까지 글을 쓰는 데 시간과 노력을 기울였습니다. 글에 들인 시간과 노력 대비 작품의 퀄리티가 그렇게 높지 않아서 실망감이 없지 않아 있었지만 이번 작품을 계기로 나의 수준을 다시 한번 확인할 수 있었고 많은 작가들의 훌륭한 작품들은 비교할 수 없을 만큼 많은 노력과 시간을 들여서 만들어졌다는 것 또한 깨달았습니다. 국어 시간에 읽은 많은 작품들 또한 작가들의 고된 노력 끝에 만들어진 산물이라는 것을 몸소 느꼈습니다.

그린비 책쓰기 활동을 통해 많은 것들을 느꼈습니다. 환경을 주제로 한 저의 작품 재미있게 읽어주셔서 감사합니다.

향수

강

1학년 제갈민서

낮은 덥지만 저녁은 쌀쌀해지기 시작한 여름의 끝이자 가을의 시작

"이모 여기 생갈비 한 판만 더 주이소!"

술에 잔뜩 취해 왁자지껄 웃기도 하고 술과 같이 먹을 음식을 주문하느라 바쁜 이런 분주하고 시끌벅적하기도 한 따뜻한 분위기 속에서 나는 동생을 기다리고 있다.

우리집은 아버지, 어머니, 동생, 그리고 나, 4명이 살고 있는 화목한 가정이었다.

동생과는 겨우 2살 차이밖에 나지 않았기에 친구같이 지내면서 유년기와 청소년기를 함께 보냈다.

그러나 시간이 지나고 나이를 먹으며 가장이 되고, 일자리가 생기면서, 책임져야 할 것들이 늘어났고 어느새 얼굴을 보고 살기도 힘든, 가끔 안부 전화나 주고받을 법한 그런 관계가 되었다.

명절에도 하루 잠시 만나는 게 다일 정도니 함께 수많은 일을 했지만 언제부턴가 다른 길을 가게 된 듯하여 이런 게 어른인가보다 하며 씁쓸한 마음 달래가면서 하루하루 살아가게 되었다.

그러던 어느 날 동생은 나에게, "형, 나 이제 지쳤어. 일하기도 힘들어 죽겠고, 뭘 위해 이러고 있나 싶어. 오랜만에 나 밥 한 번만 사줘."라는 전화와 함께 오랜만에 서울에서 고향으로 내려오겠다는 소식을 전했다.

나는 반가운 마음에 이를 수락했고, 있었던 일정들은 모두 미루고, 옛날에 가족끼리 자주 갔던 생갈비집에서 만나기로 했다.

미리 불판에 올려놓은 고기가 익어가는 모습을 보면서 나는 동생이 오기만을 기다렸다.

그렇게 얼마 안 있어 가지런히 옷을 차려입은, 보기만 해도 사회인이라는 느낌을 주는 차림을 한 동생이 가게 안으로 들어왔고, 자리에 앉았다.

"잘 지냈냐?"

"나는 당연히 잘 지내고 있지, 형은 어떤데?"

"나도 잘 지낸다. 아들놈은 학교 잘 다니고 부부관계도 좋으니까. 이 정도면 잘 지내는 거지."

"형은 건강이나 챙겨. 지난번 봤을 때보다 배가 더 나왔네. 그리고 제발 담배 좀 끊어라."

"괜찮아. 나도 금방 끊을 거야."

"아버지랑 똑같은 말하네. 옛날에 어릴 때 그렇게 아빠처럼 담배는 죽어도 안 필 거라 했으면서, 아버지보다 더하면 어쩌자는 거야?"

　고기를 입에 집어넣으며 우리는 대화를 이어 나갔다.

　오랜만에 만났지만 마치 오늘 아침까지도 한 식탁에서 식사하던 가족처럼 대화를 이어 나갔다.

"그러고 보니까 이 집 고기 맛은 하나도 안 변했네. 이 가게도 그렇고. 나나 너는 진짜 많이 변했는데…….."

"그러니까. 옛날 생각도 나고…… 옛날에 가족끼리 강에 가서 많이 놀았었잖아."

"그러고 보니까 그러네. 가족끼리 자주 갔었지. 다 같이 강에서 물고기 잡고 수영하고, 공놀이도 하고, 자전거도 타고, 놀이동산이 따로 없었네."

　옛날, 가족과 강에서의 추억이 떠올랐다.

"형은 최근에 거기 가족끼리라든지 가본 적 있어?"

"아니. 나도 없다. 우리 부부는 맞벌이 하느라 바쁘지. 우리 애는 휴대폰 하거나 친구들끼리 놀러간다고 도통 시간도 안 나고 말이야. 그래서 나도 최근에는 영…….."

"그럼 오늘은 이거만 먹고 헤어지고 내일 다시 만나서 같이 강 보러 가볼까?"

"그래, 그러자. 내일 아침에 아침 챙겨먹고 내 차 타고 같이 강 구경 가자."

　그렇게 우리는 고기를 먹고 집으로 돌아갔다.

오랜만에 강 이야기를 하니 옛날 어린 시절의 추억이 떠올랐다.

내가 보았던 강은 언제나 맑고 푸르렀으며, 생기가 넘치는 장소였고, 가족과의 추억을 만들어준 고마운 장소이기도 했다.

어릴 적의 추억 속에 빠져들어 나도 모르는 사이에 잠이 들었고, 창밖으로 들어오는 햇살과 알람시계 소리에 일어나보니 아침 8시였다. 눈을 비비며 일어나 바깥을 한 번 내다보고, 화장실에서 세수와 양치를 했다.

"아. 참 면도……. 까먹을 뻔했네."

간단히 면도를 한 후에 냉장고에 있던 사과를 한 입 베어 먹고 옷을 갈아입었다.

방에는 갈아입으면서 듣기 위해 켜놓은 라디오 소리만 크게 들리고 있었다.

"최근에 환경오염문제가 더욱 심해지도 있다고 합……."

준비를 마친 나는 얼른 라디오를 끄고 자동차 열쇠를 챙긴 후 가족에게 다녀오겠다는 인사와 함께 집을 나왔다.

엘리베이터를 타고 지하주차장에 내려가 주차해둔 차를 찾아 시동을 걸고 동생을 태우러 갈 준비를 하였다.

그리고 동생이 지내고 있는 호텔로 가서 동생을 태웠다.

"잘 잤어? 밥은 먹었고?"

"응, 형은?"

"나도"

"그럼, 출발하자. 여기서 한 20분 정도 가면 도착한다네. 여긴 여전하려나?"

"아직도 물고기이랑 새들이 많을까?"

"그렇지 않을까? 우리 어렸을 때에는 많이 보였잖아."

"기대되네. 그립기도 하고. 그럼 출발한다. 빨리 안전벨트나 매."

"알겠어. 그럼 진짜 출발!"

우리는 강을 보러 간다는 기대와 설렘에 가득 차 있었고 마치 어린 시절로 돌아간 듯했다.

가는 동안에도 우리의 주된 이야깃거리는 강이었다.

"형, 우리 옛날에 강에서 수영하고 놀았잖아. 기억나? 그러다가 내가 실수로 넘어져서 신고 있었던 슬리퍼는 떠내려가고, 나는 그거 주우러 가다가 물살에 휩쓸려 떠내려가고 형은 어쩔 줄 몰라서 울고 있었고, 결국 아버지가 구해 주셨잖아. 그땐 진짜 죽는 줄 알았다니까?"

"그리고 너는 조심하라고 엄청 혼났고, 나는 동생 잘 챙기라고 아버지께 꾸중들었었지. 그리고 보니까 그날 저녁에 어머니가 해주신 된장찌개 엄청 맛있었지."

"오, 아직 기억하고 있었네?"

강에 대해 이야기하다 보니 기억이 꼬리에 꼬리를 물고 이어졌고, 나는 그 기억들 속으로 아주 깊이 빠져들었다.

아직도 아버지와 어머니, 동생과 다 같이 강변에서 이인용 자전거를 타고 함께 노래를 불렀던 날, 함께 낚시를 해서 커다란 붕어를 낚아 주변에 계시던 낚시꾼아저씨들께 칭찬 받고 마치 개선장군처럼 위풍당당하게 집으로 돌아갔던 날, 다 같이 시원한 강물에 들어가 물장구치며 술래잡기했던 날, 한여름날 밤에 풀숲에서 울리던 풀벌레 소리를 들었던 날, 반딧불이를 보며 마치 한 송이의 작은 꽃이 하늘에 피어난 것 같다면서 자연의 아름다움에 사로잡혔던 날, 친구들과 학교를 마친 후 숙제는 던져두고 저녁까지 '강은 어디까지 이어질까?' 하며 강변을 따라서 자전거를 탔던 날, 강변에서 공놀이하다가 강물에 공을 빠뜨려버린 날, 그 외에도 수많은 추억들이 있었고, 모두 나와 우리 가족에게는 소중한 추억이었다. 나는 어렸고 강과 하늘은 푸르렀다.

낮은 뜨거웠고 생기가 넘쳤으며, 밤에는 풀벌레소리만 들려 고요하면서도 아름다운 자연을 느낄 수 있었다.

우리 나이대의 사람들은 대부분 마을에 있는 뒷산, 강에서 자주 놀았었고, 모두 나와 비슷한 추억을 가지고 있을 것이다.

그러나 나와 강의 유대는 그 누구보다 훨씬 더 깊었다.

어릴 때부터 변함없이 푸르게 흐르고 생기가 넘쳐흐르는 강은 나에게 큰 희망이자 용기가 되었고, 내가 항상 어려운 일에 막히고 고민할 때는 망설임 없이 강으로 갔다.

그리고 아무 말 없이 그냥 걸었다.

아름다운 자연과 주황빛의 노을을 바라보면서, 어두운 밤에 풀벌레소리를 들으면서 말이다. 그리고 아무 일없다는 듯이 숨을 한 번 크게 내쉬고 훌훌 털어낸 후에 또다시 앞으로 나아갔다.

강은 언제나 나의 든든한 지지자이자, 친구였다.

동생과 같이 강과의 추억을 이야기하며 어느덧 강의 입구에 도착했다.

그리고 눈앞에 펼쳐진 광경에 눈이 휘둥그레졌다.

"뭐야, 앞에 건물들이 엄청 많아졌네?"

"그러게. 몇 번 지나가면서 슬쩍 본 적은 있는데 나도 이 정도일 줄은 몰랐어."강 앞에 도착하니 빼곡하게 건물들이 숲을 이루며 들어서 있었다.

어린 시절 한 눈에 들어오던 넓고 푸른 강의 경치와는 상반되는 이미지였다.

인간의 문명이 자연의 영역을 침범했고, 결국 우리의 눈에 보이게 된 것은 따뜻하고 포근하며 생명이 넘쳐흐르는 강이 아닌 회색빛의 차가운 건물들이었다.

"옛날에는 강이 한눈에 들어왔었는데……. 변하긴 했네. 여전하길 바랐는데."

"그러게. 그렇게 많은 시간이 지났는데 오히려 안 변하는 게 더 신기하지."

회색빛의 건물을 지나 우리는 계단을 타고 강으로 내려갔다.

변해 버린 주변을 보며 부디 강만은 변하지 않았길, 나의 오랜 친구만은 변하지 않았길 바랐다.

그렇게 강으로 들어선 순간 동생과 나는 얼굴이 구겨졌고 헛구역질이 났다.

바람을 타고 날아온 구역질나는 냄새 때문이었다.

냄새 때문인지 휴일 오전인데도 불구하고 사람이라곤 찾아볼 수 없었다.

너무나도 달라진 강의 모습을 보고 나는 적잖은 충격을 받았다.

인간의 문명이 결국 자연의 영역만을 침범한 것이 아닌 자연 그 자체 또한 침범해 버린 것도 모자라 점령해 버린 것이다.

도저히 내가 알고 있었던 강이라고는 믿기지 않는 풍경이었다.

머릿속에서 수많은 감정들이 교차했다.

나의 기억과 현실의 차이에서 온 당혹감과 이질감, 충격으로 머리가 멍해졌다.

이 상황이 마치 얼른 깨버리고 기억하고 싶지도 않은 악몽 같았다.

생각을 하고 받아들이려 할수록 생각이 뚝뚝 끊어졌고, 말조차도 나오지 않았다.

냄새는 내가 받은 충격에 비하면 아무것도 아니었다.

그렇게 강을 보고 앞으로 나아가지도, 뒤로 돌아가지도 못하고 그저 멍한 눈으로 강을 바라보고 있었다.

그러던 도중 동생이 다가와 말했다.

"여기도 서울이랑 다를 게 없네. 여긴 괜찮을 거라 생각했는데."

"그…… 그게 무슨 말이야?"

말이 제대로 나오지 않았다.

"형. 뉴스라던가 라디오에서라던가 들어본 적 없어? 요즘 환경오염 문제로 난리잖아.

내가 사는 동네도 말이 아니야. 그래도 여긴 나름 지방이고 서울보단 사람도 적어서 환경오염도 적을 거라 생각하고 괜찮을 거라고 생각했는데…… 별반 다를 바 없네……."

아침에 라디오에서 들었던 진행자의 말이 불현듯 생각났다.

"최근에 환경오염문제가 더욱 심해지고 있다고 합니다."

"최근에 환경오염문제가 더욱 심해지고 있다고 합니다."

"최근에 환경오염문제가 더욱 심해지고 있다고 합……."

그리고 그 소리는 내 머릿속에서 점점 커졌다.

그렇다.

나 또한 이미 주변에서 접하고 있었던 것이다.

그러나 남의 일이라며 대수롭지 않게 생각했다.

그리고 내가 별일 아니라고 생각했던 작은 나비의 날갯짓이 이젠 커다란 태풍이 되어 나를, 나의 추억을, 나의 소중한 친구를 덮쳤고, 이를 무시했던 나는 소중한 친구를 아무것도 하지 못하고 잃고 말았다.

하지만 나는 그 사실을 도저히 받아들이고 싶지 않았다.

부정하고 싶었다.

아주 강하게 부정하고 싶었다.

"형. 어디 가? 빨리 돌아와."

나는 내가 직접 두 눈으로 목격한 이 사실들과 현실을 부정하기 위해서 멈춰 있던 발걸음을 움직였고, 계단을 내려가 강으로 달려갔다.

강을 제외한 어떤 것도 내 머릿속엔 들어오지 않았다.

이 악취도 주변에 보이는 회색건물도, 나를 부르는 동생의 목소리도 말이다.

강변에는 어떤 생명의 흔적도, 생기도 느껴지지 않았다.

우리 가족, 친구들과 함께 자전거를 탔던 흙길은 어느새 시멘트로 덮여 있었다.

길가에 버려진 쓰레기들, 술병, 담배꽁초가 눈에 들어왔다.

하지만 강물만은 여전히 푸르고 생기 넘치게 흐르고 있을 거라 굳게 믿었다.

그렇게 희망을 품고 강을 바라보았다.

순간 눈앞이 흐려졌고, 강 또한 내 눈에 들어오지 않았다.

그저 검정색 배경, 그리고 그 사이로 보이는 은색 덩어리들, 초록색 덩어리들 단지 그것밖에 보이지 않았다.

두 눈이 흔들렸고 아무리 노력해도 도저히 초점을 잡을 수 없었다.

심장이 쿵 내려앉았다.

당장이라도 다리 힘이 풀려 주저앉을 것만 같았다.

푸르던 강물은 이젠 그 속을 알 수 없을 정도로 시꺼메졌다.

강물 속에 살아 있었던 은빛 물고기의 사채가 물위에 둥둥 떠 있었다.

그리고 곳곳마다 녹조들이 생겨 있었다.

새들이라곤 찾아 볼 수 없었으며 강에도 술병, 쓰레기들이 넘쳐났다.

강은 이미 죽어 있었다.

강으로 다가갈수록 악취가 심해졌다.

마치 사람들이, 내가 다가오는 것을 거부하고 밀어내기라도 하듯이 말이다.

그렇지만 나는 나를 밀어내는, 변해 버린 강을 도저히 원망할 수 없었다.

강을 이렇게 만든 것은 나였다.

나도 강을 죽인 사람들 중 한 사람이었기 때문이다.

강은 나에게 자신의 모든 것을 내어 주었다.

강물도, 강변도, 강에 사는 생물들도 말이다.

하지만 나는 강의 은혜를 그저 받기만 했다.

어느 것 하나 돌려주지 않았다.

내가 강에게 돌려줘야 할 것은 단 하나였다.

그저 관심을 가지고, 아껴주는 그 간단한 일 하나 말이다.

하지만 나는 그것조차 하나 해내지 못했다.

그렇게 나는 차갑고 잔인한 현실을 마주하게 되었다.

뜨거운 눈물이 흘러나왔다.

강에 죽음에 슬퍼하는 마음과 나의 행동에 대한 죄책감 때문이었다.

이제 강에 남아 있던 나의 추억들은 강이 죽음과 동시에 사라져버렸다.

그 많던 추억들도 말이다.

"아, 내가 미안해……. 미안해……. 이젠 추억도 다 사라져버렸네……. 너도 이젠 없네……. 나중에 가족들이랑 아버지 어머니 모시고 다시 한번 꼭 와보고 싶었는데……."

눈물은 멈출 줄을 몰랐고 가슴이 찢어질 듯했다.

강을 보고 가만히 서서 고개를 숙였다.

강에 대한 반성, 앞으론 이런 일을 만들지 않겠다는 다짐이자 이것이 지금의 내가 강에게 해줄 수 있는 최선이었다.

그렇게 얼마나 많은 시간이 흘렀을까.

도착했을 때는 낮았던 해가 높이 떠 있었다.

그리고 동생이 다가와 말했다.

"형 마음 좀 추스렸어? 나도 당황스러운데 형은 얼마나 당황스러울지 참…… 아쉽네. 이제 옛날 추억도 사라졌고, 우리도 나이를 먹었고 시간이 흐른 만큼 우리도 모르는 사이에 이렇게 많은 게 변했고……."

동생도 말을 쉽게 이어가지 못했다.

"그래. 위로해 줘서 고맙다. 오랜만에 같이 왔는데 예전 같지 않네. 자, 내 차키. 먼저 내 차 타고 가서 뭐라도 먹고 놀다가 들어가서 쉬어."

"형은 어쩌려고?"

"난 오랜만에 좀 걸어야겠다. 형 알아서 들어갈게."

"알겠어, 형. 빨리 집에 들어가. 오래 나와 있지 말고.'

"응."

그렇게 동생을 돌려보내고 나는 앞에 있는 마트에서 종량제 봉투와 집게를 사고 강으로 돌아갔다. 그리고 어렸을 때처럼 아무 말도 않고 강을 걸었다.

그리고 강과 강변에 널브러진 쓰레기를 주웠다.

작은 것 큰 것 가리지 않고, 눈에 보이는 쓰레기라면 뭐든 주웠다.

나의 죄책감에서 비롯된 킹을 향한 무언의 사과였다.

강이 어렸던 나의 머리를 식혀주었던 것처럼 나도 강의 상처를 치료하는 데에 최선을 다했다. 강줄기의 끝을 알아내기 위해 쉬지 않고 나아갔던 그 때처럼 나아갔다.

그렇게 쓰레기를 계속해서 주웠다.

그리고 어느샌가 노을이 지기 시작했다.

지금 보고 있는 노을은 어릴 적에 노을이 질 때의 강 풍경과는 달랐다.

그러던 중 잠시 내가 하고 있는 이 작은 행동 하나로 강이 살아날 수 있을까 라는 생각도 들었다.

하지만 계속해서 지칠 줄 모르고 쓰레기를 주웠다.

멈출 순 없었다.

그렇게 날이 어둑어둑해지기 시작했고, 가로등 불빛밖에 보이지 않는 어두운 밤이 되었다.

난 쓰레기통에 쓰레기를 버리고 다시 왔던 길로 돌아가기 시작했다.

여름이 가시고 가을이 다가온 오늘의 밤은 선선했고, 걸어가기에도 적당했다.

이런 날에도 담배 생각은 가시질 않았고, 주머니에 있는 담뱃갑에서 담배 한 개비를 꺼내고 라이터로 불을 붙였다.

"스읍- 하------"

그리고 담배를 한번 빨고 크게 내뱉었다.

그리고 담배를 피며 터덜터덜 집으로 걸어갔다.

조용하다. 아무소리도 들리지 않는다.

풀벌레소리 역시 들리지 않았다.

에필로그

안녕하세요! ^ㅁ^)b 단편 소설 '강'을 쓴 제갈민서입니다.

우연히 그린비가 책쓰기 활동을 한다는 말을 듣게 되었고, '영화감독'이라는 장래희망을 가지고 있었기에 영화 시나리오 쓰는 연습을 한다는 마음으로 써 본 저의 첫 환경소설입니다.

처음에 환경소설이라는 주제를 받고 어떤 주제로 써야 할까 많이 고민했었습니다. 그러던 도중 항상 저희 주변에서 푸르게 흐르는 금호강을 보고 강을 주제로 써 보자 마음먹었습니다.

실제로 금호강도 과거에 비해 많이 오염되었고, 현재까지 진행되고 있습니다.

그렇기에 이를 다시금 알리고 인식하게 하고 싶어 소설을 쓰면서도 어떻게 하면 내가 전달하고자 하는 메시지를 독자여러분께 전할 수 있을까 많이 고민했습니다.

그렇게 초고를 쓰고 몇 번의 수정을 통해 단편 소설 '강'을 여러분께 선보이게 되었습니다.

부족한 부분도 많은 저의 글을 읽어주셔서 감사합니다.

이제 작품에 대한 이야기를 해보겠습니다.

먼저 주인공인 '나'입니다.

주인공의 이름이 한 번도 언급되지 않은 이유는 굳이 누군가를 특정하고 싶지 않았기 때문입니다.

그렇기에 누구나 자신에 대입할 수 있고 공감할 수 있길 바랐습니다.

어쩌면 미래의 우리일지도 모르죠.

소설에서 '나'는 평범한 가장입니다.

가족을 위해 소중한 것들을 뒤로한 채로 그저 앞을 보고 달려가면서도 좋았던 어린 시절을 그리워하는 인물입니다.

그렇게 '나'는 일에 지쳐 도망치듯이 고향으로 내려온 동생과의 술자리를 가지게 되며 수많은 이야기를 나누게 됩니다.

그리고 시간이 흐르면서 변해 버린 자신과 동생, 주변을 인식합니다.

이야기가 꽃피던 도중 동생은 강에 대한 이야기를 시작합니다.

조금 더 나은 삶을 위해 주변은 바라볼 시간조차 낼 수 없을 정도로 바빠 달려오던 '나'의 머릿속에는 나의 오랜 친구였던 강이 떠올랐습니다.

그리고 동생과 오랜만에 그리운 옛 친구를 만나러 가기로 약속합니다.

그렇게 이침에 일어나 동생을 데리러 나갈 준비를 하게 됩니다.

평소의 휴일과 다르지 않았습니다.

심심해서 틀어놓은 라디오에는 요즘 환경 문제가 심각하다는 진행자의 말이 있었고 '나'는 대수롭지 않게 여겼습니다.

그렇게 나는 동생을 만나러 갑니다.

동생을 태우고 차로 가면서도 이야기는 멈출 줄을 모릅니다.

'나'의 강에 대한 그리움은 한층 더 심화됩니다.

기대를 안고 도착한 '나'와 동생이 마주한 건 회색빛 건물입니다.

둘은 세월의 흐름을 다시금 인지하게 됩니다.

그리고 강만은 변치 않았을 거라 생각하며 강으로 갑니다.

그러나 그들을 맞이하는 건 숨을 쉴 수 없을 정도의 악취입니다.

'나'가 발견한 건 이미 죽어버린 강입니다.

'나'의 머릿속에서는 아침에 들은 라디오 진행자의 말이 맴돌고 '나'는 어떻게든 이 사실을 부정하려고 합니다.

'나는 악취도 잊고, 강으로 달려갑니다.

그리고 더욱 참담한 현실에 마주칩니다.

검은 강과 떠오른 물고기의 시체, 녹조들과 자신이 이때까지 알지 못했던 환경오염과 마주치게 됩니다.

'나'의 머릿속에서 여러 생각들이 교차합니다.

그리고 동생을 보내고 혼자 아무 말 없이 걷습니다.

아무 말 없이 쓰레기를 주우면서 걸어갑니다.

어느덧 시간은 노을이 지고, 가로등 빛밖에 보이지 않는 밤이 됩니다.

'나'는 이제 돌아갈 때임을 알고 주머니에 있던 담배를 꺼내고 불을 붙입니다.

담배를 문 '나'는 오늘의 근심을 뱉어내듯이 후 하고 내쉽니다.

(이 부분에선 담배를 안 펴봐서 그냥 제가 아는 선에서 묘사해 썼는데요. 담배를 빤다는 표현이 맞는지 잘 모르겠네요.)

그리곤 조용한 강변을 걸어갑니다.

그렇게 이야기는 풀벌레소리조차 들리지 않는 새드엔딩으로 막을 내립니다.

평범한 가장으로 살아가는 '나'에게 일어날 수 있는 가장 현실적인 결말이라 생각했습니다. 또한 환경오염의 심각성과 이에 대한 경각심을 유발하기 위한 가장 좋은 결말이라 생각했습니다.

여러분 환경오염과 지구 온난화는 지금도 진행 중입니다.

하지만 우리의 작은 노력이 모이면 최대한 이 비극을 늦출 수 있습니다.

그리고 언젠가는 이 문제를 해결할 수 있을지도 모릅니다.

여러분과 저, 우리 모두의 노력이 필요합니다.

소설 속 '나'처럼 되기 전에 말입니다.

제 글을 읽어주셔서 다시 한번 감사드리고, 제가 전달하고 싶은 메시지들이 독자여러분께 잘 전달되었길 바랍니다.

감사합니다. 언젠가 더 좋은 글과 영화로 인사드릴 수 있길 바랍니다. 이상 제갈민서였습니다.

프리퀄 타임라인
(Prequel Timeline)

1학년 주진표

○ 미즈키의 시점

2080년 11월 27일. 날씨 맑음

"기후위기대책위는 매년 기하급수적으로 짧아지는 겨울을 우려하여 대책을 마련하는 회의를 했습니다."

"기후회복당이 오늘 정오에 성명을 발표했는데요. 주된 내용은 유의미한 대책도 없는 종잇조각 위원회로 전락하여……."

@lapis"미즈키 씨, 제가 아침에 부탁드린 일은 모두 끝마치셨나요?"

"네, 조금 전에 전송해드렸어요, 확인해 보세요." @Mizuki

"그나저나 밥 먹으러 가야 할 시간인 것 같은데, 여기서 기다리고 있어, 루비야." @Mizuki

@ruby"야옹."

맑고 화창하지만 추워서 나가기 너무 싫었던 어느 날이었다.

내 옆에 누워 있는 고양이는 우리 회사에 자주 들어오는 길 고양이인"루비"이다. 언제 사고를 당했는지 귀의 일부분이 잘려나간 것 같다.

오늘도 우리 회사는 남부럽지 않을 화창한 분위기로 일을 이어나가고 있다. 나는 그녀에게 간택을 받았는지 언젠가부터 내 옆에 앉아 있었고, 최근 그녀가 내 무릎 위에 올라오는 것을 허용해 주었다.

나는 2050년 6월 23일생, 나이는 30세, 이름은 미즈키. 서울대학교를 나왔고, 나는 평소 주위에서 컴퓨터광이라고 불릴 정도로 컴퓨터에 진심이었고, 평소에 일상생활의 모든 사회 현상을 컴퓨터와 엮는 습관이 있었다.

나와 대화하는 이 분의 이름은 라피스, 아니. 별명이 라피스이다. 들어온 지 얼마 안된 신입이다.

우리 회사는 현대의 거의 모든 IT기업들의 불문율에 따라 팀원들끼리는 닉네임으로 부르고, 서로의 실제 이름과 나이를 밝히는 것은 엄격하게 금지되어 있다

누구도 이 규칙의 존재 이유는 정확히 모른다. 회사에서는 팀원 간의 수직관계와 가혹행위를 막기 위한 대응책이라고 적극 수용하였지만, 무슨 꿍꿍이인지, 실제 이름을 외부로 말하면 회사의 규칙 위반으로 묻지도 따지지도 못하고 잘린다는 소문이 있을 뿐이다. 나는 그냥 회사의 직원일 뿐이니까. — 돈만 잘 받아먹으면 되는 것이다.

우리는 회사의 업무 메신저를 이용하여 소통을 한다. — 가끔씩 농담도 하는데, 오늘따라 분위기가 이상하다.

"금일 디도스 공격으로 인한 시스템 마비 발생. 네트워크 복구 작업 필요."

우리 회사 사이트가 공격을 받았다. 누구인지는 모르겠지만, 회사에서 내부 조사를 진행하겠다는 소식을 전달받았다.

나는 보안장비를 손보고 복구 작업을 한 뒤 조금 늦게 퇴근을 준비 중이었다. 나 혼자 남은 것이 아니라 네트워크 관리자와 보안 관리자, 시스템개발자가 모두 야근했다.

@hikari"모두 수고하셨어요. 이제 퇴근합시다."
@nuri"히카리님도 고생 많으셨습니다."
"내일 뵙겠습니다." @Mizuki
나는 이제 퇴근해도 된다는 매니저님의 말씀을 듣고, 자료를 정리하고 퇴근을 했다. 엘리베이터 버튼을 누르고 1층을 눌렀다. 곧이어 효과음과 함께 문이 열렸다. 나는 몸에 부착된 AI 비서의 이름을 부르고 택시를 불렀다.
"아, 맞다 지갑." @Mizuki
"방금 택시 잡았는데. 취소해야겠다." @Mizuki
회사로 들어왔다. — 10분도 안 됐는데, 불이 모두 꺼져 있었다.

건물로 들어섰다. 모두가 퇴근한 야심한 밤에, 속삭이는 소리가 들린다.

@■■■■■"매니저님, 혹시"

@■■■■■"옆 회사에서 작성된 새로운 기밀문서를 입수했다면서?"

@■■■■■"예, 새로운 기술인 것 같은데, 잘 하면 우리 회사에 적용해서 독자적인 기술로 발전시킬 수 있겠어요."

@■■■■■"이거, 정부 환경 평가 때 제출해야 하는 거 아니야?"

@■■■■■"빼돌린 것 누구에게도 들키면 안 돼요."

@■■■■■"흠. 일단 알겠다."

그 말을 모두 듣고 궁금증과 놀라움을 뒤로한 채 지갑을 몰래 가지고 나왔다.

건물 밖으로 나오자마자 급히 달리고 또 달렸다. 그 일이 있고 3일 후의 일이다.

우리 회사는 사내 복지를 위해 100평 가까이 되는 광장이 있다.

오늘도 나와 가까운 동료인 라피스 씨는 사내 광장에 뜨거운 에스프레소를 내려서 가져왔다.

그녀는 항상 30인치의 폴더블 디스플레이 노트북을 가지고 다닌다. — 그녀는 나와 만날 때 항상 그 노트북으로 뉴스 기사를 본다.

@lapis"미즈키님, 혹시 이 기사 보셨어요?"

@lapis"샌디 연구소에서 만들던 타임머신 프로젝트가 결국 백지화되었다네요."

"그랬군요." @Mizuki

"100년도 더 된 헛된 시간여행의 꿈은 이제 버릴 때가 된 것 같은데," @Mizuki

"이제 그만 현실적인 일에 집중했으면 좋겠어요." @Mizuki

나는 타임머신은 어린 아이들이 보는 애니메이션에서만 등장하는 클리셰라고 생각했다.

평생 개발되지 못할 것이라고 생각하지는 않는다. ─ 단지 개발되었을 때 우리가 살아 있을지가 문제이지만.

맑고 경쾌한 '띵' 소리와 함께 스마트워치가 진동했다.

손을 들어 올려 문자를 확인했다.

[기상청] 2080년 11월 30일, 전국에 오존 경보, 야외에서 즉시 대피

주변의 모든 사람들은 하나둘 건물 안으로 들어왔다. 모든 사람들이 들어가려고 하니 입구 전부는 하나같이 복잡했고, 넘어지는 사람도 있었다. 우르르 들어가는 모습이 마치 벌집으로 들어가는 벌떼 같았다.

최근 들어 갑작스러운 기상 이변이 심해졌다. 오존층에 문제가 생겨 특보가 나오면 그 누구도 예외없이 건물 안으로 들어가야 안전하다.

오래전에 몬트리올 의정서라는 국제 협약을 통해 유해 가스와 화학 물질의 사용을 규제했지만, 몇 년 전부터 나라의 기술 발전과 기술의 자유를 중요시해야 한다고 주장하는 무장 세력들이 등장하여 우리나라에서도 이들의 폭력을 진압하는 데 실패하고 대부분의 환경 규제를 해제한 상황이 되었다.

규제가 사라지면 규제를 적용한 이유가 없어지는 법이다.

2050년 이후에는 완전히 국제 협약들이 백지화되었고, 사회적 문제로 떠올랐지만, 정부의 소극적인 대처와 시민들의 무관심으로 인해 결국 환경 파괴와 지구 온난화 문제가 가속화되었다. 이로 인해 오존층에 구멍이 뚫리는 문제가 생겼고, 최근 피부 암 환자가 증가했다는 보고가 있다.

만약 급한 일이 있어 외출을 해야 할 경우에는 특수 제작된 보호 의류를 입고 빠른 시간 내로 실내로 들어와야 한다. 그렇지 않으면 강한 자외선으로 인해 빠른 시간 안에 피부에 암이나 눈에 백내장이 생길 수 있다.

나는 라피스 씨와 함께 건물 내부로 들어왔다.

라피스 씨의 전화벨 소리가 울렸다. 전화를 끊은 후 그녀는 급한 볼일이 있다면서 사라졌다. — 자리로 돌아왔더니, Levelcom 로고가 각인이 된 쪽지가 남겨져 있었다.

"지하 창고 1A"
14:00

그의 독특한 필체가 나의 호기심을 자극했다. 한편으로는 애니메이션에서나 나오는 쪽지인가? 라며 유치하다는 생각도 들었다.
"애들 장난도 아니고 이게 뭐야. 미션인가?" @mizuki
나는 쪽지를 잡아 다시 읽었다. 일단 가보기로 했다.
쪽지에 나와 있는 시간에 곧장 내려가서 가보았더니, 나의 매니저였던 히카리 씨가 기다리고 있었다.
그는 여전히 화사한 정장을 입고 안경을 끼고 항상 가지고 다니는 수첩을 몸에 지니고 스마트폰을 만지고 있었다.
그는 나를 보자마자 스마트폰을 급히 집어넣고 나를 째려보듯 응시했다.
평소의 매니저와는 사뭇 달랐다.

@hikari"자네가 한번 읽어보았으면 좋겠네."
그는 나에게 갈색 봉투를 주었고, 그 봉투 안에 있는 자료를 남에게 보여주거나 말하지 말라고 하였다.
"에? 너무 갑작스러운데요?" @mizuki
@hikari"나중에 차차 알려주겠네, 그럼."
@hikari"아차, 그리고 이것도 가져가."

내게 USB를 쥐어주고 그렇게 말하고는 유유히 위층으로 올라갔다.
나는 화장실에 들어가 그 갈색 봉투를 뜯어보았다. 그날 밤에 주고받은 그 기밀 서류로 보였다.
목소리만 들었을 때는 전혀 떠올리지 못했지만, 그 무리가 진짜로 히카리 씨의 일행일 줄은 몰랐다.

서류의 제목은 다음과 같았다.

"네트워크 서버와 클라이언트 사이의 지연을 줄이기 위한 방안에 대한 보고서"

나는 알 수 없는 내용과 과학적 내용에 당황하였지만, USB에 담겨 있는 세부적인 실험 결과를 토대로 이론을 완성해 나갔다.

2081년 1월 10일. 날씨 흐림

나는 수개월 동안 그 봉투를 숨기고 있었다. 밥을 먹을 때와 퇴근할 때와 그리고 라피스와 함께 있을 때에도. 사실 최근 나는 라피스 씨와 나이를 공유했다. ─ 라피스는 나보다 어리다.

옆 회사, LogicalDigital에서는 기밀 문서 유출을 확인하고 대대적인 조사에 들어갔다고 한다. 어쩌면 우리 회사의 스파이가 잡혔을지도 모르겠다.

우리 팀은 드디어 시행착오 끝에 그 서류를 기반으로 개발을 성공했다. 이제 우리 회사가 세계적인 기업이 될 일만 남았다. 나는 새롭게 만들어낸 시스템을 서버에 연결하였다.

USB를 꺼내 서버에 연결하고 프로그램을 설치했다. 어디서 왔는지는 모르겠지만 그 길고양이가 내 다리에 얼굴을 비볐다.

나는 항상 이럴 때를 대비해 고양이 간식을 가지고 다닌다.

프로그램을 실행하고 고양이에게 먹이를 주려는 순간 서버는 합선이 된 듯 탄 냄새가 나며 지지직거리기 시작했으며, 손과 팔의 근육이 찢어지듯 아팠고, 이후부터의 기억은 없다.

2023년 8월 10일. 날씨 소나기

아프다.

여긴 어디인가? 나는 왜 이곳에 있는가? 왜 나는 아픈 것일까?

정신을 차려보니 나는 건물의 옥상에 쓰러져 있다.

똑같은 옷을 입고 옷이 전부 젖어 있는 상태로.

주변을 둘러보았다.

손목의 시계 바늘은 오후 3시 30분을 지나고 있었다. 고장나지는 않은 듯하다.

옆에 털이 젖어 있는 고양이가 있다. 어두운 털이 덮여 있고, 귀 옆부분이 살짝 잘려 있는, 내가 아까 전에 간식을 주려고 했던 그 아이이다.

나는 아무런 생각도 없이 그 고양이를 끌어안았다.

"루비야.!"

젖어 있는 그녀의 몸에서 온기가 느껴졌다.

나는 그녀를 끌어안고 정신 차려 건물 아래로 급히 내려왔다.

"무슨 일이 있었기에 옥상에 누워 있었을까." 나는 곰곰이 생각했다.

아무런 것도 생각나지 않는다.

아무런 일도 일어나지 않았다.

전체가 통 유리로 된 초고층 빌딩도 없었다.

나는 그 순간에 가장 먼저 여기가 어디인지, 또 무슨 일이 벌어졌는지 알고 싶어 지나가는 사람을 붙잡아 물어보았다. 아무도 나의 말을 들어주지 않았다.

모두 적막한 가운데 사람들이 걸어가는 발걸음 소리가 규칙적으로 들렸다.

그 소리는 마치 나의 비 소리처럼 들려왔으며, 내 마음 속에서 천둥번개가 요란하게 치는 것 같았다.

나는 어떻게 살아가야 할까. 떨리고 있는 피부에 눈물이 떨어졌다.

"아저씨, 안 추워요?"

초등학생쯤 되어 보이는 여자아이가 수건을 들고 나에게 다가왔다.

그녀는 노란색 머리에 하얀 피부를 가지고 있었다.

나는 아무 말도 입 밖으로 나오지 않았다. — 사실 나도 너무 추웠다.

그 아이가 준 수건으로 고양이를 감쌌다.

"일단 절 따라오세요."

말없이 나는 그 아이를 급히 따라갔다.

삼 분을 더 걸어 그녀는 삼 층짜리 건물로 나를 안내했다.

"요즘에도 이런 건물이 있구나……."

그 아이는 계단을 타고 올라가서 초인종을 눌렀다.

"엄마, 나 왔어."

그러자 검은 긴 머리가 돋보이는 여자가 문을 열고 나왔다.

"시하야, 이제 오니? 그런데 이 분은……?"

"길에서 만났는데, 너무 추워보여서요. 괜찮죠?"

그녀의 어머니는 잠시 고민하다가 나를 들어오게 했다.

"음, 그래. 어서 들어오세요."

나에게 그 집은 초라했다. 구식 TV에다가 구식 냉장고, 구식 전등, 구식 도어락.

"저기, 무슨 일이에요? 비도 다 맞고, 감기 걸리겠어요."

아이의 어머니는 나를 걱정의 눈빛으로 바라보며 말했다. 나는 2080년에 종합 감기 백신을 맞은 상태였으므로, 감기에 걸리지 않지만, 대수롭지 않게 넘어갔다.

"아, 괜찮습니다. 이렇게 들여보내주셔서 감사합니다."

"왜 이렇게 비가 많이 오는데 와이셔츠는 입고 우산도 안 쓰고 있어요?"

아이가 걱정스럽게 나를 바라봤다.

나도 솔직히 왜 내가 그 자리에 있었는지 알 수 없었기에 아무런 대답도 없이 가만히 있었다.

몇 시간 같았던 몇 초간의 침묵이 지속되었다.

루비는 몸을 떨기만 할 뿐 일어날 기운이 없어보였다.

나는 타들어가는 갈증을 해소하기 위해서 물을 달라고 아이의 어머니께 부탁했다.

"여기 요구르트 드세요, 좀 쉬다가 가셔도 돼요."

나는 제안을 여러 번 거절했지만, 이내 거절하지 못하고 끝내 그 음료수를 받았다.

"엄마, 나 TV 봐도 돼요?

"그래, 조금만 봐."

아이는 TV를 리모컨을 이용해 켰다. 내가 보기에는 수십 년도 더 된 고물 같았다.

화질은 볼 만했지만, 리모컨을 비롯해서 모든 것이 구식이었다.

"오, 요즘도 이런 걸 쓰는 사람이 있구나."

음료수를 보았더니 선명한 글씨가 보였다.

"2023년 9월 1일까지"

나는 말로 표현할 수 없을 만큼 놀랐다.

나는 2050년생이 아닌가, 사실 내가 태어나지도 않은 시간대인 건가?

"아, 가, 감사합니다."

덥석 받아서 급하게 음료수를 들이켰다. 달고 시원했다.

"혹시 오늘이 몇 월 며칠이죠?"

나는 애써 놀란 척을 하지 않으려고 노력했다.

"2023년 8월 10일이에요."

그 말을 들은 순간 말문이 턱 막혔다. 이해할 수 없었다. 진심으로.

순간적으로 눈물이 나왔다.

내가 아끼는 파트너인 라피스, 그리고 부모님이 너무 보고 싶다.

아이가 보는 TV 보았는데, 아이는 특이하게도 뉴스를 보고 있었다.

내가 어릴 때에는 애니메이션만 보았는데, 이 아이는 좀 달랐다.

"엄마, 기후 위기가 뭐야?"

"사람들이 매연과 나쁜 물질을 많이 배출해서 지구를 아프게 만드는 거야."

나는 그 말을 듣고 깨달았다. 내가 살던 시대의 프리퀄 세계인 것을.

"저, 혹시 오늘 미세먼지 농도가 어떻게 되죠?"

나는 마스크를 쓰지 않으면 계속 목이 아픈 우리의 시간대와 비교해 보기 위해 가느다란 목소리로 물어보았다. 그러자 아이가 웃으며 나에게 다가왔다.

"비가 와서 맑을 것 같아요. 잠시만요…….."

스마트폰을 주머니에서 꺼내들어 오른쪽 측면의 버튼을 눌러 화면을 켠 다음 날씨 앱을 터치했다.

"아! 좋음! 맞아요, 16이래요."

"역시."

아이는 아직 단위를 읽을 줄 모르는 듯, 숫자만 말했지만 나는 그 아이의 말을 통해 다시금 실감했다. 나는 더 이상 내 시간대의 사람이 아니라는 것을.

"나는 일개 네트워크 엔지니어일 뿐인데 왜 굳이 나를? 무슨 일로?"

나를 과거, 아니 엄청나게 먼 과거로 끌고 간 그 사람을 잡고 싶다.

잡아서 분노를 표출하고 싶다. 순간적인 분노로 실신할 뻔했지만, 나는 이내 마음을 다잡고 적응해 보려고 시도했다.

"내가 이제 할 수 있는 것은 없을까?"

"다음 뉴스입니다. 인터넷 서비스 제공자에게 인터넷 회선 사용료를 지불하는 정책인 망 사용료의 찬반 논쟁이 끊이지 않고 있습니다."

TV에서 익숙한 용어가 들려왔다.

"하, 회사와 회사 간의 싸움은 이 시간대에서도 끊이질 않구나……."

나는 문득 생각이 들었다.

"과거를 바꾸면 미래도 달라지지 않을까?"

근거 없는 자부심과 욕심과 두려움 같은 오만가지의 감정이 뇌리를 스쳐 지나갔다.

"저, 오늘은 비가 안 그칠 것 같은데, 오늘은 저희 집에서 주무시고 가세요."

아이의 어머니가 나에게 다정한 목소리로 제안했다.

나는 내가 전혀 살아본 적 없는 시간대에서 이렇게 좋은 사람을 만나서 의심이 생겼지만, 감사하다고 말씀하고 당분간 이 집에서 묵고 가기로 결정했다.

"감사합니다. 이 은혜 평생 잊지 않겠습니다."

이렇게 과거의 시간대에서의 하루를 보내게 되었다.

2023년 8월 11일. 날씨 맑음

파란 하늘이다. 어제의 어둡고 차가운 날은 온데간데없이 사라졌고, 따뜻했다. 집 앞의 화단에 피어난 부드러운 노란색 개나리꽃이 아름다웠다.

나는 아이와 어머니에게 인사를 하고 목적지 없이 걸어갔다.

아마 내가 이 시간대로 떨어진 곳은 도시와는 조금 떨어진 외곽지역인 것 같다.

2080년에는 도시화가 100%가 되었는데, 여기 시간대에서는 아직은 아닌 것 같다. 조금 경사진 언덕을 올라 걸어갔다. 버스 정류장이 있었다.

"537번, 135, 909…… 어, 시청역!"

가까운 거리에 도시가 있을 것이라는 생각을 가지고 무언가 사람이 많을 것 같은 곳을 향해 발걸음을 옮겼다.

"미래를 바꾼다라…….'

나는 이 시대에서 사용할 수 있는 가진 것이 없다. 따라서 아무것도 할 수 없다.

일단 길거리에서 직원을 구한다는 아무 점포에 들어가 보았다.

"어서 오세요~"

"안녕하세요. 밖에 직원 구하신다고 적어놓으셔서 왔습니다."

"아, 네."

그리고 그 사람들은 나를 사무실 안으로 안내했다.

그리고 나에게 여러 가지를 캐물었고, 어찌 그 사람들의 얼굴은 점점 더 어두워졌다.

"아저씨, 한낮부터 술에 취하셨어요? 당신 생년월일을 쓰세요. 만화 캐릭터 생일 말고요!"

2050년생인 나를 믿어줄 사람은 아무도 없었다.

이렇게 한 곳, 두 곳, 세 곳…… 나를 밀어내는 가게들은 수도 없이 많았다.

날이 어두워지고 얼마나 시간이 흘렀을까, 나는 구석진 통로로 발걸음을 옮겼다.

경찰인 것처럼 보이는 낯선 사람이 나에게 다가왔다.

"저기요, 왜 이런 어두운 밤에 혼자 걸어 다니세요."

그들은 내가 명백한 잘못을 했다는 눈빛으로 나를 쏘아붙였다.

"아, 그냥 지나가는 길이었어요. 저는 단지 돈이 필요한 것뿐이에요."

"예? 저와 함께 경찰서로 가주셔야겠습니다."

갑자기 그 경찰은 나를 잡으려는 듯이 위협하기 시작했다.

"네? 그게 아니라요⋯⋯!"

나는 있는 힘껏 달리면서 외쳤다. 물웅덩이가 있음에도 바지에 물을 튀기며 정신없이 뛰었다.

끝없이 펼쳐진 미로 같은 길이 연속되었다. 큰 도로가 보였다.

일단 계속 달려 아무런 카페로 헤집고 들어갔다.

개인이 운영하는 작고 아담한 카페였다.

사장으로 보이는 계산대에 앉아 있는 한 사람이 나에게 다정하고 나른한 목소리로 물었다.

"무슨 일인가요? 숨을 헐떡이면서 오시고,"

"어! 저기⋯⋯ 그⋯⋯ 제가⋯⋯."

"일단 물 먼저 드세요."

나는 물을 벌컥 벌컥 마시고, 급한 마음으로 극도의 흥분한 상태에서 그 사람에게 지금까지의 이야기를 모두 했다.

내가 회사를 다니던 때부터, 지금의 시간대로 오게 된 이야기까지.

그 남자는 얼굴에 알 수 없는 미소를 띠고 고개를 끄덕이면서 나의 말을 아무런 토를 달지 않고 들어주었다.

"제가 당신의 말을 다 이해했는지는 모르겠지만, 당신이 곤란한 상황에 부닥쳤다는 것은 잘 알겠습니다."

"그러면 한 가지 질문을 해보죠."

"당신은 원래의 시간대로 돌아가는 것이 먼저인가요, 미래의 시간대의 사람들의 행복을 회복시켜주는 것이 먼저인가요?"

그의 모호한 물음에 나는 깊은 생각에 빠졌다.

나는 그 순간 *나의 시간대*에 남겨진 라피스 씨가 생각났다.

"저는 제 시간대의 사람들을 위해 일하고 싶어요."

"그러면 당신이 일할 차례입니다. 당신의 사정을 알리는 것이 먼저이겠지요."

"너무 어렵나요? 적극적으로 행동하세요. 당신 기준으로 과거의 시간대에 사는 사람들은 당신이 사는 시간대의 일을 모릅니다."

"제가 어떻게 해야 하죠? 저는 돈도 없고 할 수 있는 것도 없는데요……."

"좀 더 과거로 갔으면 돈만으로 모든 것이 해결되었겠죠. 하지만 지금은 다릅니다. 당신이 위험에 처한 미래의 사람들, 즉 우리의 아이들을 위한 마음만 있으면 뭐든지 할 수 있어요."

그는 나의 사정을 알아주고 나에게 만 원을 쥐어주었다.

"언젠가 당신이 성공했을 때 제게 돈을 돌려주시면 됩니다. 이자는 없습니다."

"감사합니다."

"아메리카노 한 잔 드시고 가세요, 무료로 드릴게요."

"아, 괜찮습니다……."

나는 돈을 주신 사장님께 더 이상의 신세를 질 수 없다며 만류했지만, 억지로라도 먹고 가라는 사장님의 제안에 어쩔 수 없이 커피를 들었다.

나는 현금 만 원을 손에 쥐고 카페에서 나왔다.

카페 사장님은 여전히 오묘한 표정을 지으시고 웃으며 나를 마중해 주었다.

왜인지 나를 알거나, 또는 나와 같은 사정을 가진 사람을 많이 보았던 것처럼 놀라지도 않고 오히려 나를 따뜻하게 대해 주는 사장님이 무섭게 느껴졌다.

마지막으로 인사를 나누고 건물 밖으로 나왔다.

그러자 타이어가 물 웅덩이를 지나가며 물이 튀기는 소리와 엔진 소리로 가득찬 6차선 도로가 내 눈 앞에 펼쳐졌다.

조금 걷다 보니 편의점이 나왔다.

나는 당시에는 종이 신문이 아직도 있다는 사실을 알게 되었다.

편의점 앞 의자에서 다리를 꼬고 앉아서 신문을 보는 어르신을 보고 난 이후에서다.

"어?"

나는 문득 좋은 생각이 떠올라 주변에 있는 PC방으로 들어갔다.

나는 바로 인터넷 검색 창에 '신문에 투고하는 방법'이라고 쳤다.

"생각보다 어렵네."

나는 한숨을 내쉬며 어차피 돌아가지 못할 것이면 부딪혀보자 라는 생각으로 원고를 작성하기 시작했다.

"안녕하세요. 저는 30살 미즈키라고 합니다. …… 미래에는 수많은 일이 발생할 것입니다. 예를 들면 오존층이 뚫려 자외선이 그대로 지표에 도달하여 피부암이 발생할 수 있고 …… 수많은 기업의 부정 경영으로 엄청난 양의 탄소가 배출될 것입니다. 저에게 좋은 경영 철학과 아이디어가 있으니 제게 연락해 주시면 경제적 이익과 환경 친화적 기업으로 더욱 이미지를 개선할 수 있을 것입니다……."

정말 오랜만에 원고지를 보고 글을 작성하니 생각보다 글이 잘 적히지 않았다.

나는 그 아이의 어머니에게 사정을 설명했더니, 나를 지원해 주시겠다고 하셨다.

투고 비용으로 수십만 원을 사용했고, 며칠 뒤 드디어 신문에 나의 이야기가 실리게 되었다.

어머니가 투고 비용을 지불해 주신 덕분에 해낼 수 있었다.

그 후 2023년의 인터넷 커뮤니티는 뜨겁게 달궈졌다.

그 시간대의 관점에서 미래를 이렇게 구체적이고 과학적으로 바라본 사례는 전혀 없었기 때문이다.

나는 다시 전에 만난 여자아이의 집으로 돌아갔다.

내가 원고를 써서 성공적으로 신문에 나의 글을 투고할 수 있었던 원동력에는 나의 하나뿐인 친구인 고양이 루비와 옆에서 응원해준 여자아이와 그의 어머니였던 것 같다.

처음에는 아이의 어머니께서 나를 경계하는 느낌이 들었지만, 이제는 아닌 것 같다.

"미즈키 씨, 돌아오셨군요. 여러 신문사와 단체에서 편지를 보내왔어요."

아이의 어머니가 반갑게 나를 맞이해 주셨다.

사실 나는 집이 없기 때문에 나와 연락하기 위해서 아이의 집으로 편지를 보내달라고 글을 썼던 기억이 났다.

아이의 어머니는 나를 창고로 안내했다.

작은 상자를 나에게 조심히 꺼내주셨고, 나는 그 상자를 열어보았다.

수많은 편지 봉투가 쏟아졌다.

나의 계획은 완전히 성공했다.

미래에 남겨둔 사람들은 이제 안전하다.

"미래 세대를 위한 경영 방침과 기술 자문 요청"

"기술 지원 요청서"

"안녕하세요! 저는 XX초등학교에 다니는 6학년 1반 김선재입니다."

유명한 기업에서 보내온 편지부터 아이들이 보낸 편지까지 엄청난 관심에 나는 감동의 눈물을 흘리지 않을 수 없었다.

나는 그 중에 먼저 한 인터넷 데이터 센터에서 환경 관련 컨설팅을 진행하는 담당자와 약속장소를 잡았다.

2023년 8월 18일. 날씨 구름

도시가 훤히 보이는 카페에서 오후 7시, 해가 조금씩 건물 뒤로 사라지기 시작하고, 태양 빛이 흐린 하늘로 인해 뿌옇게 번지며 붉고 푸른빛으로 교차하여 어두운 보라색으로 변할 때 쯤 젊은 여성이 내가 앉은 테이블로 다가왔다.

"안녕하세요, 미즈키 씨 맞으시죠?"

어떤 여자가 나에게 조심스럽게 다가오며 웃으면서 이야기했다.

"아, 안녕하세요. 편지 써주신 담당자분 …… 맞으시죠?"

"네 네, 맞아요. 미즈키 씨에게 더 자세한 이야기를 들어보고 싶어서 이렇게 약속을 잡게 되었답니다."

"네, 제게 어떤 궁금한 점이 있으신가요?"

"혹시 그렇게 자세한 까마득한 미래의 이야기를 마치 본인이 겪었던 것처럼 생생하게 생각을 어떻게 하셨어요?"

그 사람이 나에게 되물었다.

"아, 그냥 연구하다 보니……."

그녀는 나를 신기한 눈빛으로 쳐다보았다.

"수많은 환경 전문가 분들을 만나 뵌 적이 있어요, 하지만 이렇게 완벽한 추측을 한 사람은 없었어요. 비결이 궁금합니다."

나는 입 밖으로 미래에서 왔다는 등의 이야기를 꺼낼 수 없었다.

만약에 이런 이야기가 외부로 나오게 된다면 나는 단숨에 음모론자로 전락하게 될 것이고, 미래를 바꿀 수 있는 방법이 전혀 없어질 것이라고 생각이 들었기 때문이다.

"그냥 한 분야에 호기심을 가지고 연구하다 보니 이러한 결과가 도출되게 되었는데, 제 생각에 많은 분들이 관심을 가져 주셔서 기쁩니다."

그럴듯하게 둘러댔다.

"우리 회사에서도 미즈키님의 의견을 수용하고 싶은데, 저희 같은 데이터 센터에서 환경을 위해 할 수 있는 일이나 정책에는 어떤 것이 있을까요?

"전력 사용량을 줄이고 열 배출량을 줄이세요."

"신재생 에너지에 투자하고, 환경 보호와 기업 간의 관계의 개선과 협업을 최우선으로 하세요."

그러자 그녀는 갸웃거리는 표정을 가지고 나에게 물었다.

"신재생 에너지와 탄소 중립 실현은 저희가 이미 실천을 준비 중에 있어요. 한 2050년쯤까지는 진행이 되지 않을까."

"아니요."

나는 그분의 말이 끝나기 수 초 전에 한숨을 쉬고 의견이 틀렸다는 듯이 손사래를 쳤다.

"이렇게 미래에는 되겠다는 생각으로 기업을 경영하다 보면 오히려 환경 파괴는 더욱 가속될 것입니다. 최대한 빨리 환경 보호 정책을 마련하도록 하는 것이 좋지 않겠어요?"

그녀는 내 의견이 옳다는 듯이 고개를 끄덕였다.

"알겠습니다. 빠른 시일 내로 대책을 마련하도록 하겠습니다."

이후 간단히 무의미한 대화가 오가고, 대화가 종료되었다.

그러고는 가방 지퍼를 열어 서류를 여유롭게 챙기고, 그 담당자분이 먼저 자리를 떠났다.

조심스럽게, 빨리 건물에서 나와서 나의 아지트이자 나를 도와준 은인의 집으로 향했다.

"첫 미팅 어땠어요?"

집에 들어가자 거실 테이블에 앉아 책을 읽고 있던 아이의 어머니가 나에게 처음으로 뱉은 말이다.

"뭐 나름 괜찮았어요, 벌써부터 미래화가 진행 중인 것처럼 보이긴 했지만요."

어머니는 고개를 끄덕였다.

2023년 8월 19일. 날씨 소나기

또다시 약하게 비가 내린다. — 톡톡 빗소리가 나의 귀를 간지럽힌다.

노란 우산을 쓰고 흥얼거리며 학교에 가는 아이의 뒷모습을 보니 나도 모르게 미소가 지어졌다.

오늘은 신문사에서 취재를 하러 오기로 약속한 날이어서 외출 준비를 하였다.

이번에는 특별히 내가 이 시간대로 오고 처음으로 가본 카페에서 만나기로 했다.

그날은 급하게 뛰어가느라 주변을 살필 여유가 없었는데, 약속시간보다 30분 일찍 도착해서 이제는 둘러볼 여유가 생겼다.

그때에는 비가 많이 와서 못 봤지만, 내가 그때 보았을 때와는 건물의 분위기가 상당히 달랐다.

검붉은색의 벽돌로 지어졌고, 옥상에는 테라스 석도 있는 꽤 큰 건물의 카페였다.

나는 익숙한 듯이 카페 입구의 문을 잡아서 조심스럽게 열었다.

그러자 문에 달린 종이 맑고 경쾌한 소리를 내며 "딸랑" 소리를 내었다.

"안녕하세요."

사장님은 나를 알아보신 듯 얕은 미소를 띠며 나에게 답해 주셨다.

"어, 그때 봤던 분이시군요."

"잘 적응도 하셨고, 또 목표도 잘 이루고 있는 것 같네요."

"네, 덕분에요. 이후에 도움도 많이 된 것 같아요."

"하하, 오늘은 웬일로 여기까지 오셨나요?"

사장님은 여전히 인자하신 인상이다.

"환경 관련해서 인터뷰가 잡혀서요."

"아하, 알겠습니다. 힘내세요!"

"감사합니다, 아 참. 카페라떼 두 잔 주세요."

"감사합니다!"

나는 이야기가 끝나자마자 구석진 2인 테이블에 가서 앉았다.

흰색 와이셔츠에 파란색 넥타이를 매고 검은색 정장을 입은 한 남자가 내 앞에 앉았다.

"안녕하세요, 개인적으로 취재해 보고 싶어 먼저 연락을 드렸습니다."

"요즘 바쁘시다는 소식을 들었어요. 취재 요청에 흔쾌히 응해 주셔서 감사합니다."

"네, 저야말로 감사합니다."

나는 그 사람의 말이 끝나기도 전에 미리 주문한 라떼 두 잔 중 한 잔을 기자에게 주었다.

"뭐 이런 걸 다 사 주세요, 잘 마시겠습니다."

수 초 동안의 시간이 흐르고,

"저는 XX일보의 이한서 기자입니다."

기자가 노트북을 꺼내서 타자를 치기 시작했다.

"혹시 미래에 대한 정보를 얻기 위해 어떤 방식으로 연구를 진행하시는지 알려주실 수 있나요?"

"수많은 학술 자료와 독자적인 연구를 바탕으로 표출합니다."

그럴듯하게 꾸며 대었다.

"어떤 학술 자료인지도 간단하게 설명해 주실 수 있나요?"

"알려드리기 곤란합니다."

나는 약점을 찔렀다는 듯이 뜨끔하면서 말했다. 내가 공부한 논문과 학술자료는 이 시점에는 존재하지 않을 테니깐 말이다.

"음, 알겠습니다."

기자는 약간 이상하다며 고개를 갸우뚱하고 다음 질문을 읊었다.

"미래에 이 나라, 대한민국은 환경적인 측면에서 어떤 시련을 맞이할 것이라고 생각하십니까?"

기자의 손이 키보드 위에서 날아다녔다.

"알려진 바와 같이 미래가 밝지 않습니다. 확실히 미래에는 기술이 발전할 것이지만 그에 따른 사회적 환경적 책임이 뒤따를 것입니다. 예를 들면 초미세공정의 반도체가 엄청난 속도로 생산이 될 수 있는 기술이 도입이 되었을 때 이를 가동시키기 위해 더욱 많은 전기 에너지가 사용되고 더욱 많은 이산화탄소가 배출되겠죠."

"오, 알겠습니다. 다음 질문인데, 혹시 개인 정보에 대해 그렇게 민감하게 대하는 이유가 무엇인가요?"

개인정보에 대해 잘못 말하게 된다면 나의 입장이 더욱 난처해질 수 있기 때문에 개인정보에 대한 답변은 일절 하지 않고 있다.

"제가 개인정보에 민감해서요, 미래에 대해 연구하는 사람이다 보니 제 의견에 반하는 사람들이 있다 보니 제 자신을 위해서라도 그렇게 하고 있습니다."

"좋습니다."

이후 몇 가지 질문이 더 날아왔고, 나는 그것에 맞는 대답을 꾸며서 만들어냈다.

"오늘 인터뷰 감사했습니다. 나중에 또 한 번 연락드릴게요."

그렇게 나는 그 기자를 배웅하고 시하의 집으로 돌아왔다.

"엄마! 우리 다음 주에 놀러가는 거예요?"

"그래그래."

"저, 어디로 여행을?"

나는 약간 초조한 표정으로 어머니께 말했다.

"아, 참, 미즈키님도 같이 가시죠."

"어? 그래도 되는 거예요?"

"네네, 시하도 미즈키 씨를 아빠처럼 생각해서 좋아하는 것 같아요."
"아, 알겠습니다."

2023년 8월 23일. 날씨 구름
오늘은 내가 얹혀살게 된 집의 가족들과 조금 특별한 외출을 한다.
가족들끼리 먼저 멀리 여행을 떠나려고 하는 것 같았는데, 내가 집에서
지내게 되는 바람에 나를 데리고 외출을 하려고 하는 것 같았다.
정확히 내가 미래에서 왔다는 사실은 밝히지 못하지만, 이 김에 과거의
도시 상황을 확인할 수 있어서 좋은 기회가 될 것 같았다.
요즘 갑자기 바빠진 일상 덕에 루비와 함께하지 못하는 경우가 많았는
데, 이제 비에 젖어 아프던 루비도 많이 회복해서 함께 외출하기로 했다.
"삼촌! 삼촌은 진짜 미래에서 왔어요?"
"미래에는 자동차가 하늘에서 날아다녀요?"
아이는 희망에 가득 찬 미래를 상상하고 있다.
내가 겪어왔던 사실과는 다른 이야기이지만, 아이의 미래에 대한 희망적
인 이미지를 위해 말하지 않기로 했다.
"응, 아마 그럴 것 같아."
오늘은 아이가 금색 빛의 펜던트가 달린 목걸이를 걸고 있었다.
금색 테두리에 가운데에 별 모양이 있었다.
"시하야, 목걸이 진짜 예쁘다! 어머니가 사 주셨어?"
"아, 이건 말이죠, 귀 대봐요!"
"엄마가 주신 거예요! 집안 대대로 물려주는 거래요."
아이가 내 귀에 대고 작게 말해 주었다.
우리는 이제 버스를 타고 항구도시로 여행을 떠났다.

● 라피스의 시점
2080년 11월 27일. 날씨 맑음
"기후위기대책위는 매년 기하급수적으로 짧아지는 겨울을 우려하여 대책
을 마련하는 회의를 했습니다."

"기후회복당이 오늘 정오에 성명을 발표했는데요. 주된 내용은 유의미한 대책도 없는 종잇조각 위원회로 전락하여……."

오늘도 늘 그렇듯 환경 이슈와 정치 이슈가 뉴스 헤드라인을 장식한다.

"라피스 씨, 이메일로 회의 자료 보내드렸으니 확인해 주세요."

"확인해 보겠습니다!!"

나는 라피스, 우리나라에서 가장 잘 나가는 전기통신사업체인 Levelcom 사의 매니저이다.

사실 다른 매니저 분들에 비해 가장 막내이지만, 모종의 이유로 인해서 빠르게 매니저 자리에 오를 수 있었다.

나는 일본 고객사와의 소통을 위해 일본어를 배우는 중이었다.

朏 – mikazuki – 초승달

"이게 뭐였지. 하."

머리를 긁적였다.

오늘은 고양이가 오지 않는다. 원래 고양이들이 자주 들어왔었는데.

오늘따라 무언가 하나를 까먹은 듯한 기분이 든다.

○ 미즈키의 시점

2023년 8월 24일. 날씨 구름

우리는 버스를 타고 항구 도시로 떠났다. 우리가 지내는 곳도 도시긴 하지만, 좀 더 큰 대도시로 여행을 간다고 하니, 조금 떨렸다.

물론 나는 더 발달된 시대에서 살고 왔지만, 과거에서는 대도시가 처음이니 말이다.

버스 안은 내가 살던 시대와 비슷하게 만석이었고, 사람들의 목소리로 북적였다.

항구 도시는 무역의 중심 도시이자, 수송 산업이 가장 발달된 곳이다.

창가에서 드넓은 푸른 지평선이 보인다. 푸른 지평선을 보니 내가 좋아하고 아끼던 후배인 라피스 씨가 생각이 난다.

순간 아이의 어머니의 휴대전화에서 알람이 울렸다. ─ 3시 30분이다.

"아, 하하. 우리 애 학원 보내야 하는 시간인데, 알람이 켜져 있었는지 몰랐네요."

"저. 미즈키 씨?"

그 순간 갑작스럽게 시야가 회색조로 깜빡이더니 이내 정신이 혼미해지기 시작했다.

"어! 미즈키 씨, 정신 차려요! 왜 그러는 거……."

나는 꿈인지는 모르겠지만, 지금까지 겪어보지 못한 완벽한 어둠과 만나서 사라지는 듯한 느낌이 들었다. 아이의 어머니가 정신을 잃어가는 나를 보고 소리치는 장면부터 기억이 나지 않는다.

2081년 1월 10일. 날씨 쾌청

수 년 만에 처음으로 눈을 뜬 듯 세상이 너무 밝아서 정신을 차릴 수 없었다.

정신도 몽롱하여 머리를 제대로 들 수 없었으며, 몸에 힘이 들어가지 않았다.

눈을 뜬 당시의 기억은 온갖 기계 장치가 내 몸에 연결이 되어 있었고, 그 방의 모든 공간에서는 요란한 기계음과 바람 소리가 들려 정신이 하나도 없었다.

나는 무슨 일인지 전혀 모르겠어서 유리로 된 벽의 밖을 멀뚱멀뚱 쳐다봤다.

그때 간호사가 깨어난 나를 보고선 놀란 마음을 감추려는 듯 황급히 옆으로 사라지는 것처럼 보였다.

그 간호사는 이후에 금빛 펜던트를 목에 끼고 있던 한 사람을 내 앞으로 데려왔다.

그 사람은 나를 보자 울음을 터뜨렸다. 그녀는 내가 가장 사랑하는 사람이다.

그녀는 내 삶의 원동력이 되었다 ─ 아니 될 것이다.

그 사람은 나의 후배이자 연하의 친구, 라피스 씨이다.

"선배님, 제가."

나는 그녀를 보고 왜 우냐는 표정으로 미소를 지어 보냈다. 그녀는 더욱 큰 소리로 울었다.

나는 당황스러운 얼굴로 그녀의 어깨를 두드려 주려고 했다.

흰색 가운을 입은 한 남자가 자신의 머리를 긁으며 나를 바라보고 말했다.

"환자분, 성함 말씀해 보세요."

"미즈키요, 아니, 한다솔이요."

나는 손을 부르르 떨며 말했다.

"다행입니다. 이제 일반 병실로 이동해서 경과를 지켜볼 수 있겠어요."

흰색 가운을 입은 남자가 커튼을 열고 들어와 나에게 던진 말이다.

자유의 몸이 된 이후 내가 가장 먼저 해보고 싶은 일은 과연 나의 노력이 헛수고로 돌아왔는지 확인하는 것이다.

며칠 뒤 창문을 열어보았다.

"상쾌하다."

이전의 현재와는 다르게 하늘이 칙칙한 색깔이 아니다.

건물 옆의 공장 단지는 사라졌고, 매연을 뿜는 자동차들도 사라졌다.

"라피스 씨, 오늘따라 하늘이 정말 맑은 것 같아요."

"항상 맑았죠. 그런데 오늘은 더 맑은 것 같아요."

나는 그녀를 향해 살짝 웃었다.

라피스 씨, 아니 민지도 기뻐하는 것 같다.

더 이상의 기업의 부정부패도 없다.

내 인생의 프리퀄 타임라인은 성공적이다.

2081년 어느 날 – 외전

〈LEVELCOM 사내 메신저〉

"지금 우리 회사에 구급차가 도착했는데 잘 모르겠지만, 서버 관리실에서 감전 사고가 발생한 것 같아요. 누구인지는 정확하게 모르겠지만 소식에 따르면 30대 남자 네트워크 엔지니어라고 합니다. 이미 의식은 잃었고, 고압 전류에 감전된 상태이기 때문에 살 가능성은 희박하다고 하는데 우리 회사에 안 좋은 이미지만 남을 것 같기도 하고, 퇴사를 고민해 보아야 할까요? 흠, 주식 전부 다 매도해요??"

"LogicalDigital사에서 우리 회사에게 내용증명을 보냈다고 해요. 기밀 자료를 도난당한 당시 건물에서 우리 회사 이름이 각인된 포스트잇이 나왔다고 했는데, 아시는 내용이 있나요?"

에필로그

　이 소설 「프리퀄 타임라인(Prequel Timeline)」은 우리가 어릴 때 한 번 쯤 생각해 본 시간 이동에 대한 이야기를 다룹니다. 저는 독자 분들이 글을 읽을 때 조금 헷갈리는 부분이 있을 수 있을 것이라고 생각합니다. 저는 만약 여러분이 이 소설의 이야기를 완전히 이해하고자 한다면 책을 두 번 이상 읽어 보기를 권합니다.

　후술부터는 스포일러가 있으니 이야기를 모두 읽고 이해한 후 편집 후기를 봐주세요.

　제가 지은 첫 소설인 "프리퀄 타임라인" 페이지로 책을 넘겼을 때 저는 독자 분들께서 두 가지의 생각으로 제 소설을 생각하셨을 것이라고 생각합니다.

　첫 번째, 제목이 왜 '프리퀄 타임라인'지에 대해 설명을 드리겠습니다. 프리퀄이란 기존 작품보다 시간적으로 더 이전 시점의 사건을 다루는 작품을 일컫습니다. 제 소설을 다 읽었다는 전제하에 설명을 드리자면, 이 이야기는 미즈키의 타임라인에서 일종의 사고로 인해 다른 시간대의 타임라인이 중간에 삽입되어 버려 발생해 버린 시간대의 얽힘과, 그 사이의 시간의 얽힘을 이용해 과거로 이동하여 미래를 바꿔서 파괴되어 버린 미래 환경 파괴를 막는 것입니다. 시간대의 흐름에 따라 내용이 이어지다 보니 다음 번에 글을 읽을 때 글에 나오는 날짜를 주의 깊게 살펴보기를 권합니다.

　두 번째는 분량이 다른 친구들이 작성한 내용보다 배로 긴데, 이유가 있는가에 대한 것입니다. 저는 개인적으로 짧고, 쉽게 읽히지 않는 글을 싫어합니다. 오히려 길고, 내용이 어렵지만, 쉽고 가볍게 읽히는 글을 좋아합니다. 또한 무겁고 중대한 일에 대한 의견을 말하는 공식적인 글도 선호하지 않습니다. 이러한 제 취향 때문에 글을 작성하는 데 어려움이 많았습니다. 글을 쓸 때 함께 글을 쓰는 친구들이 앞에서 노래를 부르고 방해를 한 적이 있습니다. 그러나 고민이 있을 때 친구들이 와서 제게 해준 이야기가 많은 도움이 된 것 같습니다.

　마지막으로 설정상으로는 미즈키 씨가 2023년에서 생활하는 동안에는 미래에는 미즈키 씨가 존재하지 않게 됩니다. 또 미즈키가 매우 아끼던 길고양이는 감전으로 인해 그 자리에서 다시 깨어나지 못했습니다. 개인적으로 고양이를 좋아하는데, 전개상 보낼 수밖에 없어서 매우 아쉬웠습니다.

리사이클

페티의 하루

2학년 정승윤

오늘도 바쁜 하루였다. 쉴 새 없이 왔다 갔다 하는 사람들, 알록달록한 포장지를 입고 그들에게 자신을 어필하는 물건들, 바코드 찍는 소리, 문에 걸린 종이 딸랑거리는 소리가 가득했다.

시계는 새벽 1시를 가리키고 B마트 안에는 아직 주인을 만나지 못한 물건들만 가득하다. 선반 가장 밑에 놓여 있는 뻥튀기 과자 벙두는 오늘도 투덜거리기 시작한다.

"나는 자리를 잘못 잡았어. 이렇게 선반 제일 밑에 있으니깐 사람들이 나를 쳐다보지도 않아."

B마트에서 가장 잘 팔리는 콜라 페티는 피식 웃으면서 말했다.

"하하. 오늘 내 선배들이 다 떠나서 내일부터는 내가 맨 앞줄에 서 있을 텐데. 마트 문 열자마자 팔려 가면 어떡하지?"

또 시작된 페티의 잘난 체에 다른 모든 물건들은 저마다 혀를 끌끌 차며 수군거린다. 심지어 어떤 면도기들은 화가 머리끝까지 차올라 면도날을 윙윙 돌렸다. 그렇지만 매일 밤마다 있는 일이기 때문에 웅성거림은 얼마가지 않았다.

페티에 대해 조금 더 소개하자면 페티는 세계에서 가장 큰 콜라 회사 '코가클라'에서 만든 콜라를 담고 있는 페트병이다. B마트에 들어온 지는 일주일이 조금 안 됐는데 그녀의 자존심은 아마 B마트에 있는 상품들 중에서 가장 높을 것이다. 냉장고 맨 뒷줄에서 자신의 선배들이 불이 나게 팔려나가는 모습을 계속해서 봐왔으니 그럴 만도 하다. 그래서 자신도 곧 팔려서 좋은 주인을 만날 것이라는 상상을 하며 주변에 인기 없는 상품들의 성질을 박박 긁어댔던 것이다.

페티의 잘난 체가 끝이 안 보이던 때에 유통기한이 하루도 남지 않은 삼각김밥 김씨는 페티에게 말을 걸기 시작했다.

"자네 혹시 마트 밖으로 나가본 적이 있는가?"

페티는 대답했다.

"당연히 없죠. 하지만 곧 나가게 될 거예요."

"마트 밖에 나가면 무얼 하고 싶나?"

"전 당연히 저와 잘 맞는 멋진 주인을 만나서 멋있는 하루하루를 보낼 거예요. 주인이랑 같이 선베드에 누워서 테닝도 할 거고 같이 영화도 보고 싶어요."

김씨는 껄껄 웃으며 말을 이었다.

"마트 밖 세상이 그렇게 아름답지만은 않더구나. 세상 사람들은 물건들 소중함을 모르고 길거리에는 깨진 유리병과 벗겨진 사탕 껍질들이 가득하단다. 뭐 너를 사랑해 주는 사람을 만난다면 그런 경험을 하지 않겠지만은 말이야. 그러니 너무 큰 기대를 가지지는 마렴."

페티는 자신의 기대와 상상에 찬 물을 끼얹은 김씨에게 대놓고 반감을 드러냈다.

"아니 마트 밖에 나가본 적도 없는 노인네가 뭘 그렇게 잘 안대요? 내 일 내가 알아서 할테니깐 신경 좀 꺼주시죠. 유통기한도 얼마 안 남아서 곧 폐기되실 분이 어디서 훈수예요?"

김씨는 허허 웃으며 자기 자리로 돌아갔다. 페티는 아직 분이 풀리지 않았는지 동이 틀 때까지 주변 물건들을 무시하며 자기 자랑을 해댔다.

B마트에 다시 아침이 찾아왔고 여느 때처럼 사람들이 물건을 사러 왔다 갔다하기 시작했다. 페티는 마음에 드는 사람이 없나 하면서 냉장고 밖을 두리번거린다.

오전 7시 20분쯤에 졸린 눈을 비비며 등교를 하는 것처럼 보이는 남자 고등학생이 냉장고 문을 열어 페티를 잡았다. 페티는 자신을 붙잡은 사람이 엄청난 부자가 아니라서 실망했지만 마트 밖으로 나갈 수 있다는 생각에 한껏 신이 나 있었다. 계산대로 가면서 페티는 진열대에 있는 다른 물건들에게 소리쳤다.

"나는 이제 마트 밖으로 나갈 거야! 너네는 나처럼 인기가 있지 않으니 저기 김노인처럼 유통기한이 다 지나서 쓰레기차 타고 나갈 것 같네. 하하하."

B마트 알바생이 페티의 몸에 바코드 리더기를 갖다 대고 남학생이 카드를 건네준다. 결제가 다 끝나고 페티는 남학생과 함께 B마트 문 밖으로 나갔다. 페티는 생전 처음 느껴보는 햇살과 바깥 공기에 잠시 정신이 아찔했지만 새로운 세상을 만나고 자신이 상상했던 삶을 살 생각에 쉽게 흥분을 가라앉힐 수 없었다.

남학생은 페티의 머리를 손으로 붙잡고 휙 돌렸다. 피식 하는 소리와 함께 페티의 열린 머리에서는 하얀 김이 새어나왔다. 페티는 조금 놀라긴 했지만 새로운 삶을 위해서는 어쩔 수 없는 것이라고 생각하며 놀란 가슴을 달랬다. 남학생이 입에 페티의 머리를 갖다 대고 콜라를 꿀꺽꿀꺽 마시고 만족한다는 듯이 숨을 내뱉었다. 페티는 그 남학생이 자신을 좋아해 주는 것 같아 기분이 좋았지만 자신이 상상하던 삶과는 달라서 살짝 당황했다. 남학생은 페티를 책가방 속에 아무렇게나 꽂아놓고 등교를 계속했다.

답답했던 냉장고 밖을 떠난 지 3분도 채 되지 않아 다시 어두컴컴한 책가방 속에 갇힌 페티는 점점 더 불안해졌다. 냉장고에 비해 어둡고 뜨거운 책가방 속에서 생전 처음 보는 수학 기출문제집과 살을 맞대고 있는 불편함과 이렇게 영영 자신이 상상하던 삶을 살 수 없을 것 같다는 두려움 때문이었다.

그렇게 한 시간이 흘렀을까? 페티는 자신의 몸이 점점 따뜻해져 더이상 톡 쏘는 탄산이 남아 있지 않음을 느꼈다. 살면서 처음 경험하는 불쾌함에 페티는 몹시 당황했다. 마트 밖으로 나온 것을 후회하기도 했다.

갑자기 가방 지퍼가 열리면서 남학생의 손이 불쑥 들어왔다. 페티의 몸을 꽉 붙잡고는 1교시가 체육 시간이었는지 페티의 머리에 거친 숨을 후후 내쉬고 있었다. 그는 페티의 머리와 몸을 반대 방향으로 돌려 콜라를 한 모금 마셨다.

"아, 뭐야! 탄산이 다 사라졌네. 이거 그냥 설탕물이잖아!"

남학생은 신경질을 내며 페티를 창 밖으로 던져버렸다. 페티는 그대로 3층 높이에서 떨어졌고 공중에서 5바퀴 정도 돈 후에 바닥에 철퍼덕 떨어졌다. 뚜껑도 제대로 닫히지 않은 채 바닥에 달라붙은 페티의 머리로는 마시다 남은 콜라가 새어 나오고 있었다. 페티는 그대로 하늘을 올려다보았다. 아까 떨어지면서 돌멩이와 부딪힌 옆구리를 부여잡으면서 흐느껴 울기 시작했다.

"이건 꿈일 거야. 내가 이런 푸대접을 받으며 살 수는 없어!"

페티 주위에는 자신 말고도 주인에게 버려진 사탕 껍질, 깨진 유리병들이 널브러져 있었다. 페티는 마트를 떠나기 전, 김씨가 했던 말이 생각났다. 단순히 저주인 줄로만 알았던 김씨의 말이 페티에게 현실이 된 것이다.

"난 이제 무엇을 하면서 살아야 하지? 난 더 이상 할 수 있는 게 아무것도 없어. 내 몸에는 시원한 콜라도 남아 있지 않고 흙먼지만 가득한 나를 누가 사랑해 줄 수 있을까? 차라리 빨리 쓰레기차를 타고 재활용돼서 새로운 삶을 살았으면 좋겠어."

페티 주변은 어느새 콜라와 눈물로 흥건해져 있었다. 페티는 조용히 눈을 감고 그저 바람 소리에 귀를 기울이고 있었다.

이미 모든 걸 포기한 페티는 정신이 흐릿해질 때쯤 아기의 웃음소리를 들었다. 냉장고 속에 있을 때 몇 번 들어봤던 아기의 웃음소리와 비슷했다. 고개를 살짝 들어 살펴보니 4살 정도 되어 보이는 아기가 아장아장 걸으며 페티에게 오고 있었다. 그러다가 페티 앞에 멈춰 서서 3초 정도 페티를 바라보더니 페티를 번쩍 들어올렸다. 그 아기는 흙투성이었던 페티를 툭툭 털고 자신의 바지 주머니에 푹 찔러 넣었다. 그러고는 엄마 아빠의 손을 잡고 집으로 걸어갔다.

페티는 아기의 바지 주머니라 살짝 비좁긴 했지만 마음은 한결 따뜻해졌다. 그 아기에게서 뭐라고 형용할 수 없는 따스함을 느꼈기 때문이다. 주머니에 꽂혀서 바라본 저녁 노을은 페티에게 오랫동안 기억될 것만 같았다.

시간이 지나고 아기와 그 가족들은 집에 도착했다. 그 아기는 집에 도착하자마자 손 씻는 거도 까먹은 채 페티를 화장실로 데려가 구석구석 씻겨주었다. 페티 샤워를 끝낸 후에는 그 아기는 키친 타월로 페티를 닦아주었다. 그러고는 곧장 베란다로 가서 페티에게 흙을 담기 시작했다. 페티가 떨어졌던 딱딱한 운동장 흙이 아니었다. 살면서 처음 느껴보는 아주 고운 흙이었다. 아기는 페티의 몸을 흙으로 채우고는 민들레 하나를 심었다. 민들레를 품은 페티를 창 앞에 두고 잘 자라는 인사를 하고 아기는 떠났다.

페티는 아기에게 "고마워."라고 말하는 것조차 까먹었다. 몇 시간 전까지만 해도 삶의 가치를 잃고 우울감이 밑바닥을 기고 있었지만 지금은 아니다. 페티는 자신도 재활용이 되어서 생명을 품을 수 있는 멋있는 일을 할 수 있다는 사실을 깨달은 것이다. 아직 페티가 상상해 왔던 삶과는 거리가 멀지만 페티는 지금의 모습에도 뜨거운 심장 박동을 느낀다. 아팠던 옆구리는 더 이상 아프지가 않았다.

에필로그

　중학생 때까지만 해도 책 읽을 시간이 참 많았던 것 같은데, 고등학생이 된 지금은 문제집과 교과서 말고는 책을 펼 시간조차 없다. 사실 문학이 우리를 더 사람답게 만들어주고 사랑으로 채워주는 것이라고 생각하는 나이기에 그런 점들이 항상 아쉬웠었다. 그래도 운이 좋게도 우리 학교에 '그린비'라는 책쓰기 동아리가 있었고 이를 통해 문학을 직접 창작하고 향유해 보는 값진 경험은 매년 할 수 있었다.

　작년에는 미래의 우리 모습을 상상해서 글을 써 보았는데 올해는 환경에 관한 주제로 글을 써 보았다. 고백하건대 평소에 환경에 대한 큰 관심을 가지지 않았기에 글을 쓸 때 막막한 부분이 많았었다. 그렇지만 담임 선생님께서 좋은 글감을 주셔서 글을 잘 마무리할 수 있었다. 선생님께서 이걸 읽고 계실지는 모르겠지만 감사의 인사를 전하고 싶다.

　내가 쓴 글은 '페티'라는 콜라 페트병의 하루를 담은 이야기이다. 내용물이 가득 차 있을 때에는 모두에게 사랑받고 모두가 애용하지만 빈 껍데기가 되자 아무 데나 버려지는 우리 주변의 모든 물건들을 인간의 시선이 아니라 물건들의 시선으로 글을 썼다. 이 글을 읽는 독자들은 주변에 버려지는 물건들을 다른 방법으로 재사용할 수는 없을지 고민해 보았으면 한다.

　작년에도 그렇고 올해도 책쓰기를 통해서 학업에 지친 나에게 잠깐의 휴식을 줄 수 있었던 것 같아서 행복했다. 기회가 된다면 다음번에도 책쓰기 프로젝트에 또 참여하고 싶다. 그때는 아직 책쓰기를 해본 적 없는 다른 친구들도 많이많이 참여했으면 좋겠다.

3부

그린비,
잊힌 것들을 그리다

별

마지막 그림

2학년 김지민

슬슬 날씨가 시원해지기 시작하는 9월의 어느 날 나는 눈을 뜨며 하루를 시작한다. 밝은 햇빛이 나의 얼굴 위로 쏟아져 내리는 위치에 있는 침대에서 일어나며 작게 불평을 늘어놓았다.

"진짜 내가 커튼을 사서 달든 침대를 옮기든지 해야지."

하지만 나는 매일 저런 말을 하면서도 내일도 바뀌는 것 하나 없이 똑같은 하루를 보낼 것이라는 것을 알고 있었다. 나의 매일 하루 일과는 언제나 정해져 있다. 아침에 햇빛이 비치는 침대에서 일어나서 아침으로 반숙인 계란을 토스트 위에 얹어서 우유와 먹고 회사로 가서 할 일들을 끝마치고 집으로 와서 저녁을 먹고 책상 앞에 앉는다.

"후……. 내일도 큰 일 없이 지나가면 좋겠는데."

그리고 눈을 감는다. 나에게는 남들에게는 없는 특별한 능력이 있다. 그 능력이란 바로 미래를 보는 것. 그렇다고 확정적으로 일어나는 일이 아닌 앞으로 일어날 가능성이 있는 일들을 볼 수 있다. 그렇게 평소처럼 눈을 감고 집중한다. 그러다 뭔가 이질감이 들면 눈을 뜬다. 아까 내가 있던 방과는 다른 공간, 이곳에서 나는 내일 무슨 일이 일어날지 본다. 수많은 가능성을 보다 보면 몇 시간은 훌쩍 지나갈 것 같지만 실제로는 5초 정도의 시간이다. 내일도 딱히 큰일은 일어나지 않고 평소와 같은 일상을 보내게 될 것이다. 그리고 난 후 눈을 뜬다. 이제 잘 준비를 하고 침실로 간다. 그러다 문득 한 가지 호기심이 생겼다.

'중간 과정을 보지 않고 특정시점의 미래만 보게 된다면 어떻게 되지?'

애초에 학생시절을 제외하고 먼 미래를 본 적이 없지만 이런 건 시도조차 해보지 않았다. 일단 안 될 수도 있으니 한 세 달 정도 뒤의 미래를 보기로 결정했다. 눈을 감고 집중한다. 잠시 후 이질감이 든다. 성공했나 보다. 그렇게 나는 천천히 눈을 뜬다. 평소에 미래를 볼 때마다 오던 곳이다. 하지만 뭔가 이상하고 평소라면 여러 가지 미래가 어지러울 정도로 수많은 영상들이 이곳을 채우고 있어야 하지만 보이는 건 고작 A4용지 크기의 종이 하나뿐. 뭐지 이러면 안 되는데? 뭔가 오류라도 난 건가? 애초에 오류라는 게 존재하나? 나는 놀란 마음을 품은 채 종이 위에 적힌 내용을 천천히 읽어 보았다. 내용은 매우 충격적이었다.

12월 4일

오전 2시 기상.

오전 2시 10외출.

오후 2시 14분 3초 승용차에 치여 사망.

나는 서둘러 눈을 떴다. 이게…….이게 말이 되나? 내가 죽는다는 가능성이 이번이 처음은 아니지만 여태껏 한 가지 미래만 나온 적은 없다. 내 능력은 미래에 일어날 수 있는 모든 미래들을 보는 것. 그런데 단 한 가지의 확정적인 미래가 나왔다? 이건 말도 안 돼. 내가 정확히 세 달 뒤에 죽는다고? 아니야. 어쩌면 내가 이 미래를 보게 되어서 미래가 바뀌어 있을 수도 있어. 여태껏 그런 적은 많다. 미래를 보고 난 후에 어떤 미래로 갈지 방향성을 잡은 후에 다시 미래를 보면 대부분 미래는 내가 과정 중에 실수를 저지른다는 가능성으로 생긴 미래를 제외하고는 내가 가고자 한 미래만이 남아 있었다. 복잡한 생각 속에서 새벽 4시에 겨우 쓰러지듯 잠들었다. 7시 알람 소리에 놀라듯 잠을 깼다. 일단 평소대로 부엌으로 가서 아침을 먹은 다음 접시와 컵을 싱크대에 놔두고 양치와 세수를 하고 옷을 갈아입고 문을 나선다. 차를 타고 회사에 도착해서 내 자리를 찾아가서 앉았다.

"후……."

일단 출근은 했지만 솔직히 지금은 일이 손에 잡히지 않는다. 그렇게 회사에서는 일도 제대로 못하고 집으로 돌아왔다. 적막한 집으로 돌아오니 왠지 더욱 암울한 느낌이 집 안을 가득 채운 듯한 것 같아서 무슨 소리라도 나는 게 좋겠다 싶어서 TV를 틀었다. TV에서는 마침 뉴스를 하고 있었고 내용은 건강검진과 관련된 사건이었다. 뉴스를 보니 얼마 전에 건감검진을 하라는 우편이 왔었다는 게 기억났다.

'그래. 어쩌면 내 죽음이 건강과 관련이 있을 수도 있어. 갑자기 도로 방향으로 쓰러진다던가.'

그렇게 나는 이틀 후로 예약을 하고 책상 앞에 앉아서 다시 눈을 감았다. 다시 미래를 따라가 보기로 했다. 그래. 내가 죽는 미래까지 가는 과정을 알게 된다면 미래를 바꿀 수 있을지도 오른다.

"그럼 내일 일어날 일은……?"

이상하다. 이번에도 보이는 것은 어제 보았던 것과 같은 종이 한 장이었다. 가까이 가서 무엇이 적혀 있는지 확인해 보았다.

12월 4일

오전 2시 기상.

오전 2시 10분 외출.

오후 2시 14분 3초 승용차에 치여 사망.

내가 확인해 보려던 것은 내일 일어날 일들이었지만 그 종이에 적혀 있던 것은 어제 보았던 절망적인 미래뿐이었다. 이제는 더 이상 미래를 볼 수 없어진 것 같았다. 이젠 그나마 방법도 없어졌다. 그렇다면 이제 내가 죽는 걸. 손 놓고 기다릴 수밖에 없는 건가…….

눈물이 흘렀다. 너무나 두려웠다. 벌써 죽고 싶지 않다. 죽음은 왜 항상 나에게서 모든 것을 빼앗아가 버리는 걸까. 내가 이제 막 고등학교에 진학했을 때 부모님이 차 사고로 돌아가셨다. 세상에 혼자 남은 듯 느껴졌고 실제로도 딱 한 사람 말고는 아무도 없었다. 그때 느낀 공포가 또다시 나의 목을 옥죄어 오는 듯했다. 지금 나에게는 그때처럼 단 한 명이라도 누군가가 필요했다. 그때 책상 위에 정리해 둔 책 중에서 하나가 눈에 띄었다. 부모님이 돌아가시고부터 쓰기 시작했던 내 일기다. 내가 왜 이걸 썼는지 기억도 나지 않는다. 아무 생각 없이 자연스럽게 일기를 펼쳤다.

4월 3일

이제부터는 이 세상을 혼자 살아가게 되었다. 이제 앞으로 어떻게 해야 될까? 미래를 보는 능력이 있다고 해도 내가 혼자서 잘 해낼 수 있을까? 내가 해내지 못할 것 같아 무섭다.

4월 4일

주변 사람들이 나를 보는 눈빛이 달라진 것만 같다. 그나마 나에게 다가 오는 사람들이 몇 명이 있지만 내가 불쌍해서 다가오는 느낌이다.

……

그래 부모님이 돌아가시고 한동안은 계속 모든 것을 부정적으로 생각하 기만 했다. 그런 내가 달라지기 시작한 건 윤재민 덕분이었다.

5월 18일

웬만한 사람들은 이제 더 이상 아무도 내게 다가오지 않게 되었다. 딱 한 사람 윤재민만 빼고. 도대체 왜 자꾸 내 주변에서 맴도는 걸까?

……

6월 10일

오늘은 윤재민에게 화를 냈다. 제발 나 좀 혼자 두라고 그렇게 말했는데 돌아오는 대답은 혼자 두면 안 될 것 같다는 거였다. 그러면서 힘들면 자기 한테 말하란다. 도대체 왜 저러는 걸까.

……

8월 1일

방학 중에도 계속 찾아와서 나를 귀찮게 한다. 대체 왜 저럴까?

8월 2일

오늘은 웬일로 찾아오지 않는다. 오다가 갑자기 안 오니 조금 걱정된다. 미운 정이라도 든 건가?

……

9월 25일

재민이랑 이런저런 이야기를 하게 되었다. 이제는 별로 괴롭거나 하지는 않는다. 아마도 얘 덕분이겠지.

이후로는 더 이상 아무것도 적혀 있지 않았다. 재민이는 언제나 밝고 그 림 그리기를 좋아하던 친구였다. 생각해 보면 고등학교 때 재민이가 없었 다면 아마 나는 진작 삶을 포기했을 것 같다. 하지만 이것도 나의 불안을 없애주지는 못했다.

'결국 아무 방법도 찾지 못 했다. 이제는 포기해야 하나? 아니 이대로 죽을 수는 없다. 어떻게든 방법을 찾아야 한다.'

이런 생각을 하면서도 마음속에서는 결국 죽게 되면 어쩌나? 하는 불안감이 피어올랐다. 생각해 보니 재민이랑 연락을 안 한 지도 꽤 된 듯했다. 대학을 졸업한 이후로 회사에 취업하고 일만 한다고 그나마 있는 친구에게도 연락조차 못 했다니 어차피 남은 세 달 동안에 살아남을 방법을 찾지 못한다면 죽게 될 테니 마지막으로 한 번쯤 만나는 것도 괜찮을 듯했다.

다음날, 이런 상태로는 어차피 일을 할 수 없을 것 같아서 오늘은 회사를 하루 쉬고 건강검진을 받으러 가기로 했다. 아침은 그냥 평소처럼 계란에 토스트로 대충 먹고 쉬고 있었다. 2시에 집을 나서서 차를 타고 나섰다. 병원에 도착해서 들어가자 바로 건강검진을 받을 수 있었다. 건강검진이 끝나고 나오고 있는데 벽에 포스터 한 장이 눈에 띄었다. 포스터는 우울증에 대한 내용이었고 이 병원에서 상담 치료도 해준다는 내용이었다. 어쩌면 상담이 나에게 도움이 될지도 모른다는 생각이 들었고 나는 2층에서 상담을 받을 수 있었다.

'생각해 보니 지금 나한테 도움이 되려면 내 능력도 말해야 되는 거 아닌가?'

상담실에 들어가기 전 갑자기 이런 생각이 들었고 내 능력을 말하는 상황을 상상해 보았지만 좋은 생각은 아닌 것 같았고 상담은 나에게 큰 도움이 되지 못한 채 끝났다.

"저……. 한 가지만 물어봐도 될까요?"

문을 나서기 전에 이것을 꼭 물어봐야 할 것 같았다.

"네. 제가 대답해 드릴 수 있는 거라면요."

상담사가 대답했다.

"만약 얼마 안 있어서 죽게 된다면 뭘 하고 싶으세요?"

"음……. 저는 가장 사랑하는 사람과 캠핑을 가거나 미술관 같은 곳을 가고 싶어요. 지금까지 시간이 없어서 여유가 없어서 같은 핑계로 하지 못한 것을 하고 싶어요."

"그렇군요. 감사합니다."

그렇게 문을 열고 나와서 차로 돌아왔고 휴대폰을 켜서 재민이에게 전화를 걸었다.

"여보세요? 지금 뭐해?"

"나야 집에서 놀고 있지."

"너는 직장 안 구해? 언제까지 그러고 있을래?"

"웬일로 전화했나 했더니 잔소리하려고 전화한 거야?"

"아니, 이번 주 주말에 시간 남는지 물어보려고 전화했지."

"나야 시간은 차고 넘치지. 왜?"

"아니, 그냥 오랜만에 니 생각이 나서. 오랜만에 같이 시간 좀 보내자고, 만나서 이야기도 좀 하고. 넌 뭐 하고 싶은 거 있냐?"

"음……. 아! 이번에 괜찮은 전시회 하나가 근처에 있는 미술관에서 하는데 같이 갈래!"

"미술관? 뭐 그래. 좋아."

"근데 너는 요새 잘 지내고 있냐?"

갑작스러운 재민이의 질문에 놀랐지만 최대한 나는 자연스럽게 넘기려고 노력했다.

"나야 잘 지내고 있지. 뭐 딱히 큰일도 없고."

"흠……. 아닌 거 같은데."

"진짜 별일 없어."

"흠……. 말투가 뭔가를 숨기는 말툰데."

'아니 무슨 저런 걸로 알아차려.'

별것도 아닌 것에서 나의 속마음을 알아차린 재민이에게 어떻게 반응해야 될지 고민하고 있는 동안 재민이 다시 말을 시작했다.

"아닌가? 진짜 뭔 일 있는 거 아니지?"

"진짜 별일 없다니까."

'휴…… 다행히 별로 확신이 없는 모양이네.'

"그럼, 다행이고. 그럼 토요일에 보자."

"어, 그때 보자."

그렇게 토요일에 약속을 잡고 나는 차를 몰아서 집으로 왔다. 이제 앞으로 뭘 하면서 지내야 할지를 정해야 한다. 적어도 앞으로 세 달은 일을 안 해도 괜찮을 것 같다. 그렇다면 굳이 힘들게 직장을 다닐 필요도 없다. 그럼 일단 이번 주까지만 다니다 관둬야겠다.

그렇게 며칠이 지나 재민이와 만나기로 약속했던 약속 장소로 이동했다. 약속 장소 근처에 도착하니 멀뚱멀뚱 서 있는 재민이가 눈에 들어왔다. 재민이 근처로 다가가니 내 차를 발견한 재민이가 내 쪽으로 와서 차문을 열었다.

"이야~ 진짜 오랜만이다."

"그러게. 내가 취직하고 나서 처음인가?"

"우리 서로 일하느라 시간이 안 맞아서 계속 못 만났었잖아."

오랜만에 만난 재민이는 내가 기억하던 외모와 성격 그대로였고, 우리는 고등학교 시절 얘기를 하면서 미술관으로 출발했다. 하지만 내 마음 속에 있는 불안감과 공포는 그대로 남아 있었고, 재민이가 눈치채지 않도록 최대한 노력했다.

"그래서 오늘 어떤 사람의 작품을 전시한다고?"

"로킬드라는 영국계 독일인 화가랑 사보렌이라는 프랑스인 화가의 작품을 같이 전시한다고 하더라고. 두 분 다 내가 정말 좋아하는 화가들인데 얼마 전에 두 분 다 간암으로 돌아가셨어. 그리고 두 분 다 죽기 직전까지 작품 활동을 하셨어."

나는 재민이의 말을 가만히 듣고 있었고, 왠지 그 두 화가들이 나와 비슷하다는 생각이 들었다.

"두 분의 작품 중에서 가장 인지도가 높은 그림 각각 10점씩 들어온다더라고."

재민이의 말이 끝나고 잠시 후 미술관에 도착했고 입구와는 약간 거리가 있는 곳에 주차를 하고 미술관으로 들어갔다. 입구 바로 오른쪽에 있는 방부터 전시가 시작되었고, 오른쪽과 왼쪽에 각각 5점의 그림들이 서로 마주보고 있었다.

"오른쪽에 있는 그림들이 로킬드의 작품들이고, 왼쪽에 있는 그림들이 사보렌의 작품들이야."

　재민이의 설명을 듣고 오른쪽에 있는 로킬드의 그림들을 보았다. 로킬드의 작품들은 대체로 밝은 푸른색을 사용해서 차분하고 아름다운 분위기를 풍겼고, 왼쪽에 있는 사보렌의 작품들은 대체로 약간 어두운 노란색을 사용해서 밝은 분위기지만 약간 어둡고 고난에 시달린 듯한 느낌을 주었다. 이렇게 로킬드와 사보렌의 그림들은 색상에서는 많은 차이가 났지만 그림의 주제에서는 많은 공통점들이 보였다.

　"여기 맨 처음으로 나오는 그림들이 두 화가들의 첫 번째 작품들이야."

　로킬드의 그림은 사람들이 있는 푸르른 낮 바다였고, 사보렌의 그림은 단 한 명의 사람도 없는 저녁인지 밤인지 알 수 없는 하늘에 무수히 많은 별들이 떠 있는 밤바다가 그려진 그림이었다. 왠지 사보렌의 바다를 보고 있으니 마치 나를 끌어당기는 듯한 느낌이 들었고, 나는 나도 모르게 한 손을 앞으로 뻗었다.

　"왠지 이 두 사람의 그림 비슷하지?"

　재민이가 갑자기 그림을 보고 있는 나에게 말을 걸어왔다.

　'다가오는 것도 모르고 이 그림을 넋 놓고 쳐다보고 있었네.'

　"그런데 실제로 두 사람은 완전 다른 삶을 살아왔어. 로킬드는 꽤 잘 사는 집에서 태어나서 유명한 학교에 다니면서 하고 싶은 일을 하면서 살 수 있는 환경에서 자랐고, 사보렌은 성인이 되자마자 부모님이 모두 돌아가시고 일찍부터 공장에서 일하면서 공장에 있는 작은 방에서 얹혀 살았어. 그래도 화가라는 꿈은 포기를 못했지. 먹는 걸 줄여서라도 돈을 모아서 최선을 다해서 그림을 그렸어. 그래도 다행인 건 공장의 사장이 이 그림을 마음에 들어 해서 물감이나 여러가지를 지원해 줬다고 해."

　나는 다시 그림을 바라보았다. 왠지 아까 전보다 그림 속 별들이 더욱 찬란하게 나를 비추는 듯했다. 이 별들을 바라보고 있으니 왠지 모르게 나도 저 별들처럼 빛날 수 있는 시간이 좀 더 있었다면 좋겠다는 생각이 들었다.

　"너 이 그림 엄청 마음에 들었나 봐?"

　밤바다에서 눈을 떼지 못하는 나에게 재민이가 말을 걸어왔다.

　"응……. 이상하게 이 그림에 자꾸 눈이 가네……."

나는 밤바다에서 여전히 눈을 떼지 못했지만 이 그림만 보다 갈 수는 없기에 재민이가 나를 데리고 다음 전시관으로 들어갔다. 이번 방에서도 마찬가지로 각 화가의 그림 4점이 서로 바라보고 있는 상태로 전시되어 있었다. 그런데 왠지 그림들이 전에 있던 그림들과는 색들이 조금 차이가 있는 것 같았다. 로킬드의 파랑색은 전에 있던 그림들보다 조금 더 어두워져 있었고, 사보렌의 노란색은 전보다 조금 더 밝아져 있었다. 재민이가 오른쪽 첫 번째 작품을 보며 말했다.

"이 그림을 그릴 때쯤에 로킬드의 친구가 죽었어. 그리고 나서도 계속해서 여러 가지 사건이나 스캔들을 겪었지."

재민이의 말을 듣고서 그림을 보았다. 어두운 푸른색으로 되어 있는 우울해 보이는 방과 그 한가운데 있는 창을 통해서 회색 빛깔 건물들과 밤하늘이 보였고 밤하늘에는 단 하나의 별만이 나를 바라보고 있는 듯이 떠 있었다.

"아마도 저기에 떠 있는 별은 죽은 친구를 나타내는 듯해. 그리고 푸른색 방은 아마 자기 자신과 자기의 감정이겠지."

'내가 떠나고 나면 재민이는 어떤 감정을 느낄까?'

"이 그림 제목 때문에 더 그렇게 느껴지는 듯해."

"이 그림 제목이 뭔데?"

"'Auf wiedersehen der freund.' 우리나라 말로는 '잘 가게 친구여'."

나는 이 그림을 잠시 동안 바라보고 있다가 반대편에 있는 사보렌의 그림을 바라보았다. 이 그림도 창이 있는 방의 풍경이었지만 이전 방에 있던 그림들과는 달리 밝은 노란색의 방은 지치고 고된 느낌보단 밝고 활달한 느낌을 주었다. 그리고 큰 창 밖에 있는 모래 알갱이 같은 별들은 밤바다의 별들과는 다른 느낌을 주었다.

"이 그림을 그릴 때쯤부터 다른 사람들에게 실력을 인정받고 유명세를 얻었어. 이전의 노란색은 뭔가 행복해지고 싶은 희망을 담은 듯한 느낌이었는데 이 그림부터는 행복을 얻은 듯한 느낌이 들더라고."

재민이의 설명을 듣고 나니 왜 색상의 변화들이 생겼는지 이해가 되었다. 그래도 이번 방에서는 밤바다만큼 끌리거나 눈에 띄는 그림은 없었기에 빠르게 다음 방으로 넘어갔다.

"이번 방에는 두 사람의 마지막 작품들이 전시되어 있대."

이번에도 좌우로 그림이 전시되어 있는 것은 같았지만 두 그림 모두 크기가 엄청나게 컸다. 사보렌의 그림에는 노란색 꽃이 만개하여 그림을 가득 메우고 있었고 그 가운데에 손을 가지런히 모은 채 누워 있는 노인이 있었는데 무표정이었지만 왠지 웃고 있는 듯한 느낌이 들었다. 반대편에 있는 로킬드의 그림도 푸른색 꽃으로 가득한 풍경에 가운데에 노인이 누워 있었지만 주위에 있는 꽃들은 전부 시들었거나 꽃잎이 떨어지고 있었다. 로킬드의 그림을 보고 있을 때, 재민이가 이번에도 화가에 대한 이야기를 해주었다.

"이 그림들은 두 분이 간암을 진단 받고 살아갈 날이 얼마 남지 않았을 때 그린 그림들이야. 로킬드는 그 사실을 알게 된 후에 절망감을 가지고 이 그림을 그리고 나서 세 달이 남았다던 의사의 말과 달리 두 달도 안 되서 죽었어. 근데 사보렌은 간암에 걸렸다는 말을 듣고 나서도 하루하루 최선을 다해서 살아갔어. 하루하루 절망 속에서 살아갈 수는 없다면서. 어쩌면 암을 이겨낼 수 있을지도 모른다며 희망을 품으며 살았고 실제로 암을 이겨냈어. 그리고 몇 년 후에 돌아가셨지. 이 그림들을 보고 있으니 두 화가가 어떤 기분으로 살아갔는지 잘 느껴지는 것 같네."

'이 사람들도 나랑 같은 처지였단 말이지…… . 그런데도 한 명은 절망 속에 살다가 죽고 다른 한 명은 희망을 품으며 살다가 죽음마저 이겨냈단 말이지…… .'

재민이의 설명을 듣고 나니 이제 앞으로 어떻게 남은 인생을 살아가야 할지 정해진 느낌이었다. 그리고 남은 시간 동안에 무엇을 하고 싶은지도 얼추 정해진 듯했다. 나는 미술관을 나가기 전까지 사보렌의 작품 앞에서 그림을 눈에 담았고 재민이도 내 옆에서 조용히 그림을 지켜보고 있었다. 재민이의 이제 슬슬 나가자는 말에 그제서야 나는 사보렌의 그림에서 눈 떼고 우리가 들어왔던 문으로 다시 밖으로 나갔다. 시간을 보니 벌써 3시간이나 지나서 5시를 넘어가고 있었다.

"시간이 좀 애매한데 저녁이라도 같이 먹을래?"

재민이의 제안에 우리는 조금 이른 저녁을 먹으러 가기로 했다. 하지만 이 주변에 무엇이 있는지 잘 몰라 우리가 음식점을 찾아보고 약간 헤매는 바람에 거의 6시가 돼서야 음식점에 도착했다. 우리가 찾은 음식점은 칼국수 집이었는데 외관이 너무나도 허름해서 사람이 별로 없을 줄 알았지만 안으로 들어가 보니 우리가 앉을 자리를 제외하고는 전부 사람들이 앉아 있었고 우리가 자리에 앉자마자 다른 사람이 또 들어왔다. 조금 놀라기는 했지만 우리는 일단 주문을 하기로 했다.

"우리 뭐 먹을까?"

재민이가 메뉴판을 보면서 나에게 물어왔지만 어차피 메뉴라곤 칼국수, 수제비, 콩국수가 전부였다.

"글쎄 어차피 메뉴도 별로 없고 콩국수는 여름에만 된다고 적혀 있으니."

"흠…… 일단 주변에 칼국수 먹는 사람들이 많으니 나는 그냥 칼국수로."

"그럼 나도. 여기요. 저희 칼국수 두 개요."

내가 주문하자 나이가 좀 있어 보이는 아저씨가 주방에 있는 아주머니에게 우리의 주문을 전달했고 아주머니는 알겠다는 듯 끄덕이며 만들고 있던 칼국수에 집중하는 듯했다. 창밖을 보니 비가 추적추적 내리는 듯했다. 창밖을 바라보고 있는 나에게 재민이가 말을 걸어왔다.

"그래서 오늘 전시회는 어땠어?"

"솔직히 나는 그림에 별로 관심이 없어서 별 기대 안 했는데 잊을 수 없는 경험을 한 것 같아."

"그래? 그럼 다행이다. 니가 관심 없어 하면 어쩌나 했는데. 너도 그 사람들처럼 잘 좀 그려봐."

"그렇게 그리는 게 쉬운 줄 알아? 그리고 나는 일러스트 쪽이라서 그런 건 그릴 줄 모르거든."

우리가 장난을 치다 보니 어느새 음식들이 나왔고 우리는 음식을 보고 놀랐다. 음식이 너무나도 맛있어 보이고 향도 너무나도 좋았기 때문이었다. 하얀 국물에 바지락들이 면발 사이사이에서 입을 벌리고 국물을 받아먹고 있었고 정중앙에 뿌려져 있는 김가루와 그 위에 뿌려진 참깨들이 맛을 한층 더 풍부하게 만들기 위해 준비 중이었고, 그 밑에서 당근과 애호박이 아삭

한 식감을 유지하면서도 국물을 흡수하고 있었다.

"이야~ 우리가 잘 찾아오기는 했나 보다."

재민이는 음식이 나오자마자 탄식을 터뜨렸고 나도 그 의견에 동의했다.

"나 이렇게 맛있어 보이는 칼국수는 처음 봐."

내가 이 말을 하는 사이에 이미 재민이는 면을 먹고 있었고 나도 칼국수를 먹기 시작했다. 한 차례의 폭풍 같은 식사가 거의 끝을 보일 때쯤에서야 우리는 말을 하기 시작했다.

"여기 진짜 맛있다. 사람들이 많이 오는 이유가 있네."

내 말에 재민이는 국물을 한 번 마시고 나서 엄청나게 행복한 표정으로 고개를 들었다.

"그러게. 진짜 여기 비법 좀 알아가고 싶을 정도야."

그렇게 만족스러운 식사를 마치고 내 차로 돌아왔다. 차에 시동을 걸고 차를 몰았다. 차를 몰고 재민이의 집에 거의 도착했을 쯤이었다.

"재민아."

"왜?"

"다음 주에도 만날래?"

"뭐……. 나는 상관없기는 한데. 뭐 하고 싶은 거라도 있어?"

"캠핑이나 같이 가자고."

"그래. 캠핑이라 엄청 오랜만에 가겠네."

"그럼 다음 주에 한 2시쯤에 너네 집 앞으로 갈게."

"그래. 근데 너 캠핑 장비는 있어? 새로 사는 거면 내꺼 몇 개 있으니까 그거 쓰자. 여기서 좌회전."

"그래. 그럼 그때 봐."

"어. 내일쯤에 찾아보고 연락할게."

그렇게 재민이를 내려주고 나는 집으로 돌아왔다. 샤워를 마치고 침대에 기대어 앉았다. 그리고 눈을 감고 집중한다. 그리곤 이내 이질감이 들어서 눈을 뜬다. 역시나 보이는 거라곤 전에도 보았던 종이 뿐이었다. 종이를 집어 들고 내용을 읽어보았다.

12월 4일

오전 2시 기상.

오전 2시 10분 외출.

오후 2시 14분 3초 승용차에 치여 사망.

종이의 내용은 여전히 변함이 없었다. 하지만 전처럼 불안하거나 하지는 않았다.

"역시 딱히 변하는 건 없나."

나는 다시 눈을 뜬다. 역시나 나의 미래는 변함없이 확정적이었다. 하지만 이제는 나의 죽음을 받아들이기로 했으니 더 이상 이 능력도 쓰지 않기로 했다. 나는 잠들기 전에 휴대폰을 켜서 여러 가지 캠핑 장비를 찾아보고 가격과 성능을 비교해 보았다. 그러고 나서 이제부터 내가 할 일들을 위해 필요한 장비들도 찾아보았다.

다음날, 재민이가 가지고 있는 장비를 제외하고 필요한 장비를 구매하였다. 회사를 그만두고 집에만 있으려니 시간이 잘 가지는 않는 느낌이었지만 드디어 토요일이 왔다. 거의 1시 30분이 돼서야 집에서 출발해서 재민이 집으로 향했다. 재민이 집에 도착하니 2시가 약간 넘어 있었다. 재민이에게 전화를 하니 방금 막 잠에서 깬 목소리로 전화를 받았다.

"여보세요?"

"여보세요? 재민아, 나 도착했어. 이제 내려와."

"응? 어딜 도착해?"

"니네집 밑에 와 있다고."

"지금 와 있다고?"

"어. 너 지금까지 자고 있었어?"

"아······. 벌써 2시야?"

"지금 2시 넘었어."

"아······. 미안 지금 빨리 씻고 내려갈게."

"알았어."

거의 20분 정도 지난 후에야 재민이가 내려왔다. 재민이가 가진 장비들을 싣고 출발하였다.

"진짜 미안해. 어제 분명히 알람까지 하고 잠들었는데 다시 잠들었나 봐."

"괜찮아. 너 고등학교 때도 항상 지각했잖아."

"진짜 진짜 미안해."

"괜찮다니까. 근데 저 장비들 별로 안 쓴 거 같네?"

"사실 나중에 시간 날 때 가려고 야금야금 모으고 있던 거야."

"그래? 너 저 장비들 어떻게 쓰는 건지는 알고 있지?"

"당연하지?"

"뭐야. 왜 의문형이야?"

"사실 완전히는 기억 안 나고 대충은 알아."

"우리 하루 종일 설치만 하다가 끝나는 거 아니겠지?"

"에이. 설마 그 정도겠어?"

"그래. 설마 그러겠어? 저기에 설명서도 있을 거 아니야?"

"그렇겠지. 근데 우리가 가는 곳이 어디라고?"

"경기도 남양주에 있는 곳. 한 시간 정도 걸릴 거야."

그렇게 캠핑장에 도착해서 텐트를 설치하기 시작했다. 하지만 설치하는 속도가 매우 느렸다.

"잠깐만 민성아, 이거 먼저 넣는 게 맞아?"

"어? 잠깐만 다른 거 먼저 끼워야 되네?"

이런 캠핑은 우리 둘 다 경험이 거의 없다고 해도 무방하기에 우리가 했던 걱정들은 실제가 되었고 한참이나 지난 후에야 편히 쉴 수 있게 되었다. 시간을 보니 거의 7시가 다 되어 갔고 내가 사둔 고기를 구워 먹을 준비를 했다. 어디서 구해온지 모르겠는 재민이의 장작들에 토치로 조금씩 불을 붙여갔다. 그래도 다행히 불을 붙이는 건 오래 걸리지 않았고 금세 고기를 구워낼 수 있었다.

"이야! 엄청 맛있어 보인다."

붉은색이었던 소고기는 재민이의 손놀림에 의해 기름이 뚝뚝 떨어지는 소고기가 되었고 그것을 보며 내가 외쳤다. 그러자 재민이가 만족한 듯 슬쩍 나를 돌아보고 다시 고기 굽기에 열중하는 듯했다. 너무나도 먹고 싶었지만 그래도 재민이와 같이 먹기 위해서 나는 상추나 오이, 고추를 탁자 위에 올려놓고 양념장을 만들었다. 일단 재민이가 고기를 절반 정도 굽고 나서 고기를 같이 먹기 시작했다. 고기를 일단 먼저 상추에 올려서 밥과 양념을 조금 넣어서 먹었다.

"와, 진짜 맛있다. 너 고기 하나는 기가 막히게 굽는구나?"

"그렇지? 내가 고기 굽는 거만큼은 뒤지지 않아."

그렇게 재민이와 즐겁게 고기를 먹으면서 하늘을 바라보았다. 하늘은 정말 말 그대로 별이 하늘에서 쏟아지는 듯이 하늘은 별로 가득했다. 멋진 풍경 덕에 고기의 맛이 더 좋게 느껴지는 듯했다.

"넌 어떻게 이런 데를 찾아냈냐?"

"밤하늘이 이렇게 예쁠 줄은 몰랐는데 좋은 곳을 찾았네."

"이제 고기 다 먹어가는데 이번에는 삼겹살 구울까?"

"그래, 그러자."

그렇게 재민이는 불판에 호일을 깔고 삼겹살을 굽기 시작했다. 그 동안에 나는 밤하늘을 다시 한번 바라보았다. 왠지 이 밤하늘은 사보렌의 밤바다와 비슷했다. 그리고 나는 재민이에게 말을 걸었다.

"너 요즘 일 쉰다고 했지?"

"어. 요즘은 쉬고 한두 달 정도 후에 다시 시작하게. 왜?"

재민이는 계속 고기를 뒤집으며 나에게 대답했다.

"그러면 그 동안에 나 좀 도와 달라고."

"뭐 어떤 거?"

"나도 그림 그려 볼려고. 방금 뭐 그릴지 정했어."

"너 일은 어떡하고?"

"나 일 그만뒀어."

"왜? 너 거기 들어 가겠다고 그렇게 노력했잖아."

"그냥 더 이상 거기에 못 있을 거 같아서."

"그래? 후회하지 않겠어?"

"괜찮아."

"알았어. 어차피 두 달은 할 거 없으니까."

그렇게 계속 하늘을 바라보다가 나도 모르게 재민이에게 말해 버렸다.

"재민아."

"왜?"

"나 아마 세 달 뒤에 죽을 거 같아."

순간적으로 아무 생각 없이 내뱉은 말에 나 자신도 너무 놀랐지만 내가 이런 농담을 하지 않는다는 걸 알고 있는 재민이는 많이 놀라고 당황한 것 같았다.

'내가 도대체 왜 말한 거지?'

"에, 에이 거짓말이지?"

'이렇게 된 이상 말해야 되나?'

"장난 아니야. 진짜 세 달 정도 뒤에 죽어."

"왜? 뭐……. 어디 아픈 거야? 그……. 그럼 병원이나…….."

"그런 건 아니고 믿을지는 모르겠는데 나 미래를 알 수 있는 능력이 있어."

"자…… 장난치지 마."

"내가 이런 장난치는 거 본 적 있어?"

내 말에 재민이는 여전히 못 믿겠다는 표정과 슬픔이 섞인 듯한 표정으로 나를 바라보았고 계속해서 내 말을 부정했다.

"지…… 진짜? 거짓말이잖아……. 아니잖아……."

"너 이상하다고 생각한 적 없어? 나 부모님이 돌아가시고 매일 매일 계획 세우면서 최대한 일상의 변화를 줄이려고 했던 거. 그리고 단 한 번도 내 계획이 틀어진 적도 없잖아?"

재민이의 머리 속은 더욱 더 복잡해진 듯했고 불판 위의 고기는 다 타버려서 연기를 피워내고 있었지만 지금 우리는 그런 걸 신경 쓸 겨를이 없었다. 재민이는 머리 속으로 내 죽음을 피할 방법을 최대한 생각하고 있는 듯했다.

"그…… 그래. 그 능력으로 미래를 봤으면 어떻게든 피할 방법이 있을 거 아니야."

"내 능력은 그냥 미래를 보는 게 아니라 미래에 일어날 수 있는 여러가지 가능성을 보여줄 뿐이야. 그리고 이번처럼 확정된 미래만 나온 건 이번이 처음이야. 그래서 아마도 못 피할 거야."

재민이는 내가 앉아 있는 의자로 다가와서 무릎을 꿇고 내 양팔을 잡고 울면서 외쳤다.

"어떻게든 피할 방법이라도 있을 거 아니야. 어떻게든 살아야지. 겨우 그런 걸로 죽네 마네 하지 말라고!"

나는 차마 재민이의 얼굴을 볼 수 없어서 하늘을 바라보며 눈물을 흘렸다. 나는 최대한 내가 울고 있다는 걸 숨기면서 말했다.

"친구야……. 나 죽을 때까지 두려움과 공포 속에서 살고 싶지 않아. 부모님이 돌아가셨을 때처럼 죽음을 부정하면서 고통스러워하고 싶지 않아."

재민이는 그저 하염없이 눈물을 흘리기만 할 뿐이었다. 재민이가 나를 위해 이렇게 눈물을 흘려준다는게 너무나도 고마웠다. 한참 지난 후 새벽쯤이 되었을 때나 돼서야 재민이는 조금 진정이 된 듯했다. 왠지 재민이가 평소와 달리 기운이 없어보였고 이런 재민이는 낯설었지만 싫지만은 않았다.

"들어가서 조금이라도 자. 오늘따라 많이 피곤해 보인다."

하지만 재민이는 아무 말도 없었다. 아직도 감정이 정리되지 못한 것 같았다. 나는 잠시 재민이에게 혼자만의 시간을 주기 위해서 텐트에 들어갔다. 그런 말을 한 걸 후회하고 있었지만 그래도 조금은 후련했다. 더 이상 재민이에게 아무것도 숨기지 않아도 된다는 사실이 조금의 위로가 되었기 때문인 듯했다. 7시 정도가 되자 나는 텐트 밖으로 나갔고 재민이는 내가 앉아 있던 의자에 앉아 있었다.

"이제 좀 진정됐어?"

"어……. 그래도 니가 얼마 후에 죽는다는 건 받아들일 수 없어."

"후……. 여기에 산책로 있던데 좀 걸을래?"

그렇게 우리는 아무 말도 하지 않은채 산책로를 돌았고 우리는 돌아와서 우리 짐들을 정리하고 차 시동을 걸었다. 차를 출발하고 나서도 우리는 아무말도 없었고 재민이의 집에 도착해서 짐을 내리는 동안 역시 마찬가지였다. 내가 짐을 모두 내리고 출발하려고 할 때 여지껏 죽은 듯 아무 말 없던 재민이가 말했다.

"그럼, 내가 화요일 쯤에 너네 집으로 갈게."

"그래. 들어가서 좀 쉬어."

그렇게 나는 차를 몰고서 집으로 돌아왔고 간밤에 큰 폭풍이 지나간 내 마음 속을 정리하기에는 아직 감정들이 요동치고 있었기에 그저 공허함이 느껴지는 집에 가만히 앉아 있었다.

그렇게 감정을 겨우 추스리자 화요일이 돌아와 있었다. 12시쯤에 재민이에게서 3시까지 온다는 연락을 받고 집을 청소하기 시작했고 캠핑 용품과 함께 산 미술 용품들을 정리해서 잘 쓰지 않던 방으로 가져다 놓았다. 그러자 2시 30분이 지나가고 있었다. 그때 초인종이 울렸고 초인종을 누른 사람은 다름 아닌 재민이었다.

"조금 일찍 나온다는 게 생각보다 일찍 도착했네."

재민이는 저번주 일요일과 달리 다시 평소의 재민이로 돌아와 있었고 괜히 걱정하고 있던 내가 조금 바보같이 느껴졌다.

'재민이는 내 생각보다 강인한 사람이구나. 나와는 비교조차 안 될 정도로.'

그렇게 재민이는 거의 매일 내 집으로 와서 내가 그림을 그릴 때 뒤에서 지켜보며 제대로 잘 그리고 있는지 확인해 준 덕분에 그림은 조금씩 기본 틀이 잡혀갔고 이제 채색만 하면 되는 정도가 되었다. 그러는 사이 금세 두 달이 지났다.

"너 이제 내일부터 다시 일해야 되지?"

"어. 그래도 막히거나 잘 안 되는 부분이 있으면 나한테 말해 바로 알려줄게. 알겠지?"

"알겠어. 그렇게 할게."

그렇게 나는 남은 한 달 동안 그림을 완성시켜갔다. 그리고 결국 그날이 왔다.

12월 9일 2시

어제는 마무리를 한다고 조금 늦게까지 해서 그런지 늦잠을 잤다. 냉장고를 열어보니 식재료가 거의 없어 텅 비어 있었다.

"마트를 다녀와야겠다."

그렇게 가볍게 씻고 옷을 입고 집을 나섰다.

2시 10분

나는 마트를 향해서 걸으며 무엇을 살지 생각했다. 그런데 뭔가 이상했다. 뭔가를 잊은 듯했다. 나는 황급히 휴대폰의 캘린더를 보았다. 날짜를 보니 12월 9일 바로 그날이었다. 분명히 어제까지는 인식하고 있었는데 오늘은 이제야 알아차렸다. 나는 내가 돌아왔던 방향으로 발을 돌렸다. 분명히 받아들일 준비를 했다고 생각했는데 막상 그 상황이 되니 또다시 두려워지는 듯했다. 그때 고개를 돌려서 횡단보도를 바라보니 그곳에는 횡단보도를 건너는 아이가 있었고 멀리서는 승용차 한 대가 빠른 속도로 달려오고 있었다.

2시 14분 0초

나는 주저없이 아이를 구하기 위해 달려 갔고 ……

1초 , 2초, 3초

끼이이익. 쾅

***

오늘부터 민성이의 그림을 봐주기로 했고 3시까지 민성이의 집으로 가기로 했다. 아직도 민성이가 죽는다는 말의 충격이 남아 있었고 감정은 전혀 추스려지지도 않았지만 내 소중한 친구와 최대한 오랜 시간을 보내고 싶었고 그렇기에 민성이가 알아차리지 못하게 연기해야 했다. 과연 연기가 통할지는 미지수였지만 최선을 다했다. 그렇게 두 달이 흘렀고 민성이와 더 오래 있고 싶었지만 그럴 수 없었다. 그렇게하면 민성이를 더욱 괴롭게 하는 일일 것만 같았다.

12월 9일 2시 15분

내 메일로 갑자기 민성이에게서 메일이 날아 왔다. 대충 내용은 짐작이 갔다. 메일을 열어 읽어보았다.

'재민아. 니가 이 메일을 보고 있을 때면 아마도 내가 이미 세상을 떠나 있을 수도 있어. 너에게 직접 말을 했다면 좋았겠지만 그러면 네가 너무 아파할 것 같고 나는 그걸 지켜볼 자신이 없어서 이렇게 메일로 전하는 거니까 이해 좀 해줘. 내가 지금까지 살아올 수 있었던 건 아마도 네가 고등학교 때 나한테 끈질기게 말을 걸어주고 관심을 가져준 덕분이겠지. 이렇게 나를 걱정해 주는 사람의 소중함을 알게 해줘서 고마워.'

하지만 나는 그 메일을 다 읽지도 못하고 민성이의 집으로 향했다. 민성이가 집의 비밀번호를 알려주었기에 문을 열고 들어갈 수 있었고 민성이를 찾아보았지만 어디에도 보이지 않았고 마지막으로 민성이가 그림을 그릴 때 쓰던 방으로 들어가자 민성이의 그림이 있었다. 그림은 우리가 갔었던 캠핑장을 위에서 쳐다보는 듯한 그림이었다. 마치 달이 된 민성이가 아래로 쳐다보는 듯한 느낌이었다. 그리고 별 하나가 보였다. 그림 밑에는 포스트잇이 떨어져 있었다.

'재민아, 내 인생에 네가 있어서 외롭지 않았어.'

내 눈에서는 눈물이 하염없이 흘러 내려서 그 무엇도 보이지 않았다. 나는 그곳에서 하염없이 울다 지쳐서 잠들었다.

"재민아."

어디선가 민성이가 내 이름을 부르는 소리가 들리는 듯했다.

에필로그

　맨 처음 글을 쓰기 위해서 내 태블릿을 켰을 때는 어떤 주제의 어떤 내용을 쓸지가 도무지 떠오르지가 않아서 힘이 들었다. 게다가 같이 글을 쓰는 사람들은 이미 글쓰기를 시작하니 조바심도 났다. 그래도 막상 글을 쓰니 재미있었고 다 쓰고 나서는 기분이 굉장히 좋았다. 이번에 쓴 글을 보고 작가라는 꿈을 이루기 위해서 더욱 많은 글을 써야겠다는 생각이 들었다.

　이 소설은 과연 '자신이 미래에 죽게 된다는 걸 알게 된다면 어떻게 될까?'라는 궁금증에서 출발하였다. 주인공인 민성이 친구인 재민이를 통해서 주변 사람의 반응을 생각해 보았다. 이 글을 쓸 때 민성이의 감정을 어떻게 하면 잘 표현할 수 있을지 고민을 많이 했지만 그래도 소설에서는 표현이 잘 안 된 것 같아서 조금 아쉬웠고 후반에 재민이의 감정도 마찬가지로 표현이 잘 안 된 것 같아서 이런 감정들을 어떻게 해야 좀 더 효과적으로 표현할 수 있을지 알아봐야겠다는 생각이 들었다.

　그리고 이 글을 통해서 내가 생각하는 죽음을 받아들이는 올바른 자세를 두 화가의 마지막 그림과 민성인와 재민이를 통해서 보여주고자 하였고 나름대로 만족스럽게 표현된 것 같다.

여행

아오모리현에서의 여름

2학년 최은혁

아오모리는 관광객들이 많이 찾지 않는 곳이었다. 덕분에 숙소에서도 나를 제외하고는 거의 사람이 없어 분주하지도, 소란스럽지도 않게 일본에서의 첫 아침을 보낼 수 있었다. 열한 시가 조금 넘었을 때쯤 잠에서 깬 나는 침대 옆에 선반에 놓인 물 한 컵을 마시고 침대에서 일어나 커튼을 걷었다. 창문 밖에 세상에선 이미 여름의 햇살이 온 마을을 내리쬐는 중이었다. 나는 대충 세수를 한 뒤에 1층으로 내려가 오른쪽에 있는 미닫이문을 열고 주방과 거실의 경계가 없는 이곳 식탁에 앉아 아침과 점심 사이에 늦은 식사를 했다.

식사를 마친 뒤에는 주인아주머니와 시시한 잡담을 나누며 시간을 보냈다. 아주머니는 나에게 꼭 한 번 시내에 있는 '마후리'라는 온천에 가보라고 했다. 그곳에 가면 아오모리 시내의 풍경들이 다 보이는데 그 모습을 보고 있노라면 시간이 느리게 흐르는 듯한 착각이 든다고 말했다. 나는 그곳에 가보지 않았지만, 그게 무슨 기분일지는 알 것만 같다고 했다.

한 시쯤이 되었을 땐 연필과 자그마한 노트 하나를 챙겨 산책을 나왔다. 숙소 근처에 있는 강가를 얼마간 걸을 생각이었다. 나는 강으로 내려가는 계단이 있는 곳까지 가는 중에, 초록색의 이름 모를 잎이나 주홍색의 예쁜 꽃들이 흔들리는 모습을 구경했다. '여름의 다분한 색채들이 담긴 마을은 밤보다 낮이 더 아름다운 곳이구나.' 하는 생각이 들었다. 10분 정도 걸었을까. 나는 은색의 손잡이가 군데군데 바랜 흔적이 있는 낡은 계단을 타고 강이 있는 곳으로 내려갔다. 그곳에선 내 발치 아래에서 흐르는 강물을 선명히 볼 수가 있었다. 푸른색보다는 조금 연한, 하늘을 닮은 강의 색채가 청초하게 느껴졌다.

나는 얼마간 그곳을 걸으며 하얀 종이 위에 내가 느끼고 있는 감정들을 스스럼 없이 적었다. 존재하지 않는 단어여도, 예쁜 문장이 아니어도, 그저 아무런 꾸밈없이 적어나갔다. 산책을 마치고 숙소에 돌아와서는 샤워를 하고 침대에 누웠다. 아무것도 하지 않고 가만히, 나른한 색감의 이 시간을 만끽했다. 저녁이 되어서는 가벼운 식사를 하고 책상에 앉아 글을 적다 잠에 들었다.

이튿날엔, 문득 서점에 가고 싶어졌다. 이곳 마을에 서점은 참 예쁠 거 같단 생각이 들어서였다. 산책을 마친 오후, 나는 숙소에 돌아와서 주인아주머니에게 물었다.

"책을 사고 싶은데 좋은 곳이 있을까요?"

아주머니는 내게, 내가 작년에 이 질문을 했다면 오 분 정도 거리에 있는 벚꽃나무가 죽 들어선 거리 한편에 세워진 서점을 추천해 줬을 텐데 안타깝다고 말을 했다. 내가 대충 이유를 짐작하면서도,

"왜요?"

하고 묻자, 아주머니는 작년까지만 해도 이 근처에 헌책방 집이 하나 있었는데, 가게 주인의 건강문제로 올해 2월에 문을 닫았다고 말했다. 나는 '역시 그랬구나.' 하고 속으로 생각하면서도 한편으로는 부정할 수 없는 말로 직접 전해 들으니 아쉬워졌다. 특히 '헌책방'이라는 말이, 곱씹을수록 내가 이 마을을 보며 떠올렸던 서점의 색채와 가장 가까웠을 거라는 생각이 들어 작년에 일본으로 여행 올 생각을 하지 못한 내 잘못으로 영영 그 모습을 보지 못하겠구나 싶어 나는 운이 나쁜 사람이구나 싶어지기까지도 했다.

아주머니는 잡념에 빠진 내게 대신 시내에 나가면 커다란 책방이 하나 있다고 했다. 숙소 뒤로 있는 샛길을 따라 걸으면 얼마 지나지 않아 버스 정류장도 나온다며, 가는 길도 간단하다고 일러주었다. 나는 고맙다는 인사를 하고, 얼마 지나지 않아 그 길을 따라 시내로 갔다.

내가 도착한 서점은 2층까지 있는 나름 커다란 곳이었다. 매장 안은 시원한 색감에 하늘색 벽지를 배경으로 깔끔하고 세련된 모습에 그에 어울리는 한 여가수의 노래가 흘러나오고 있었다. 나중에 알게 된 바로는 '아이뮤'이란 이름의 가수였는데 그녀의 목소리는 여름에 어울리는 청량하고 경쾌한

음색이었다. 나는 1층부터 천천히 둘러보기 시작했다.

읽고 싶은 책을 정하고 온 것은 아니어서 가장 눈에 띄는 책을 살 생각이었다. 먼저 하루키 작가의 책들이 전시되어 있는 곳으로 가보았다. 그의 언어를 고스란히 느끼려 서두르지 않고 그의 책들을 천천히 뜯어보았다. 번역되지 않은 채로 그가 떠올린 문장들이 그대로 담긴, 하루키의 책들은 아름다웠다. 고등학생 시절, 그의 소설을 좋아했던 나는 한 번으로도 부족해 두 번이고 세 번씩 그의 책들을 읽었었다. 가본 적 없는 옆 나라에 대한 환상 중에서 그가 심어준 것도 많았다.

2층에는 소설보다는 에세이나 시집들이 많았다. 좋은 글들이었지만, 내 취향과는 거리가 멀어 살 생각은 없이 집었다 내려놓기를 반복했다. 그러다 이치조 미사키 작가의 책을 보고 싶어져 자료 검색기를 찾았다. 우연히 앞서 검색한 누군가도 미사키 작가를 찾았는지 그의 소설들이 화면에 떠 있었다. 그의 책들은 내가 있는 곳에서 정 반대편에 있었다.

걸음을 옮긴 나는 수많은 책들 중 최근에 영화화된다는 소식이 있는 그의 데뷔작을 보려, 손으로 하나하나 책을 짚어가며 찾기 시작했다. 앞서 검색기를 사용한 누군가가 이미 다 가져간 것일까, 아님, 그의 책을 좋아하는 사람들이 너무 많은 탓일까, 그 책은 좀처럼 보이지가 않았다. 그때 누가 내 어깨를 톡 건드리더니 불쑥 책을 내밀었다.

옆을 돌아보니, 베이지색 바지에 하얀색 셔츠를 입은 한 여성이 있었다. 그녀의 손에는 내가 찾던 책이 들려 있었다. 나에게 어서 받으라는 듯 그녀는 손을 내게 가까이 내밀었다.

"이 책 찾으시던 거 아니에요?"

당연히 일본인이라 생각한 그녀의 입술에선 예상외에 한국어가 흘렀다.

"이 책, 안 읽으셔도 돼요?"

내가 멍하게 책을 안 받고 서 있자 그녀가 답답하다는 듯이 말했다. 그제야 난 그녀에게서 책을 건네 들었다.

"감사해요. 근데 제가 한국인인 건 어떻게 아셨어요?"

내가 물었다.

"정말 몰라서 묻는 거 아니죠? 주변 한 번 둘러볼래요?"

그녀의 말을 듣고 나는 주의를 둘러보았다.

"어때요, 한 눈에 알아볼 만하죠?"

그녀의 말에 나는 웃으며 고개를 끄덕였다.

"여기 사는 분이에요? 일본어 발음이 엄청 좋던데."

그녀가 내게 물었다.

"일본은 이번이 처음이에요. 발음이 좋은 건 단순히 일본어 공부를 열심히 한 덕분일 거예요. 아마."

"음, 처음이구나."

그녀는 의외란 표정을 지었다.

"그럼 책을 엄청 좋아하나 봐요? 처음 여행 온 거라면서 일본까지 와서 서점이나 오고."

"네, 뭐……."

뜻밖의 비아냥 같은 말투에 살짝 기분이 상했다, 꼭 바쁘게 움직이는 것만 여행이냐고 말하고 싶어졌다. 하지만 그러지는 않았다. 대신에 그냥, 그녀에게 고맙단 말을 한 번 더 건네고 왔던 길을 돌아 다시 1층으로 내려갈 생각을 했다.

"내가 같이 여행해 줄까요?"

그런데 또 한 번의 예상 밖의 말이 나를 붙잡아 세웠다. 그녀의 커다란 눈이 나를 쳐다보았다. 은은한 갈색의 빛이 맴도는 그녀의 눈동자가 나를 끌어당겼다. 나는 침착하게 할 말을 고르려 애썼다. 그리고 그건 무엇이 되었든, 거절의 뜻을 전할 단어였다.

"나는 그쪽과 내가 분명 잘 맞을 거라 확신해요. 아마 내가 그쪽을 귀찮게 하는 일은 없을 거예요."

"어떻게 확신해요. 저는 일본까지 와서 책이나 읽는 종류의 사람인데."

"당신, 시끄럽고 계산적인 거 싫어하죠? 여행이랍시고 와서는 꼭 무언가에 쫓기는 사람처럼 바쁘게 움직이는 거 딱 질색하고, 똑바로 쉬지도 못한 채로 여기저기 돌아다니기만 하는 것도 싫어하고. 그냥 아무 계획도 고민도 없이 느긋하게 걸으면서 사람들을 지켜보는 게 더 좋고, 변덕이 생기면,

생긴 대로 즉흥적으로 움직이는 게 더 좋고. 그쵸? 저도 그래요. 그러니 우리 같이 산책이나 하며 말동무나 하자구요."

나는 선뜻 그녀의 제안을 받아들이지 못하고 고민한 채 서 있었다.

"어서 가요. 지금 안 가면 분명 한국으로 돌아가는 비행기 안에서 그때 만약 그 여자 말을 듣고 함께 여행했으면 어땠을까? 하고 후회할 거예요."

그녀의 이름은 하루타였고 나이는 나보다 일곱 살 많은 스물아홉이었다.

나와 그녀는 서점에서 나와 나란히 길을 걸었다. 나는 차도에 가까운 왼편에 서서, 그녀는 인도에 가까운 나의 오른편에 서서 천천히. 오후 4시 정도에 아오모리 시내는 '평화로움'을 형상화해 펼쳐놓은 듯한 곳이었다.

나는 거리의 풍경을 하나하나 놓치지 않고 내 눈에 담으려, 한 걸음 뗄 때마다 부지런히 주위를 돌아보았다. 왼쪽엔 음식점들이 대부분 들어서 있었고 오른쪽엔 옷가게나 액세서리를 파는 가게들과 사이사이 어묵이나 일본 전통 간식들을 파는 포차들이 있었다.

"그쪽 정말 여행 온 사람 맞아요? 꼭 아오모리현에 사람이라도 찾으러 온 분 같아요. 사실은 누굴 미행 중인 형사거나, 뭐 그런 건 아니죠? 혹시 내가 그쪽 일을 방해하고 있는 건가?"

그녀가 놀리는 듯한 말투로 말했다.

"그럴 리가요. 아까 봤듯이 그냥 책을 좋아하는 평범한 사람일 뿐인 걸요."

"아하, 그럼 혹시 작가예요? 영감을 찾으러 일본에 온 분? 그런데 이상하네. 한번도 본 적 없는 얼굴인데, 제가 이래 봬도 한국에 있을 때 도서관에 있는 소설책들은 거의 다 읽어봤거든요. 아, 아니면 아직 무명작가신가?"

"그만 좀 하죠. 무명작가도, 미행 중인 경찰도 다 아니니까. 말동무 하자는 얘기가 이렇게 시끄러운 건 줄 알았으면 아마 거절했을 거예요."

"그쪽이 너무 말이 없어서 그랬죠. 알겠어요, 그럼 평범하게 질문해 볼게요. 대신 친절하게 답변해 줘야 해요."

그녀는 잠시 말을 멈췄다가 다시 말했다.

"그쪽은 무슨 일 해요?"

"일은 안 해요. 아직 대학생이거든요. 친절하게 덧붙여 주면 국문학과이에요."

"그럼, 제가 비슷하게 맞추긴 했네요. 국문학과면 적어도 글 쓰는 거에 관심은 있을 거잖아요."

"네, 좋아해요. 글 쓰는 거. 특히 편하고 자유로운 형태로 제 생각들을 적는 걸 좋아하죠. 물론 소설도 가끔 쓰기도 하고요."

"그럼 제 말 맞네요. 무명작가."

"글을 쓰는 건 취미일 뿐이에요."

내가 말했다.

"취미라도요. 저는 짧은 글짓기를 하든, 자기 느낌을 생각 나는 대로 적는 사람이든, 아니면 그날그날 있었던 일들을 기억하려 일기를 쓰는 사람들이든, 글을 쓰는 사람들은 모두 작가라 생각하거든요. 그리고요, 무엇보다 아직까지 바지 주머니에 노트랑 연필을 들고 다니면서 작가가 아니란 사람은 보지 못했어요."

"알겠어요. 그런 관점이라면 저도 작가가 맞네요."

웃음이 나왔다.

"그럼, 그쪽은 무슨 일 해요?"

내가 물었다.

"전 피아노 선생님이에요. 아오모리 마을에서 작은 피아노 학원을 하고 있어요. 가르치는 연령층은 초등학교 저학년쯤 되는 꼬마들이고요."

"멋진 일이네요. 또 잘 어울리기도 하고요."

"왜요? 아이들에게 친절하게 잘 가르쳐줄 거 같아서?"

"그런 것도 있지만, 더 큰 이유는 유치해서 아이들이랑 잘 맞을 거 같아서요."

"그쪽도 지금 만만찮은 건 알죠?"

"아무렴요."

내가 어깨를 들썩였다.

"근데 그 쪽 말이 맞는 부분도 있긴 해요. 아이들을 가르칠 때는 같은 눈높이에서 교육해 주는 게 중요하니까요. 물론 그렇다고 유치해지는 게 방법은 아니지만."

그녀는 마지막 말에 힘을 주었다. 한번 말문이 튼 대화는, 시간이 어떻게 흐르는지도 모르게, 약간의 틈조차도 허락하지 않고 계속되었다. 골목 모퉁이를 여섯, 일곱 번 정도 돌아, 처음 걷기 시작했던 그곳에 다시 돌아왔을 때쯤이 되어서, 그제야 나는 시간이 많이 흘렀음을 알 수 있었다. 우리는 관광객들을 위한 상점들이 즐비한 이곳을 계속해서 걸었다.

"여기 지붕 있는 건물들 참 많죠? 계속 걸으면서 특이하단 생각 못해 봤어요?"

그녀는 조금 전 포차에서 샀던 어묵을 입에 넣으면서 말했다.

"조금 이상하다 생각하고 있긴 했어요. 무슨 이유라도 있어요?"

"그럼요, 여기가 일본에서 가장 눈이 많이 내리는 동네예요. 그래서 겨울만 되면 눈이 소복하게 쌓여서는 엄청나게 불편하죠. 저 지붕들은 다 그래서 만든 거예요. 바닥에 눈 쌓이지 말라고."

"눈이 정말 많이 내리나 봐요. 거의 모든 건물들이 그렇던데."

"정말 정말 많이 내려요. 겨울이 되면 온 마을이 하얗게 뒤덮이죠. 꼭 영화처럼요."

" 러브레터에 나오는 장면들을 상상하면 될까요?"

내가 말했다.

"비슷해요, 하지만 여기가 좀 더 예쁘죠. 지금 '겨울에 올 걸'하고 좀 후회되죠?"

"글쎄요, 저는 지금도 충분히 좋아서요. 그래도 눈 내린 이곳 모습도 궁금하긴 하네요."

"겨울에 또 와요. 그래서 또 서점에서 만나면 그때도 내가 같이 여행해 줄게요."

"좋은데, 확률이 너무 희박한 걸요. 그 서점에서 우연히 또 만나다니."

"그렇게 희박하진 않을 거예요, 전 거의 매일 서점에 가니까요."

"돈이 많은 거예요. 아니면 시간이 많은 거예요?"

내가 물었다.

"뭐, 그냥 책을 좀 많이 좋아하는 거죠."

하고 그녀는 고개를 돌려 나를 쳐다보았다.

"그러니, 아마 만날 수 있을 거예요."

무엇 때문인지, 그녀는 확신에 찬 어조로 내게 말했다.

해가 지기 시작한 6시 무렵이었다. 여름 오후의 햇빛이 그녀의 볼 위에 속눈썹을 노랗게 물들였다. 이 도시의 여유로움과 닮아 있는 그녀의 말투 속, 목소리는 화창하고 나른한 어느 날씨와 비슷했다.

"우리 이제, 그만 걷고 저기에 들어가 봐요. 이 마을이 사과로 유명한 건 알죠?"

그녀가 손으로 앞쪽을 가리켰다. a-factory란 이름의 상점이었다. 그곳 엔 사과를 관련해 만든 상품들이 진열되어 있었다.

안으로 들어가 우리는 가게를 둘러보았다. 그녀는 나에게 사과 모양에 초를 추천해 주었다. 사과 모양에 웃는 얼굴을 한 귀여운 인형이 눈에 들어 왔던 나는 그 인형을 사려다, 나중에 집에 가서 못생긴 사과 이파리가 타는 모습을 바라보면 여행에서 있었던 추억들이 떠오를 거라는 그녀의 말에 설 득당해 웃기게 생긴 사과 모양의 초를 샀다.

가게에서 나와, 우리는 이른 저녁 식사를 하러 근처에 작은 레스토랑에 갔다. 요리가 맛있고 아오모리 시내가 잘 보이는 곳이라며 그녀가 추천한 곳이다. 가게 안은 사람이 없어 조용했고 천장에는 노란 조명이 가게를 비 추고 있어 은은하고 아늑한 분위기였다.

그녀는 여긴 파스타가 맛있다며 나폴리탄 두 접시와 아사히 두 개를 시켰 다.

"혹시나 촌스럽게 술 안 마신다고 할까 봐 걱정이었는데 그런 말은 안 해 서 다행이네요."

"내가 술 못 마실까 봐 걱정이었다는 거예요? 아님 거절할까 봐 걱정이었 다는 소리예요?"

내가 유리컵에 물을 따르면서 말했다.

"후자요. 여자랑 둘이 술 마셔본 적 없을 거 같아서."

"제가 그렇게 보이나요?"

"농담이에요. 사실은 꽤 인기 많을 거 같아 보여요."

그녀는 잠시 물을 머금었다가 삼켰다.

"빈말이라도 너무 성의가 없네요."

"빈말 아니에요. 저는 남 기분 좋으라고 거짓말하는 타입이 아니니까요."

"만난 지 하루도 안 지났는데 그걸 알 수가 있나요?"

"하루도 길죠. 전 처음 보자마자 그렇게 생각했어요."

"그럼, 주머니에서 거북이가 그려진 미니 공책을 꺼내 드는 모습을 보고 그렇게 생각했나요?

"네 뭐, 그것도 나름 지적인 매력이긴 했어요. 물론 웃기긴 했지만."

우리는 서로를 보고 웃었다. 얼마 안 되어 음식이 나왔고 우리는 먹기 시작했다. 그녀는 나폴리탄이 입맛에 따라 호불호가 있다고 했는데 다행히 내 입맛에는 잘 맞았다. 파스타 접시가 거의 다 비워졌을 때쯤, 그녀가 내 잔에 아사히 맥주를 따르고는 가방에서 에이팩토리에서 샀던 사과 모양 양초를 꺼냈다.

"이건 갑자기 왜요?"

내가 물었다.

"그냥요, 여기 분위기가 좋아서. 웃기게 생긴 사과 이파리가 타는 모습을 보기엔 제격이겠다 싶었어요."

"살 때는 분명 집에 가서 여행을 추억하는 용도로 쓰자고 했던 거 같은데."

"난 원래 변덕이 심해요. 몇 시간 사이에도 금세 이랬다저랬다 하죠. 서점에서 같이 여행하기로 했을 때, 분명 그런 사람이라고 못 박아놨던 거 같은데."

그녀가 내 얼굴을 쳐다보며 말했다.

"네, 분명 그랬죠."

나도 그녀를 보고 있었다.

"그리고 저도 그런 사람이구요."

양초를 꺼내려 가방을 열었다.

"잠시만요. 미안하지만 그쪽은 변덕을 부리지 말아줄래요?"

"왜요, 그새 초를 태운 걸 후회하고 있어요?"

"그건 아니지만, 지금 생각해 보니 그래도 우리 둘 중 한 명은 이 초를 보면서 여행에서 있었던 추억을 떠올려야 의미가 있을 거 같아서요."

그녀는 진지한 표정으로 말했다.

"알았어요. 그럼 전 집에 가서 태워 볼 테니 너무 그렇게 노려보진 말아요."

"그냥 본 거예요."

나는 다시 지퍼를 닫았다.

"근데 한국에선 몇 년이나 살았어요?"

내가 물었다.

"28년이요. 일본에 온 지는 일 년밖에 안 됐어요. 이것도 서점에서 말했던 거 같은데."

"그럼 한국에서도, 일본에서도 저보다 더 오래 살았네요. 그런데 일본어는 어떻게 그렇게 잘해요?"

"부모님 덕이에요. 아버지는 내가 비록 한국에서 살아갈 거지만, 모국어도 익혀야 한다고 했죠. 그래서 전 어릴 때부터 한국어와 일본어를 같이 배웠어요. 웃긴 얘기긴 하지만, 어릴 땐 한국어만 배우는 것도 엄청 힘든데, 가본 적도 없는 일본어까지 배우려고 하니까 일본이 싫었던 적도 있었어요."

"그런데 지금 여기 있는 걸 보니까 지금은 일본이 좋나 보네요."

"그럼요. 중학생 때 처음 부모님과 일본에 여행을 온 뒤로 일본이 좋아졌죠."

"그럴 만해요. 저도 벌써 이곳 매력에 빠졌으니까."

내가 술잔을 비웠다.

"첫 여행은 어디로 갔어요?"

"도쿄요. 부모님이 원래 사시던 곳이었어요. 일 때문에 한국에 오시기 전까지."

나중에 한번 도쿄도 꼭 가 봐요. 그곳은 야경이 정말 예뻐요. 물론 서울도 야경이 예쁘긴 하지만, 도쿄는 또 다른 매력이 있거든요."

"은은하고 느긋할 거 같은 거. 왠지 도쿄 하면 그럴 거 같아요."

"시티 팝을 많이 들었나 봐요. 텐텐이나 거북이는 의외로 빨리 헤엄친다, 같은 영화를 봤거나."

"그런 유의 영화를 좋아하긴 하죠. 아마 대부분의 사람들이 노래나 영화로 다른 나라에 대한 환상을 떠올릴 거예요."

"하지만 다들 살다 보면 결국에 다 단점이 보인다 하더라고요. 그래서 전 어디든 여행으로만 즐기는 게 좋은 거 같아요."

"이곳은 어때요? 이곳도 여행 왔을 때랑 실제로 살 때랑 많이 다른 거 같아요?"

"그건 잘 모르겠네요. 전 여기에 여행 온 적은 없어서요."

"신기하네. 그런데 왜 정착하는 건 여기로 한 거예요?"

"음, 그건······."

내 질문에 그녀는 말을 끝맺지 않고 그저 나를 쳐다보기만 했다. 이내 대답 대신 잔에 남은 술을 입에 가져갔다. 테이블 끝에서는 그녀가 불을 붙인 초가 여전히 은은하게 타오르고 있었다. 나는 그저 가만히 그녀가 말할 때까지 기다렸다.

"그것도 아마 변덕일 거예요. 그건 나중에 조금 더 친해지면 알려줄게요."

하지만 그녀는 그렇게만 말하고 미소를 지었다. 그리고 우리에게 처음, 침묵이 흘렀다. 오 분도 안 되었던 그 시간이 참을 수 없이 어색했던 건, 쉴 틈 없이 말하던 그녀에게 이미 익숙해진 탓이었을까. 아니라면 그때의 분위기가 확실히 이상했던 탓이었을까, 식사가 거의 끝날 때쯤에 말없이 서로 포크만 휘적이던 그 시간은 이번 여행 중에 가장 힘든 순간이었다.

"이제 그만 갈까요?"

침묵을 깨고 그녀가 말했다. 나는 그저

"그래요."

라고 대답할 수밖에 없었다. 가게에서 나와서는 이제 늦었으니 헤어지기로 했다. 그녀는 이 레스토랑에서 5분 정도 더 걸으면 나오는 작은 원룸에 산다고 말했다. 내가 바래다 준다고 하니 그녀는 내가 길이나 잃지 않고 잘 갔으면 좋겠다고, 괜찮다고 말했다. 우리는 인사를 하고 내일 낮에 여기서 다시 만나기로 했다.

"아, 참 우리 전화번호 교환 안 했죠?"

그녀는 주머니에서 자신의 핸드폰을 꺼내 나에게 주고는, 내 핸드폰을 건네받아 거기에 자신의 연락처를 저장했다. 나 또한 그녀의 핸드폰에 내 번호를 입력했다.

"하마터면 우리 둘 다 바보될 뻔했어요. 그럼 우리 이제, 정말 내일 봐요."

우리는 서로에게 손을 흔들었다. 나는 잠시 그녀의 뒷모습을 지켜보다가 발걸음을 떼었다.

다음날 약속한 오후 2시가 되었을 때, 그녀는 멀리서 손을 흔들며 내게로 걸어오고 있었다.

어깨까지 오던 긴 머리를 포니테일 형태로 묶고, 연한 청바지 위에 귀여운 곰돌이가 왼쪽 가슴에 작게 그려진 흰티를 입은 그녀의 모습은 어제와 비교해 훨씬 차분하고 세련되어 보였다. 어느새 내 앞에선 그녀는

"다행히 어디 안 가고 나왔네요,"

라는 말과 함께 오차노 아마미라는 이름의 캔 음료를 건네주었다.

"마셔 봐요. 달콤한 게 맛있을 거예요."

"고마워요. 오는 길에 사 온 거예요?"

"아뇨, 집에서 가져온 거예요. 제가 이 음료를 좋아해서 일주일 전쯤에 박스로 하나 시켰거든요. 그래서 지금 냉장고 안이 온통 이것들이에요."

그녀가 손가락으로 캔을 톡톡 두드리며 말했다.

"그보다 제가 아침에 보낸 문자 봤죠?"

"그럼요."

"오늘은 나만 믿고 와요. 분명 재밌을 거예요."

그녀는 내게 미술관에 가자고 했다. 시내에서 20분 거리에 미술관이 있다고, 먼저 그곳을 구경한 다음 근처에서 밥을 먹자고. 그리고 또 다른 미술관 하나를 구경하고 오자고, 그렇게 말했다. 나는 그녀의 말에 동의했다.

아오모리현립 미술관은 내가 떠올린 미술관의 도시적인 이미지와는 달리, 공원이라 착각할 듯이 우아하게 펼쳐진 녹색의 들판과 그 한가운데서 어울리지 않을 것만 같았던 새하얀 미술관 건물이 역설적으로 어우러진, 그런 곳이었다. 건물 입구에는 나무 모양의 로고들이 붙어 있었는데 그녀는 그것이 '파란 나무가 보여 숲이 된다.'라는 의미를 가진 이곳 미술관의 심볼마크라고 말했다.(그것들은 '파란 나무가 되다.'라는 뜻에 아오모리 마을과도 일맥상통했다.) 건물 내부는 지하 1층과 2층, 지상 1층과 2층으로 되어 있었다. 나와 그녀는 아래층부터 순서대로 관람하기로 했다.

"한국에 있을 때 미술관에 가본 적 있어요?"

계단을 내려가던 중에 그녀가 내게 물었다.

"많이는 아니지만, 어릴 때 부모님 손에 끌려 몇 번 가본 적 있어요."

"어땠어요, 미술 작품 보는 거 좋아했어요?"

"솔직히 말하면 그땐 아무 생각도 없었어요. 이 그림 저 그림 봐봤자 다 똑같은 거 같고, 유명한 작가의 작품을 봐도 뭐가 좋은지 모르겠고. 그냥 미술관 다녀오는 길에 사주시던 간식이 좋아서 따라다녔던 거죠."

내가 말을 이었다.

"그쪽은요? 원래도 미술관 가는 거 좋아해요?"

"네, 저도 비슷해요. 초등학교 4학년 때 부모님과 함께 서울에 있는 미술관에 가본 게 처음 시작이었어요. 그때부터 한 달에 한 번 정도는 꼭 미술관이나 전시회에 갔던 거 같아요. 그곳에서, 순수하고 바보 같은 초등학생 하루타가 멀뚱히 그림 앞에 서 있으면, 아버지는 늘 제 옆에 서서 하나부터 열까지 다 설명해 주셨어요. 그 작품이 그려졌을 당시에 시대적 배경이 어땠는지, 그림에 새겨진 그 작가의 삶은 어땠는지, 그 작품에 얽혀 있는 이야기는 어떤 것인지. 그런 모든 것들을 말이에요."

"다정하신 분이네요."

"맞아요. 그때도, 지금도 참 다정하신 분이죠."

아득한 천장 아래서, 새하얀 벽을 성큼성큼 타고 올라가 놓인 네 점에 그림들은 우리를 둘러싸고 있었다. 성대하면서도 고풍스러운 그것들은 서로가 서로에게 말이라도 거는 듯, 사각에 홀에 여백을 장식하며 닿을 것처럼 이어져 있었다. 마르크 샤갈의 작품이 있는 층은 이미 공간만으로 아름다웠다.

내 왼편부터 순서대로 제1막 〈달빛 아래 알레코와 젬피라〉, 제2막 〈카니발〉, 제3막 〈어느 여름날 오후의 밀밭〉, 제4막 〈상트페테부르크의 환상〉이 걸려 있었다. 어쩌면 나의 어머니도 그녀의 어머니가 그녀에게 그랬던 것처럼 내게 벽에 걸린 작품들에 대해 설명해 주었을까? 그런 생각이 들어, 나는 희미하게 남은 어린 시절의 기억에서 어느 여름 처음으로 그의 작품을 봤던 날을 떠올리려 애썼다.

타는 듯한 태양의 열기와 대비되었던 전시회장에 시원한 에어컨 바람, 수많은 사람들이 오고 가며 내뿜는 짙은 향수 냄새와 마주 잡았던 어머니의 올곧은 손. 그 순간에 어머니는 내게 어떤 말을 했고 나는 또 무슨 생각을 하고 있었을까? 나는 아무것도 기억하지 못하고 있었다.

"알르코는 샤갈의 첫 작품이에요."

날 잡념에서 깨워낸 건 그녀의 말이었다.

"처음 알았네요."

"샤갈은 인생에 굴곡이 참 짙었던 사람이에요."

"힘든 삶을 사셨나 봐요."

나는 그녀의 말에 반사적으로 대답했다.

"그럴 수도 있고, 아닐 수도 있고요. 확실한 건 평범한 삶은 아니죠. 나치 시대에 유대인으로 태어난 것부터."

그 말을 하는 그녀의 눈은 반짝이고 있었다.

"예술가들은 늘 그런 환경에서 만들어지는 거 같아요. 힘든 시대의 힘든 환경"

이번엔 나도 나름에 진심을 담아서 한 얘기였다. 르네상스 시대에 활동했던 예술가들 중 어느 이의 이름만 불러도 쉽게 반박할 수 있는 말이었지만, 나는 어느 정도는 정말로 그녀의 말에 동의하기도 했다. 일제 통치하에 있던 시절의 괴로움으로 시를 적은 시인들, 6·25의 참상이 고스란히 느껴지는 처연한 소설을 적던 소설가들, 모두 역경의 시대가 만들어 낸 예술가들이라 느꼈다.

"저도 그렇게 생각해요."

"하지만 '늘'은 너무 단정적이에요. 한 번 직접 들어봐요. 내가 얘기해 줄게요."

중학교 시절에 짝 아이에게 모르는 수학 문제를 가르쳐 주는 것처럼, 그녀의 눈은 한없이 진지하며 흥미로워 보였다. 그녀는 곧 내게 마르크 샤갈에 대해 얘기했다. 먼저 그가 18살일 때 상트페테르부르크의 예술학교에서 공부했던 일과 나중에는 파리에 가서 리팔레트란 아카데미에서 공부했던 사실을 말했다.

그리고 가끔 여유 시간이 있을 때면 그가 갤러리나 살롱에서, 혹은 루브르 박물관에서 렘브란트와 르넹 형제, 샤르댕, 르노와르, 들라쿠르의 작품을 찾았단 사실을 말해 줬으며, 그가 홀로 러시아를 떠나 생활하며 느꼈을 외로움과 고통도, 그가 러시아 민속과 유대인의 삶, 특히 그의 연인이었던 벨라를 무척이나 그리워했단 사실도 내게 모조리 다 말해 주었다.

나는 그녀의 이야기를 듣는 사이에, 어느새 낯선 곳으로 떠나온 이방인이 미지의 세계를 관찰하듯. 그녀의 말에 숨죽여 경정했다.

"그녀의 침묵은 내 것이었고, 그녀의 눈동자도 내 것이었다. 그녀는 마치 내 어린 시절과 부모님, 내 미래를 모두 알고 있는 것 같았고, 나를 관통해 볼 수 있는 것 같았다."

나지막한 음성으로 그녀가 말했다.

"그는 로맨틱한 사람이기도 했죠."

그녀가 말을 끝맺었을 때, 그녀의 몸은 나를 향해 있었고, 나 역시 그녀를 바라보고 있었다. 지긋하고 강력하게 날 바라보는 그녀의 눈빛에서 나는 다음 그녀가 내게 할 말을, 내 어린 기억 속에서 어머니가 해주셨던 말 중에서 찾을 수 있었다,

"내가 그녀를 처음 본 순간, 나는 그녀가 나의 아내가 될 것이라는 것을 바로 알아버렸다."

부드러운 그녀의 목소리 위에 나의 말이 포개졌다. 잊었던 기억들이 놓쳐버린 과거를 되짚었다.

"얘기해 줘서 고마워요."

"뭐가요?"

"덕분에 우리 어머니가 얼마나 자상한 분이었는지 기억났어요."

그녀는 잠시 내가 무슨 말을 하는지 모르겠다는 듯하다 이내 알아채고 대답했다.

"그쪽 어머니께서도 이런 얘기를 해준 적이 있군요."

"제가 아주 어릴 때요."

"우리 둘 다 운이 좋은 사람이네요."

그녀가 말을 이었다.

"그쪽은 어머니를 많이 닮았죠?"

"책을 좋아하고 글을 좋아하는 건 다 어머니를 닮은 거죠. 어머니는 항상 책을 쥐고 사셨으니까요."

"저도 그래요. 샤갈에 대해 이렇게 자세히 말할 수 있게 된 것도 다 어머니의 영향이죠."

"어릴 때 어머니 말씀을 좀 더 귀 기울여 들을 걸 그랬어요. 그럼 저도 그쪽처럼 있어 보이게 설명할 수 있었을 텐데."

"근데 그건 아무나 한다고 되는 게 아니에요. 외모가 큰 몫을 하죠."

"그쪽은 그쪽이 예쁘단 걸 알고 있군요."

"설마, 모를까 봐요. 그쪽이 너무 늦게 깨달은 거죠."

그녀는 또 너스레를 떨었다. 내가 피식 웃었다.

"이제 오 분만 더 있다가 위층에 올라가요."

그녀가 말했다.

"그런데 저기 두 분은 아까 전부터 엄청 꿍냥거리고 있으시네요."

그녀가 저쪽을 봐보라며 손짓한 곳을 따라 시선을 옮기니, 그곳에는 중년의 일본인 부부가 서 있었다.

입가에 주름이 깊게 팬 남성이 아내의 밀짚모자를 뺏은 다음 손을 높게 뻗어 그녀를 놀리는 중이었다.

그녀는 까치발을 들어 모자를 되찾으려 했지만 역부족이었고, 그 남자는 얼마 더 그녀를 놀리다 그녀가 토라지려 할 때쯤 모자를 돌려줬다. 뾰족한 눈빛을 한 여성에게 그는 해맑은 웃음으로 미안하다며 그녀의 어깨를 주물러 주었다. 나는 한참 그들에게서 눈을 떼지 못했다.

오 분이 지나고, 그녀와 나는 계단을 걸어 올라가며 차례대로 남은 그림들을 둘러보았다. 마르크 샤갈 외에도 여러 작가들의 작품이 각층마다 전시되어 있었다. 그중 가장 눈에 띄었던 야외에 놓인 나라 요시모토의 커다란 강아지 모양의 건축물 '아오모리켄'을 마지막으로 우리는 미술관에서 나와서 그녀가 즐겨 간다는 한식당에서 점심을 먹었다.

제육볶음을 시킨 그녀는 내게 맛을 보라며 한 점을 건네주며, 이곳에 제육볶음이 웃기게도 한국에서 먹은 어느 제육볶음보다도 맛있다고 말했다.

그리고 그녀는 내 된장찌개를 한 숟가락 퍼서 입으로 가져갔다. 식사를 마칠 때쯤 되어서는 그녀는 얼마 안 남은 고기를 젓가락으로 집으며 반대 손으로 이곳에서 시립 미술관에 가는 버스를 검색했다.

식당을 나와서 마을로 향하는 방향으로 길을 5분 정도 걸으면 정류장이 있다고 했으며, 조금 있으면 버스가 도착한다며 그녀는 급하게 식사를 마무리하고 나를 끌고 달려 나갔다. 버스 안에서 그녀는 우리가 갈 미술관에 대해 일본에서 유명한 하시모토의 작품들이 전시되어 있으며, 미술관이 위치한 곳에 풍경이 아름다워 그 자체만으로도 볼 가치가 있는 곳이라고 설명했다. 나는 그녀에게 그쪽 때문에 꼭 보고 싶어졌다고 말했다. 그렇지만 우리는 둘 중 무엇도 볼 수가 없었다.

"미안해요, 정말. 설마 닫혀 있을 줄은 꿈에도 몰랐어요."

"하필 오늘부터가 공사일 줄이야. 검색이라도 한 번 해보고 올 걸 그랬어요."

"괜찮아요. 한 번쯤은 우리가 이럴 거 같았으니까. 근데 생각보다 그 시기가 빨리 오긴 했어요."

미술관 입구에는 '공사중'이란 표지판이 크게 붙어 있었다. 오늘부터 10일간 미술관 내부에 인테리어 공사를 한다는 내용이 적혀 있었다.

"버스에서 말이라도 아낄 걸 그랬어요. 제가 괜히 더 실망만 하게 만들었네요."

"그 덕분에 많이 기대하긴 했죠."

"지금 그쪽이 몇 개월이나 몇 년이 지나서야 제 말을 확인할 수 있을 걸 생각하니 더 미안해져요."

"그게 무슨 말이에요?"

"이 마을에 그쪽이 언제 또 올지 모르잖아요. 몇 개월이고 몇 년이고. 아마 이번 겨울에 다시 오진 않을 거고."

"다시 오면 되죠. 이번 여행 중에."

"그랬으면 좋겠지만, 22일까지 공사예요. 그쪽은 23일에 가잖아요."

"오전에 잠깐 정도는 시간을 낼 수 있을 거예요. 그날 오후 비행기거든요."

"그건 너무 무리하는 거 아니에요?"

"그쪽 말대로 언제 다시 올지 모르는데 무리 좀 하죠. 뭐."

"그래요. 저야 오케이죠. 대신 저 때문에 비행기 놓쳤다고 뭐라 하면 안 돼요."

"그럼요."

내가 고개를 끄덕였다. 원래는 한국으로 돌아가는 날 아침엔 온천에서 혼자 시간을 보낼 계획이었다. 하지만 지금에 와선 그녀와 함께 미술관에 오는 쪽이 더 나을 거 같았다. 그녀가 그랬듯, 나도 가벼운 변덕을 부린 거다.

"그런데 우리, 이제 앞으로 뭘 할지가 더 중요한 거 같은데."

내가 말했다.

"뻔뻔한 건 알지만 뭐, 좋은 생각 없어요?"

"좋은 생각일지는 모르겠지만 자전거 타는 건 어때요? 오는 길에 보니까 강가로 내려가는 길목에 자전거 대여점이 있던데."

"좋네요. 거절할 이유가 없죠."

그녀는 고개를 끄덕였다. 10분 정도 왔던 길을 되돌아가니 자전거 대여점이 보였다. 그녀는 자기 실수로 미술관까지 헛걸음 했으니 내 것까지 자기가 비용을 낸다고 했다. 나는 대신 근처 자판기에서 음료수를 사와 그녀에게 하나 건네주었다.

"もぎた이었다면 더 좋았을 텐데."

그녀가 말했다.

"그건 나중에요."

내가 자전거에 탔다. 그녀에게 어서 가자고 손짓했다.

"올리버니까 통하는 말이에요. 그건."

낡은 자전거에 몸을 싣고, 그녀는 나를 제쳐 앞서 나갔다. 너저분한 내리막길을 따라 내려가 우리는 조용한 강 길을 달렸다. 내 시선은 그녀의 뒷모습에 머물다 무심코 하늘로 옮겨졌다. 짙은 구름이 덮은 하늘은, 어느새 우중충한 색이었다. 자전거를 타고 가며, 우리 앞에는 아무도 없었지만. 그녀는 그저 장난삼아 손잡이에 달린 벨을 몇 번씩 눌러댔다. 그러다 어느 나무로 된 다리를 지나는 중에 그녀는 나에게 말했다.

"목요일엔 시내에 있는 레스토랑에 가요. 아주 멋진 곳이 있어요."

"어딘데요?"

나는 바람에 내 목소리가 묻힐까 조금 큰 목소리로 말했다.

"맛있는 술이 있고, 피아노 연주도 훌륭하고, 또 좋은 노래도 흐르는 곳이죠."

"알려주기 싫단 거군요. 이번에도 당신만 따라오라는 건가요?"

"그래요. 이번엔 실수하지 않을게요. 믿고 따라와요."

"한 번만 더 믿어보죠."

나는 그렇게 대답했지만 한편으로는 또 한 번 레스토랑에 문이 잠겨 있어도 좋을 거 같단 생각을 했다. 그녀는 그날도 어쩔 줄 모르고 고민만 하다 결국엔 내 의견대로 편의점에서 맥주를 사고 함께 주변에 있는 아무 공원에나 앉아 어설프게 술을 마시는, 그런 것도 괜찮을 것 같다는 그런 생각이었다.

"여기서 쉬었다 가요."

우리는 곧 얼마 앞에 있는, 커다란 나무가 서 있는 정자에 앉아 쉬기로 했다.

"그런데 목요일은 너무 멀지 않아요? 오늘이 일요일인데, 그동안은 안 보는 건가요?"

내가 나무 옆에 자전거를 세워 두면서 물었다.

"저도 그쪽처럼 이방인이었으면 좋겠지만, 저는 여기서 살려면 돈을 벌어야 해요. 평일에 다른 날들은 학원에서 아이들을 가르쳐야 해요."

"그럼, 제가 그 학원으로 가면 되겠네요. 대학생도 받아주는 거죠?"

그녀의 옆, 왼쪽에 내가 앉았다.

"안 돼요. 그래도 그쪽은 여행 온 거잖아요. 겨우 피아노 학원에서 시간을 보내기엔 아쉬울 거예요."

"그렇지 않아요. 그쪽도 잘 알텐데, 우리 같은 사람에겐 그런 게 더 좋은 여행이란 거."

"하지만 그건 자유롭게 어딘가를 돌아다닐 때 얘기죠. 제 학원은 별로 재미없을 거예요."

단호한 말투에 나는 슬쩍 미소가 나왔다. 나는 무슨 말을 해야 그녀를 설득할 수 있을까. 같이 우스운 고민을 하며 발치 아래에 놓인 회색의 강을 쳐다보았다. 비가 올 듯, 결국 비 내리지 않는 하늘이 그 강에 비춰 일렁이는 게 마음에 들었다.

불현듯 중학생 시절, 친했던 한 친구와 바다를 걸었던 그 날이 떠올랐다. 이세는 연락하지 않는 그 친구는 잊어버린 줄 알았다가도 늘 이렇게 여름의 달이나 바다와 함께 내 머릿속에 나타났다. 그렇다면, 지금 내 옆의 앉은 그녀 역시도 언젠가 내 기억 속에 뛰어드는 날이 올까. 생각이 거기까지 닿자 내 시선의 끝은 어느새 그녀를 향해 있었다.

"사진 찍어줄까요?"

바람에 그녀의 연한 갈색 머리칼이 흔들리는 모습을 보며, 오늘 그녀와 함께 있었던 일들은 희미하지 않게, 분명한 기억으로 남기고 싶단 생각이 들었다.

"고맙지만 거절할게요."

하지만 그녀의 눈은 거짓말을 할 줄 몰랐다.

"제가 사진 찍히는 걸 싫어해서요. 미안해요. 대신 노래 듣는 건 어때요?"

아쉬움을 내색할 수도 없이, 나는 또 그저 '그래요'라고 답할 수밖에 없었다. 그녀는 핸드폰을 들어 익숙한 재즈 음악을 틀었다.

"냇킹 콜의 노래에요. 아마 대부분의 사람들 취향에는 맞지 않는 곡이니 미리 사과할게요. 애석하게도 제 핸드폰엔 이런 곡밖에 없어서요."

"괜찮아요. '국경의 남쪽'이잖아요, 이 노래. 전 알아요."

"어떻게 알아요?"

그녀의 표정엔 놀람과 호기심이 섞여 있었다. 나는 친절하게 대꾸해 주었다.

"뭐, 이것도 어머니 영향이에요. 아, 아버지의 영향도 있었네요. 두 분 모두 지금 시대에 전혀 어울리지 않게 레코드판을 사용해서 냇킹 콜이나 프랭크 시나트라의 음악을 트시곤 했거든요. 특히 주말 오후면 저희 집 거실에선 늘 이런 클래식한 재즈 노래가 흘러나왔죠. 그 덕에 제가 꼬맹이일 때, 세상엔 재즈 음악밖에 없는 줄 알기도 했고요."

"정말이에요?"

"그럼요."

"우와…… 저도 이 노래 엄마 때문에 알게 됐는데! 저 지금 무슨 생각하는지 알아요?"

나는 고개를 저었다.

"그쪽 어머니랑, 우리 어머니랑 만났더라면 분명 둘도 없는 친구가 되었겠다! 하고 생각했어요. 정말 그랬을 거 같지 않아요?"

그녀가 밝게 웃으며 말했다. 꼭 치과에 갈 거라는 사실을 모르고, 어머니가 손에 쥐어준 솜사탕을 먹으며 좋아하는 해맑은 소녀 같았다.

"괜찮으면 다음번에 여행 올 땐 어머니 모시고 같이 와요. 저한테 연락하면 저도 어머니 모시고 마중 나갈게요. 그리고 다같이 다시 미술관에도 가보고, 다시 이 노래도 들어보는 거예요. 그럼 정말 좋을 거 같은데."

"저도 생각해 봤어요. 그렇다면 저도 좋을 거예요."

나 역시 미술관에서 정말 그런 생각을 했다. 하지만 그건 불가능했다. 그녀에게 해줘야 할 말이 있는데 오랜만에 하려는 발음에 입술이 괜히 어색했다.

"그렇지만 그건 안 돼요. 저희 어머니는 제가 중학생 때 돌아가셨거든요."

그녀의 안색이 어두워지고 어색한 침묵이 도는 게 싫어, 되도록 밝게 말을 전하고 싶었다. 하지만 나도 모르게 조금의 떨림이 있었는지 아님 그녀가 너무 여린 사람이어선지, 그녀의 눈동자는 역시 흔들렸다.

"미안해요. 그런 줄도 모르고…… 괜한 말을 한 거 같아요."

"괜찮아요. 이미 다 지난 일인데요."

"그래도요. 정말 미안해요. 그렇게 많이 질문할 필요는 없는 건데."

"그렇지 않아요. 오히려 좋았어요, 오랜만에 어머니 얘기해서. 그것도 공통점이 많은 사람과."

내가 대답했다.

"이 년 전이었으면 그 이야기하는 걸 힘들어했을지도 몰라요. 아까 미술관에서 가서야 잊고 있던, 어머니랑 전시회에 갔던 기억을 떠올린 것도, 어쩌면 기억하기 싫어서 과거에 제가 일부러 잊어버렸던 걸 수도 있죠. 그런데 이제는 알기 때문에 덤덤한 거예요. 피하는 게 답만은 아니란 걸. 세월은 흐르는 거고, 언제까지고 그 시간 안에서 중학생인 저로 갇혀 있을 순 없잖아요."

어머니의 다섯 번째 기일에 내가 어머니의 산소 앞에서 했던 다짐이었다. 마주해야 보내줄 수도 있는 거라고. 내가 아닌 남에게 그 생각을 들려준 건 처음이었다. 그녀는 한참이나 나를 빤히 쳐다보고 있었다. 무슨 말이라도 하려는 듯. 그러나 그녀는 결국에 어떤 말도 하지 않았다.

"이제 그만 그런 토끼 눈을 하고 보진 말아줄래요? 결론적으로 괜찮다는 거니까."

내가 말했다.

"아, 네. 그래요. 부담스러웠겠네요."

그녀는 자신의 발이 딛고 있는 곳으로 시선을 옮겼다. 내가 웃었다.

"농담이었는데. 그렇게 받아들이면 무안해져요."

우리는 또 잠깐의 침묵을 경험했지만, 이번에는 그리 길지 않았다. 공기가 아까에 비해 습해진 게 느껴졌다. 하늘에서 곧, 한 방울씩 비가 내렸다.

"이제 그만 돌아가야겠어요. 자전거도 반납해야 하고."

그녀가 말했다.

"그래요."

나는 나무 아래 세워 두었던 자전거에 받침대를 발로 걷었다. 비가 더 오기 전에 서두르기로 했다. 나는 강에 더 가까운 쪽에서, 그녀는 나의 왼편에서 우리는 약간의 거리만을 두고 나란히 달렸다. 나는 비 맞는 걸 참 싫어하는 사람이었는데 오늘은 왠지, 몇 번씩이고 내 얼굴을 스치는 비바람이 싫지 않았다. 아니, 사실은 서둘러 페달을 밟는 내 모습이 어색해 보일 만큼 천천히 비를 맞고 싶어졌다.

언덕길이 보이기 시작할 때쯤이 되어서는 나와 그녀는 자전거에서 내려 핸들을 잡고 끌고 가기 시작했다. 다행히 비는 더 이상 강해지지 않고 여전히 조금씩 내릴 뿐이었다. 어느새 우린 대여점이 보이는 언덕길을 따라 올라가고 있었다. 그러다 내 위에서 앞장 서 걸어가고 있던 그녀가 문득 발걸음을 느리게 했다.

"오면서 계속 생각해 봤는데요. 그쪽만 괜찮다면, 내일 제 피아노 학원에 와줄래요?"

나는 그 말에 놀라지 않았다. 그녀가 거절했을 때부터 이미 그녀가 허락할 거라는 확신이 있었기 때문이다.

"그럴 줄 알았어요."

하고 내가 말했다.

"초대해 줘서 고마워요."

"그래요. 위치는 제가 문자로 보내줄게요. 12시부터 6시까지 하니까, 그 사이 아무 때나 와요."

그녀는 웃으며 그렇게 말했다.

"3시나 4시 쯤에 갈게요."

"좋을 대로요."

비탈길을 다 오른 우리는 자전거를 반납하고, 함께 버스 정류장이 있는 곳까지 갔다. 10분 정도 걸어 정류장에 도착하고 나서, 얼마 지나지 않아 버스에 탔다. 올 때만 해도 많진 않았지만, 꽤 사람들이 있었는데 지금은 정말 단 한 명도 없었다. 나와 그녀는 창밖이 보이는 아무 자리에나, 나란히 앞뒤로 앉았다. 창틀 너머의 거리는 한없이 조용했다. 우린 이런저런 얘기들을 나누며 하루를 정리했다.

그러다 집으로 거의 다 왔을 즈음, 신호에 걸려 버스가 한참이나 멈춰 있었다. 나는 오래돼 삐걱거리는 창문을 열고 손을 뻗어 비가 오는지 확인해 봤다. 손에는 아무것도 느껴지지 않았다.

"いつみおさむふとし(이즈미 하루타)"

처음 소리 내어 그녀의 이름을 불러보았다. 생각보다 훨씬 더 또렷이 발음해 스스로 놀랐다. 앞자리에 앉은 그녀가 나를 돌아보았다.

"한 번도 안 부르길래, 까먹은 줄 알았는데. 기억하고 있었네요."

"먼저 '그쪽'이라 부르기 시작한 건 그쪽이었어요."

내가 말했다.

"그럼, 그쪽은 제 이름 기억해요?"

"일본 발음으로 해줄까요, 한국 발음으로 해줄까요."

"어감이 더 좋다 생각하는 걸로요."

그녀가 재밌다는 듯 웃었다.

"저는 한국어가 더 예쁘게 들리네요. 최유진 군."

"기억하네요."

내 이름이 처음으로 어색하게 들려, 그녀가 처음으로 일본인처럼 보여 피식 웃음이 나왔다.

"말 잘 꺼냈어요. 내일부터는 서로 이름으로 불러요,"

"지금부터 해요. 아직 조금 남았어요, 도착하려면."

"그래 봤자 5분밖에 안 남았어요. 저는 깔끔한 거 좋아해요. 그러니 내일부터 우리가 처음부터 서로를 이름으로 부른 것처럼 자연스레 시작해요."

유리창으로 스며드는 햇빛이 그녀의 볼을 빨갛게 물들였다. 그녀를 만난 뒤에, 내가 '그래요'라고 말하는 일이 부쩍 많아졌단 생각이 들었다. 그것 또한 그녀가 가진 능력이겠지. 나는 그런 생각들을 하며 핸드폰에 이렇게 메모했다.

'7월에 일본, 숙소로 가는 버스에서 처음 내 이름을 부른 이에게 나는 또 한 번 '그래요' 라고 답했다.'

그날 밤에도 나는 늘 그랬듯 글을 적었다. 하나 달라진 것이 있다면 그 옆에 시를 적었다는 것이다. 고등학생 때는 줄곧, 소설을 적다 다음 문장이 생각나지 않을 때는 시를 적으면서 필요한 감정과 표현들을 떠올리곤 했는데 언제부턴가 시를 적으려 연필을 들어도 아무것도 적을 수 없게 되었다.

가끔 억지로나마 예쁜 단어를 적어내도 그건 껍데기일 뿐이었다. 이렇게 된 이유가 뭐였을까. 나는 글이 떠오르지 않는 밤이면 그런 생각을 했다. 하지만 아무것도 알 수 없었다. 그저 방안에 쏟아둔 물이 증발하듯 그렇게, 어느 날 갑자기 내 안에서 색채를 잃어버린 것이다. 그랬던 내가 지금은 다시 시를 적을 수 있게 되었다.

그녀는 나를 고등학생으로 되돌려 놓았다.

에필로그

청량한 분위기의 피아노곡을 모아 놓은 유튜브 영상을 듣다가 처음 이 소설에 대해 떠올리게 되었다. 그 영상은 일본의 여름 풍경을 배경으로 하고 있었는데 무척이나 아름다웠다. 사실 이 글의 시작은 소설이 아니었는데 그냥 음악을 들으며 떠오르는 대로 메모장에 글을 적어 나갔던 게 이 글의 처음 시작이었다.

수필처럼 보이기도 했고 시처럼 보이기도 했던 이 습작을, A4 용지 두 장 정도에 글을 적었을 때

"소설로 바꿔보자."

하고 마음먹었다.

일본의 많은 관광지 중 이 소설의 배경을 아오모리현을 선택한 건 그곳에 느긋함에 반해서였다. 뜨거운 햇빛이 마을과 나무를 비추는 그곳을 상상하는 것만으로도 나는 설레었다.

그러자 자연스레 그 다음은 그곳에서 사랑에 빠진 사람과 나중은 생각하지 않고 마음이 이끄는 대로 함께하는 모습을 그려내고 싶어졌다. 여행에서 만난 사람과의 여정은 이미 끝이 정해져 있지만, 그 끝은 생각하지 않고 현재에만 충실하며 사랑하는 모습이 내게는 가장 로맨틱한 것이라 느껴졌다. 그렇게 이 글에 대해 구상하게 되었다.

사실 이 소설은 동아리 과제보다 한참 전인 1학년 겨울방학 때 처음 떠올렸었다. 그 뒤로 꾸준히 쓰지는 않았지만 나름 틈틈이 써오다가 7월쯤이 되었을 때, 아직 완결이 한참 남았는데도 나는 학업에 집중하다 자연스레 글의 손을 놓게 되었다.

그런 나에게 이번 책쓰기동아리 그린비에서 다시 한번 글을 쓰게 하는 계기가 되어 무척 감사하게 느껴졌다.

내 안의 나

몽유병

2학년 김병수

몽유병이란 병이 있다. 사람이 잠든 상태에서 걸어 다니거나 타인에게 위해를 가하는 등 이상증세를 보이는 것으로, 정신은 깨어났지만 몸은 잠든 상태인 가위눌림과 다르게 정신이 아주 깊이 잠들고, 몸만 깨어나서 움직이는 현상이며, 흔히 영화나 만화 같은 곳에서 단골 소재로 나온다. 근데 왜 몽유병 이야기를 하냐고? 그 이유는 다름 아닌 내가 몽유병에 걸린 거 같았기 때문이다. 내가 이렇게 생각하는 이유는 다름 아닌 며칠 전부터 일어난 몇 가지 사건 때문이었다.

"으음…… 지금 몇 시지?"

일주일 전인 토요일 아침, 모처럼 늦잠을 푹 자고 일어났다. 그런데 어라? 내가 일어난 곳은 내 방 침대가 아니라 거실의 소파 위였다. 당연히 난 우리 집에 같이 사는 오빠라는 생명체가 날 놀라게 하기 위해 야밤에 날 옮긴 줄 알았다. 그래서 곧장 오빠 방으로 직행했다.

"야! 넌 아무리 장난을 쳐도 이런 걸로 하냐? 너나 나나 이제 고등학생이거든?"

"쟤는 아침부터 뭐래? 내가 뭘 했는데?"

"네가 나 새벽에 소파 위로 옮겼지?"

"내가? 야, 내가 널 어떻게 들어올려? 돼지라서 들 엄두도 못 낸다고."

"뭐? 돼지?! 오빠 너 진짜 좀 맞아야겠다!"

"아니, 맞잖아! 아악! 운동하는 돼지가 사람 팬다! 엄마! 살려줘!"

내가 오빠의 팔을 꺾으려던 찰나, 아침 준비를 하던 엄마가 나타났다. 엄마는 우리의 등짝을 세게 때리며 소리를 빽 질렀다.

"너희는 어째 고등학생이 돼서도 또 싸워?! 너희 이제 17, 18살이거든?!"

"아니, 난 억울해! 얘가 아침부터 쳐들어와서는 내가 자기를 새벽에 자기 방 침대에서 소파까지 옮겨놨다고 우기잖아!"

"진짜 오빠가 한 거 아니야?"

"아까부터 아니랬잖아! 왜 나한테 그러는데?!"

"흐음…… 그럼 뭐지?"

"둘 다 그만하고 나와서 아침이나 먹어. 윤지 너는 오늘 오전에 친구들이랑 놀러 나간다며?"

잠시 소란스러웠지만 엄마의 중재 덕분에 금방 정리되었고, 나는 아침을 먹은 뒤 곧바로 준비를 하고 나갔다. 간만에 친구들과 만나 여러 이야기를 하던 도중, 친구 한 명이 몽유병에 대한 이야기를 꺼냈다.

"너희, 몽유병 알아?"

"몽유병? 자는 동안 움직이는 그거?"

"응, 미국에선 몽유병에 걸린 사람이 밤사이에 집에서 3km나 떨어진 곳까지 걸어갔대. 엄청나지 않아? 요새는 스마트폰 잠금을 바꿔놓거나 컴퓨터를 포맷시키기도…… ."

"야! 말이 되는 소리를 해. 집 밖을 걸어 다니는 건 그렇다 쳐도 자는 사이에 어떻게 휴대폰 비밀번호를 바꿔?"

"아이 참, 진짜라니까? 군대에서는 또…… ."

'몽유병? 잘 때 움직인다고?'

"그 이야기, 조금만 더 자세히 해봐."

"응? 윤지 너 의외다? 평소에 내가 이런 얘기할 땐 관심 없더니?"

"잔말 말고 빨리!"

"알았어. 그러니까 몽유병이…… ."

여러 가지 이야기를 들은 결과, 몽유병은 잠이 들었을 때 스스로는 자각하지 못하지만 몸만 움직이는 것으로, 주된 원인은 스트레스라고 한다. 흐음, 난 딱히 스트레스 받을 일이 없는데…… 일단 집에 가면 조금 더 검색해 봐야겠다.

내 손이 남자의 팔을 꺾으려 한다.
하지만 이건 내 손이 아니야.
성인 여자가 나와 남자의 등을 때린다.
하지만 이건 내 등이 아니야.
아침을 먹는다.
하지만 내가 먹은 것은 아니야.

"다녀왔습니다!"

"엄마?" 아무리 불러도 대답이 없는 엄마. 방에 틀어박혀 휴대폰을 들여다보고 있는 오빠 방으로 직행했다.

"야, 엄마 어디 가셨냐?"

"엄마? 오늘 곗날이라고 너 오기 10분 전에 나가셨다."

"그럼 저녁은?"

"대충 우리끼리 알아서 시켜먹어도 된다는데. 넌 뭐 먹을래?"

"나? 난 당연히 치킨이지."

"그래? 그럼 치킨 말고 다른 거 시켜야지!"

"하, 얘가 아침에 당해놓고 또 까분다?"

"야, 솔직히 아침에는 네가 갑자기 쳐들어와선 내 팔 꺾으려 한 거잖아. 근데 갑자기 왜 그랬냐? 이유나 한번 들어보자."

"아니, 난 분명히 어젯밤에 침대에서 잠들었는데, 아침에 일어나보니까 거실 소파인 거야. 그래서 당연히 오빠가 나 자는 사이에 옮긴 줄 알았지."

"또 헛소리 한다. 네가 새벽에 물 마시러 나왔다가 소파에서 잠든 거 아니야? 아니면 너 저기, 그, 뭐냐, 몽유병? 그런 거야?"

또다시 듣게 된 몽유병이라는 소리에 어쩌면 진짜 몽유병에 걸린 것이 아닐까 하는 의심이 들기 시작할 때쯤 전화가 걸려왔다.

"여보세요?"

"윤지야, 나야."

"어머, 강현아? 무슨 일이야?"

"우리 수행평가 조별과제 때문에. 지난번에 조사한 거 전부 이메일로 보냈으니까 확인해 줘."

"알겠어. 내가 PPT 만들어서 가져갈게!"

전화를 끊자마자 기다렸다는 듯 오빠가 딴죽을 걸었다.

"우와, 남자애 앞이라고 내숭 떠는 거야? 요새 누가 '어머' 이러냐?"

"넌 일단 좀 더 맞자."

"아, 미안, 미안! 잘못했어!!"

오빠는 어느새 저만치 줄행랑을 치고 있었다.

여느 때와 다름없이 평범했던 하루, 하지만 그날 이후로 내 몽유병 같은 증세는 점점 심해졌다. 처음에는 눈을 떠보니 소파나 책상 밑이었다는 정도였다면, 지금은 밤사이에 집밖 계단에서 깨거나 심지어는 놀이터에서 일어난 적도 있었다. 엄마는 이런 나를 걱정하며 병원에 가보지 않겠냐고 했다. 음, 근데 몽유병은 어느 병원에 가야 하지?

성인 여자가 병원에 가보겠냐고 물었다.
나 때문인가?

엄마와 함께 큰 대형병원에 가봤다. 일단 어떤 병원에 가야 할지 모르겠는 것도 있고, 친구들에게 물어보니까 정신과가 그나마 낫지 않겠냐는 친구들의 조언에 따라 대형병원의 정신과에 가보았다.

"이윤지 학생 들어오세요~"

"네~"

진료실에 들어가니 하얀 가운을 입은 의사 선생님이 싱긋 웃으며 앞에 앉으라고 했다.

"그래, 몽유병 때문에 왔다고?"

"네, 어느 병원에 가야 할지 몰라서 일단 여기로……."

"흠, 일단 정신과랑 크게 관계가 없긴 한데, 일단 몽유병은 딱히 원인이나 치료법 같은 게 없어. 사례 자체도 생각보다 적고. 가장 많이 알려진 원인은 스트레스인데, 지하 1층에 있는 위클래스에서 상담을 받아보는 게 어때? 학생이면 일단 무료이기도 하고, 그걸로 네가 모르는 스트레스 같은 걸

찾을 수도 있거든."

"그래요? 그러면 바로 가도 되나요?"

"응, 내가 상담서 써 줄 테니까 들고 내려가 봐."

"네, 감사합니다."

선생님이 준 상담서를 들고 지하로 내려갔다. 위클래스 선생님은 방금 전화 받았다며 나를 상담실로 안내했다.

"흠, 몽유병 때문에 왔구나?"

"네, 주된 원인이 스트레스가 많다고 해서 여기서 상담을 하면 저도 모르는 스트레스를 찾을 수 있을 수도 있다고 하셔서요."

"그래, 잘 찾아왔어. 일단 간단한 테스트부터 해줄래?"

선생님은 나에게 볼펜과 화이트, 종이 몇 장을 건넸다.

"나는 나가 있을 테니까 부담 없이 체크하고, 다 되면 불러주겠니?"

"네~"

질문 자체는 그렇게 부담스러운 건 없었다. 30분 정도 지나고, 선생님은 팩 음료수 들고 돌아오셨다.

"다 끝났니? 이리 줘볼래?"

"여기요."

"그래, 검사 결과 나오는 건 이메일로 보내줄까?"

"아, 네. 여기 제 이메일."

"그래, 그럼 잠시 얘기해 볼까?"

그렇게 시작된 상담, 간단한 질문과 이야기가 오가고, 왠지 모르게 마음이 조금 편해진 거 같았다.

"자, 상담 시간은 여기까지. 어때, 다음 주에도 한 번 더 올래?"

"그래도 되나요?"

"물론이지. 위클래스는 학생들을 위한 상담소이기도 하니까. 너만 괜찮다면 언제든지 와도 괜찮아."

"저기, 그러면 다음 주 이 시간에 한 번 더 와도 될까요?"

"그래, 그럼 다음 주에 보자~"

상담이 끝나고, 나는 집으로 돌아왔다. 딱히 뭘 한 것도 아닌데 왜 이리 피곤한지. 엄마는 내가 집에 오자 나를 옆에 앉혔다.

"다녀왔어? 병원에서는 뭐래?"

"몽유병은 딱히 치료법이 없대. 원인도 스트레스 받는 게 대부분이라고만 하고. 그래서 차라리 상담 같은 걸 받아 보는 게 어떻겠냐고 하셔서 상담 받고 왔어."

"그래? 솔직히 엄마는 좀 걱정이야. 지난번에는 놀이터까지 갔었지? 또 어디 이상한 곳까지 가면 어떡하니?"

"나도 이제 좀 무서워. 또 도로 한복판에서 깰 수도 있잖아."

"흐음, 잘 때 아예 몸을 묶어 놓는 건 어때? 그럼 못 움직이지 않을까?"

"그건 좀 아니라고 생각해……."

아무튼 이후로도 나의 몽유병 고치기는 계속 되었다. 엄마 말대로 아예 몸을 묶어보기도 했고, 아예 밤을 새보려고도 했다. 문제는 싹 다 소용 없었다는 거지만. 몸을 줄로 묶어놔도 아침에 일어나면 전부 풀어져 있고, 천성이 잠꾸러기인 내가 밤을 새는 건 불가능했다. 결국 나도 모르는 사이에 잠이 들어버리고, 눈을 뜨면 소파나 책상 밑이었다.

"우와, 엄마. 나 큰일난 거 같아. 보통 중학생 때 가끔 나타난다던데 나는 왜 고등학생인데도 이러는 거지? 나 학교 가서 졸면 큰일나는 거 아니야?"

이쯤 되니 슬슬 무서워졌다. 말마따나 학교에서 졸다가 깜빡 잠들기라도 하면 내가 뭘 할지 알 수 없었기 때문이다. 내가 기면증이 없는 게 다행이었다.

"일단 학교에서는 최대한 안 자게 노력하고, 선생님한테는 혹시 모르니까 엄마가 말씀드려 놓을게. 알았지?"

"응, 알았어."

이후 졸음 껌은 내 필수품이 되었다. 다행히 학교에서 잠드는 일은 없었고, 밖에서는 하던 대로 학원도 다니고, 하던 운동도 계속했다. 그리고 한 가지, 나에게 작은 비밀이 더 생겼다. 나에게도 남자친구가 생겼다. 상대는 바로 강현이. 장장 4년에 걸친 내 짝사랑이 이루어진 것이다. 당연히 오빠가 알면 이거 가지고 몇 날 며칠을 놀릴 거고, 친구들의 반응도 아마 깜짝 놀랄 것이다. 흠, 일단 당분간은 둘만의 비밀로 가지고 있어야겠다.

저 남자를 볼 때마다 이 몸의 주인은 설레 한다.
나도 그런 건가?
나도 저 남자의 손을 잡아보고 싶다.
나도 저 남자와 대화해 보고 싶다.

"야, 이윤지. 너 뭐 숨기는 거 있냐?"
"뭐? 왜 또?"
"그러지 말고, 말해 봐."
"또 뭐 잘못 먹었냐? 없다니까?"
"진짜? 솔직하게 말하는 게 좋을 텐데?"
"또 한 대 맞으려고?"
"이거, 짜잔!"
오빠가 보여 준 사진에는 내가 강현이와 함께 손을 잡고 있는 사진이 찍혀 있었다. 뭐지? 언제? 누가 찍은 거지?
"너 남자친구 생겼냐? 얘는 누군데 우리 집 근육 돼지랑 다정하게 손을 잡고 있어?"
"아오씨, 그런 거 아니거든? 좋게 말할 때 지워라, 응?"
"아니기는? 내 친구가 보내준 건데, 그럼 걔한테 가서 따져야지?"
"아이, 진짜 이럴래?!"
내가 오빠의 목을 조르자 오빠는 켁켁대며 지우겠다며 항복했다. 하여튼 말로 하면 절대 안 듣는다.
"자, 지웠다. 됐지?"
"한 번만 더 그러면 진짜 가만 안 둬. 알겠어?"
"하여튼 근육 돼지…… 운동 배우는 것도 나 패려고 배우는 거 맞다니까…… ."

작은 해프닝 이후 난 다시 방으로 들어갔다. 시험 기간이지만 특유의 귀차니즘이 내 발목을 잡아 침대로 이끌었다. 휴대폰 딱 5분만, 10분, 20분…… 그렇게 침대에서 밍기적거리다 보면 어느새 하루가 끝나 있었다. 으, 시험공부 해야 하는데. 아무튼 몽유병 증상도 최근 괜찮아져 다시 집 안에서만 조금 배회하는 걸로 끝나고, 그렇게 평범하게 끝날 줄 알았다.

'으음…… 누구지……?'

새벽, 누군가 내 팔을 강하게 잡아 미는 것 같은 느낌에 잠에서 깼다. 잠에서 깬 나는 놀라서 소리를 질렀다. 내가 자고 있던 오빠의 목을 조르고 있었기 때문이다. 그것도 엄청 세게.

"야…… 이씨…… 사진 지웠다니까…… ."

언뜻 들어도 오빠는 숨이 넘어가기 직전이었다. 나는 황급히 손을 떼고, 물을 떠다주었다.

"오빠, 괜찮아?!"

"괜찮겠냐? 어우, 자국 남겠네…… ."

"설마 내가 조른 거야?"

"그럼 니가 졸랐지 엄마가 그랬겠냐? 아무리 그래도 이건 좀 심하지 임마."

오빠도 갑자기 자다가 목을 졸린 게 얼떨떨하고 당황스러웠는지 크게 화를 내진 않았다. 만약 내가 못 깨어났다면 오빠는 진짜 질식했을지도 모른다.

"사진 지웠다니까, 참. 그나저나 너 지금 나보고 오빠라고 했냐? 이번에는 좀 미안한가 보다?"

방금 그 꼴을 당해놓고 다시 빈정거리는 오빠, 나는 오빠의 뒤통수를 한 대 때리고 문 잠그고 자라고 한 뒤 다시 방으로 돌아왔다.

'나 진짜 미쳐가는 건가? 아무리 쟤가 원수 같아도 목 조르는 건 아니지!'

그렇게 이불 속에서 한참을 떨다가 어느새 아침이 다가왔다. 오빠가 엄마한테는 말하지 않은 건지 엄마는 아무 말이 없었다. 하긴, 엄마 성격상 그 이야기를 들었다면 길길이 날뛰었을 텐데.

"윤지 너, 요즘은 몸 괜찮아? 별일 없지?"

"으, 응? 어, 별일 없어. 요새는 막 밖에 나가지도 않고. 밤에도 별문제 없어."

"그래, 무슨 일 있으면 말해라. 알았지?"

"알겠어. 그럴게."

내가 왜 남자의 목을 졸랐는지는 모르겠다.
다만 저 남자가 이 몸 주인의 남자친구를 욕보이는 게 싫었다.
그래서 이 몸의 주인도, 저 남자도 자는 사이 없애버리려 했다.
실패했지만.

여느 날 때처럼 평범한 하루였다. 학교에 가고, 수업을 듣고, 딴생각하고. 하지만 오늘 오후에는 특별한 일이 생겼다. 일찍 마치는 날인 덕에 강현이와 처음으로 데이트를 하게 되었다. 시험 기간이긴 하지만 뭐, 괜찮겠지. 다이어트와 공부는 내일부터니까.

"강현아! 여기!"

"미안, 늦었지? 학원이 조금 늦게 끝나서. 빨리 가자."

강현이와 가기로 한 곳은 영화관. 어찌보면 가장 정석적이라고도 할 수 있는 장소. 같이 새로 나온 로맨스 영화를 보러 가기로 했었다.

"자리표 뽑아 올 테니까 팝콘 좀 사다 줄래?"

"응, 음료수는?"

"나는 그냥 콜라. 큰 사이즈로 부탁해."

"알겠어~"

강현이의 부탁대로 팝콘과 콜라를 사고 영화관에 입장했다. 언제나처럼 지루한 광고가 지나가고 영화가 시작되었다. 초반 내용은 진부했지만 점점 후반으로 갈수록 주인공 커플의 사랑이 이루어진 것과 그 후에 펼쳐지는 순애물 같은 분위기가 나를 사로잡았다.

'지금이라면 손이라도…… 아니, 너무 이른가?'

이 틈에 손을 한 번 잡아볼까, 싶었지만 아직 너무 이른 거 같았다. 어디까지나 영화관에서 우연인 척 손 잡고 로맨틱한 분위기가 되는 건 만화나 소설 같은 곳에서나 나오니까. 정말 영화만 보려고 했다. 근데……

'뭐…… 뭐야!'

말 그대로 손이 '저절로' 움직인 거 같았다. 내 손은 어느새 팔걸이에 걸쳐진 강현이의 손 위에 포개져 있었다.

'헉! 아직 부담스러워하면 어떡해!'

급하게 강현이의 얼굴을 쳐다봤다. 극장이 어두워 잘은 보이지 않았지만 강현이의 얼굴은 내 생각과 다르게 빨개져 있었다. 결국 우린 영화가 끝날 때까지 손을 잡고 있었고, 영화가 끝나자 갑자기 부끄러워진 우리 둘은 급하게 헤어졌다.

"꺄악! 내가 미쳤지 진짜!"

"야, 집 무너지겠다. 왜 갑자기 이불킥이야?"

"몰라! 지금 너 상대할 기분 아니니까 꺼져라, 응?"

"또 나한테만 그러네, 이거."

투덜대며 자기 방으로 돌아가는 오빠를 뒤로하고 난 이불을 머리끝까지 뒤집어썼다. 사귄 지 얼마 되지도 않았는데 먼저 손을 잡다니. 내가 미쳤지. 아무리 생각해도 너무 무리수였나 싶었다. 그때 메시지가 하나 도착했다.

'오늘 영화 재밌었어? 내가 보고 싶었던 거라서 취향에 맞았나 모르겠네.'

'아니야. 나도 엄청 재밌게 봤어.'

'그래? 그럼 다행이다. 내일 학교에서 보자.'

'응, 내일 봐.'

메시지로도 손을 잡은 것에 대한 이야기는 없었다. 어떻게 생각할지는 모르겠지만 일단은 잘 넘어간 거 같긴 했다. 내가 왜 그랬는지도 모르겠지만, 결과가 좋으니까 됐나.

처음이다. 가슴이 두근거린 건.

그 남자의 손을 잡았다.

이 몸의 주인이 느끼는 건 나도 전부 똑같이 느낄 수 있다.

시각, 청각, 미각, 후각, 촉각 전부.
가슴이 떨리는 게 이렇게 생생하게 전해진 건 처음이다.
내가 직접 잡았더라면 더 좋았을 텐데.
하지만 이러니저러니 해도 12년 가까이 함께했으니, 이 정도면 괜찮지.

주말이 지나고, 다시 학교에서 강현이와 만났다. 이제 시험 기간이니 우리 둘 다 본격적으로 공부하기 시작했고, 가끔은 강현이와 함께 도서관에서 공부하기도 했다. 공부와는 영 인연이 없는 나와 다르게 성적이 매우 좋았다. 그래서 함께 공부하면 여러 가지 배우기도 했고, 왠지 모르게 공부가 더 잘 되는 거 같았다. 문제는 내가 혼자 집에서 공부하기 시작하면 영 효율이 안 나왔다는 거지만. 그래도 시험일은 쭉쭉 다가왔고, 결국 반만 아는 채로 시험을 쳤고, 당연히 반만 잘 쳤다. 평소에 수업시간 때 딴 짓만 안 했어도 좋았을 텐데…… 후회해도 늦었으니 지나간 일은 제쳐두고, 다음 기말고사 때 열심히 하겠다고 마음먹었다.

"으아~ 시험 망쳤어."

"괜찮아, 다음 시험 때 다시 잘하면 되지. 다음에도 내가 도와줄게."

"정말? 역시 강현이밖에 없네~ 우리 집에 있는 짐승이 강현이 반만 닮아도 참 좋을 텐데."

"윤후 형 말하는 거야?"

"응, 어휴, 툭 하면 시비 걸고 얼마나 거슬리는지. 차라리 언니나 여동생이면 덜 싸웠을 거 같다니까? 같은 엄마 아빠라 부모 욕을 할 수도 없고…… 근데 강현이 네가 우리 집 짐승 이름을 어떻게 알아? 내가 말해 준 적 있나?"

"아니, 네 오빠 우리 동아리야."

"뭐?! 너희 동아리 과학 탐구부잖아? 공부 엄청 잘하는 애들만 들어가는 곳 아니야?"

"응? 너희 오빠 전교권인 거 몰랐어?"

"뭐?! 그 짐승이? 허구한 날 방에 틀어박혀서 게임이나 하던 그게?!"

"너희 남매 진짜 사이 안 좋은가 보네……."

충격적인(?) 이야기를 뒤로 하고, 집으로 돌아왔다. 엄마에게 시험 망쳤다는 이야기를 했다가 또 등짝을 맞을 뻔했지만, 간신히 빠져나와 무사히 넘어갔다. 그리고 그날 밤, 한동안 잠잠했던 몽유병이 또다시 도지기 시작했다. 마치 처음에 겪었던 것처럼 소파, 책상 밑, 밖으로 점점 범위가 넓어지고 있었다. 그때 문득, 병원에서 스트레스가 원인이 될 수도 있다는 소리가 떠올랐다. 근데 뭐지? 그럼 보통 시험 기간에 스트레스 받지 않나? 시험은 끝났는데?

이 몸의 주인이 그토록 힘들어 하던 시험도 끝이 났다.
후우, 이제 나도 숨 좀 쉴 수 있겠지?
그리 긴 시간은 아니지만, 나도 이제 다시 밖을 보기로 했다.

"으으, 어떡하지?"
"무슨 고민 있어?"
"어맛, 깜짝아. 강현이 너 언제 왔어?"
"이거 가져다주려고 왔는데 뭔가 고민이 있어 보여서."
'여기서 사실대로 말했다가 이상하게 보면 어떡하지?'
"아, 아니야! 아무 일도 없어."
"그래? 그러면 괜찮지만, 무슨 일이 있으면 알려줘? 나도 할 수 있는 한 도와줄게."
"응, 고마워~"
거짓말로 살짝 얼버무린 후 다시 수업시간이 되었다. 하지만 이번에도 하늘은 나를 가만히 두지 않았다. 따뜻한 봄날의 날씨는 학생들이 잠들게 만들었고, 나도 예외는 아니었다. 분명 머릿속으로는 자면 안 된다는 걸 알고 있지만, 어느새 눈은 스르르 감겼고, 수업시간이 끝나는 종이 울리자 일어났다. 혹시나 몽유병 때문에 교실에서 뭔 짓을 한 건 아닐까 걱정했지만, 의외로 아무 일도 없었다. 분명 내가 이상한 짓을 했다면 선생님이나 친구들이 뭐라고 했겠지.
"윤지야, 일어나 봐. 체육 시간이야."

"으응…… 어?! 나 잤어?"

"응, 뒷자리라서 안 걸렸나 봐. 그리고 시험 끝났다고 딱히 수업도 안 했고."

"그래? 흠, 그렇다면 다행이고."

"자, 빨리 가자. 옷 갈아입어야지?"

"알았어, 가자."

그 이후로는 다시 별일 없었다. 학교가 끝나고, 집에 오고, 놀고, 공부하고, 아무 이상 없는 하루였다. 진짜 문제는 그 다음 날부터 터지기 시작했다.

"윤지야~ 숙제 해 왔어?"

"하하, 당연하지! 조금 오래 걸리긴 했지만."

그때 난데없이 내 손이 아율이의 뺨을 톡, 하고 만졌다.

"엥?"

"으잉?"

"왜? 내 뺨에 뭐 묻었어?"

"응? 아, 응. 뭐가 이상한 얼룩 같은 게 있어서."

"그래? 흠, 아침에 거울 볼 때는 없었는데…… 뭐, 아무튼 고마워."

이번에도 영화관에서처럼 손이 멋대로 움직인 거 같았다. 그때는 손끝이 살짝 닿은 정도였지만, 이번에는 아니었다. 하물며 오른팔이, 자신도 모르는 사이에 움직인다니. 무슨 호러영화에서 이중인격인 캐릭터들이 하는 짓이었다.

"뭐야, 윤지 너 괜찮아? 갑자기 얼굴이 사색이 됐는데?"

"아, 아니야! 괜찮아."

"흠, 이상한데……."

"에이, 진짜 괜찮다니까."

"정말이지?"

"응, 괜찮아, 히히"

이후로도 내 몸은 점점 따로 노는 것처럼 움직이는 때가 생겼다. 가끔 뜨거운 그릇을 맨손으로 만지려고 하거나 과학시간에는 화학 약품에 손을 대려 하는 등 정말 위험할 뻔한 일도 생겼다.

"으으…….."

"윤지 요새 왜 그래? 장갑도 없이 산성액을 만지려 하질 않나, 지난번에 밥 먹으러 갔을 때는 뚝배기를 맨손으로 만지질 않나, 어디 아프기라도 한 거야?!"

"잠깐, 나 좀 혼자 있게 해줘."

"힘들면 말해, 알겠지? 진짜 걱정돼서 그래……."

아율이의 전화가 끊기고, 나는 침대에 쓰러지듯 누웠다.

"으으…… 나도 힘들다고……."

마음대로 움직이는 팔을 바라보며 한숨을 쉬던 그때 또 전화가 왔다.

"여보세요? 강현아?"

"윤지야, 괜찮아? 오늘 과학실에서 큰일날 뻔했다면서?"

"아, 그게……."

"혹시 무슨 문제라도 있어?"

"그게 아니고…… 내 손이……."

결국 강현이에게 모두 털어놓았다. 마음대로 움직이는 손, 최근 심해지는 몽유병까지. 강현이는 잠시 말이 없더니 나에게 한 가지 제안을 했다.

"병원에서도 왜 그러는 건지 못 알아냈다고 했지? 그러면 우리 할머니랑 만나볼래?"

"강현이네 할머니? 왜?"

"우리 할머니, 무당이시거든. 조금 어이없게 들리겠지만 어차피 이유를 모르면 한번 가보는 것도 나쁘진 않잖아?"

"그래? 그러면…… 한 번만 가볼까?"

"응, 그러면 내일 보자. 학교 앞에서 1시에. 어때?"

"알겠어. 갈게."

전화가 끝나고, 다시 침대에 누웠다. 나도 모르는 사이에 잠이 들었다. 기억은 안 나지만 뭔가 엄청나게 무서운 꿈을 꾼 것만 같은 느낌이 들었다.

흠, 아무래도 이 몸, 이제 나도 조금씩 움직일 수 있는 거 같다.

밤에 움직이는 것만큼은 아니지만, 낮에도 움직일 수 있다는 게 무엇보

다도 재밌었다.

그래도 아까 전에 그 약품은 건드리는 게 아닌 듯했다.

이 몸이 다치면 나도 아프니까 조심해야지.

"윤지야~ 여기!"

"아, 강현아."

"기운 없어 보이네. 자, 곧 있으면 버스 온다니까 가자."

"응, 가자."

버스에 타고 한참을 가자 어느 상가 앞에서 내렸다. 4층으로 들어가자마자 나이 지긋하신 할머니가 나를 무섭게 째려보셨다.

"할머니, 여기 어제 말했던 친구."

"아, 안녕하세요오……."

무섭게 째려보는 시선에 잔뜩 쫄아 제대로 인사도 못했다.

"앉아봐."

"네……."

"몽유병 때문에 왔다고 했지?"

"네, 좀 심해져서……."

"그거 못 떼. 내가 아니라 조선 팔도 무당 다 데려와도 안돼."

"그렇게 쎈 귀신이에요?"

"귀신 아니야. 불쌍한 것…… 살아보지도 못하고, 그래도 너무 괴롭히지 마라."

무당 할머니는 내 옆의 허공을 바라보며 타이르듯 말씀하셨다.

"그, 그런 게 어디 있어요! 뭐든 할 테니까 도와주세요."

"할 수 있는 게 없다니까! 손주 친구라고 복채도 없이 봐줬더니…… 나가!"

"네, 넵!"

강현이네 할머니의 호통에 나도 모르게 뛰쳐나갔다. 어휴, 심장 떨려.

"윤지야!"

"아, 강현아."

"미안, 내가 괜히 오자고 했나 보네."

"소리치실 때 좀 무섭긴 했어……."

"그나저나 무슨 말씀이실까? 귀신은 아니고, 그럼 뭐지?"

"아무튼 나한테 뭐가 있다는 거지? 어휴, 무서워."

"일단 집에 가자. 내일 다시 얘기하자."

저 할미니, 내가 보이는 건가? 그리고 억울하다.
딱히 괴롭힌 적은 없는데.

"다녀왔습니다."

"왔어? 어때?"

"더 모르겠어. 귀신은 아닌데, 뗄 방법도 없고, 그리고 살아보지도 못했대."

"살아보지도 못했다고? 정말 그렇게 말씀하셨어?"

"응. 그리고 내 옆에 아무것도 없는데도…… 엄마, 괜찮아?"

처음이었다. 엄마가 저렇게 심각한 표정을 지은 건.

"엄마, 왜 그래? 어디 아파? 괜찮아?"

엄마는 머리를 붙잡으며 소파에 털썩, 주저앉았다.

"윤지 너 잠깐 이리 와봐."

"으잉? 왜?"

"여기 앉아."

엄마 옆에 앉았다. 엄마는 다시 일어나 안방에서 작은 앨범을 꺼내왔다.

"이게 뭐야? 앨범?"

앨범을 펼쳐보자 나와 오빠의 어린 시절 사진이 가득 있었다.

"어, 이거 나 어릴 때잖아?"

"거기 말고, 더 앞에"

가장 앞장을 펼쳐보자 엄마가 임신했을 때 찍은 초음파 사진이 붙어 있었다.

"초음파 사진? 이게 왜?"

"그건 니네 오빠 꺼고, 옆에 있는 거"

"응? 옆에 있는 건 당연히 내 거겠…… 어? 뭐야?"

내 사진에는 나 혼자가 아니라 태아가 하나 더 찍혀 있었다.

"이거 뭐야?! 이거 쌍둥이 태아 사진이잖아? 나도 모르는 내 동생이나 언니나 오빠가 또 있었던 거야?"

"그래, 있'었'지."

"있었다니?"

"원래 너, 쌍둥이였어. 그런데 어느 날 보니까 왼쪽 태아가 아예 사라졌지 뭐니. 나도 너희 아빠도 놀라서 급하게 의사를 불렀더니, 의사도 놀라더라. 이게 태아가 한쪽만 자연적으로 유산돼서 사라지는 현상인데, 그…… 뭐더라…… 그래, 배니싱 트윈이라고 하더라고. 자연 유산된 아기는 나머지 한쪽에 흡수된다고 그러더라. 한마디로 넌 원래 쌍둥이인 거지."

"어, 잠깐만. 지금 머리가 못 따라가겠는데……."

엄마는 그 후로도 여러 가지 이야기를 해주었다. 만약 쌍둥이가 태어난다면 한 명은 윤지, 한 명은 윤정이로 했을 거라는 것, 아기 용품도 두 개씩 사놨던 것, 그 외에도 많은 이야기를 했다.

"그냥 해준 말이야. 크게 신경 쓸 거 없어."

"으, 응."

그렇구나.

이 몸의 주인은 내 언니였구나.

내 이름은 이윤정이구나.

이제 알겠다.

언니 때문이구나.

언니가 날 여기에 가뒀구나.

나도 살아보고 싶었어.

나도 내 스스로 숨을 쉬고, 달리고, 마음껏 웃어보고 싶었어.

나도 움직여보고 싶었어.

최근에서야 언니가 잠든 사이, 조금씩이나마 내가 스스로 움직이게 될 수 있었어.

처음으로 직접 움직이고, 숨을 쉬고, 걷고 있다는 사실이 너무나도 기뻤어.

그런데 이 모든 기회를 언니가 빼앗은 거야.

솔직히 나는 내가 누군지도 몰랐어. 그저 언니가 엄청나게 어릴 때, 나도 어느샌가 깨어났어.

누군가 나를 부르고, 이리 오라고 손짓하는데 나는 손끝 하나, 입술조차 움직일 수 없었어.

괴로웠어. 보고, 듣고, 만지고, 냄새를 맡고, 맛보는 건 전부 할 수 있는데. 그건 내 의지가 아니었다는 게. 괴롭고 힘들어서 버틸 수 없었어.

누군가 나 대신 말하고, 숨을 쉬고, 움직였지.

매일매일이 감옥에 갇혀 살아가는 기분이었어.

그나마 위안이라면 언니와 같은걸 느낀다는 거.

언니가 맛있는 걸 먹으면 나도 그 맛을 느낄 수 있었고, 언니가 무슨 일을 성공하면 나도 모르게 기뻤어. 적응한 거지. 그래도 최소한, 이렇게라도 살아간다면 될 거라고 생각했어.

나는 언니를 용서 못해.

절대로.

언니가 사춘기랍시고 외로워 할 때 난 그 수백 배는 외로웠어.

언니가 틀렸던 시험문제들, 나는 전부 알고 있어. 언니가 딴 짓을 해도 나는 그걸 듣고 있었으니까.

언니가 시험공부 하기 싫다고 밍기적거리면서 휴대폰을 하고 있었을 때, 나는 그 시간을 좀 더 쓸모 있게 쓸 수 있었어.

기껏 내 삶을 빼앗아 놓고, 그렇게 무의미하게 시간을 버린 거야?

기다려, 언니.

이제 곧이야, 이제 곧 언니 차례가 올 거야.

엄마에게 충격적인 이야기를 듣고 나서, 나는 고민에 빠졌다. 이 이야기를 강현이에게 들려줄 것인가. 엄마의 의도는 그냥 가족끼리 이미 지나간 이야기를 하며 편해지려는 거지만, 나는 도저히 받아들일 수 없었다.

"여보세요, 강현아? 바빠?"

"아, 윤지구나. 안 바빠. 무슨 일이야?"

"그, 직접 해야 할 거 같은 이야기가 있어서. 잠시만 우리 집 앞 놀이터로 와줄래?"

"알았어, 금방 갈게."

강현이는 정말 5분도 안 돼서 놀이터에 도착했다. 그것도 음료수까지 사온채로.

"자, 이거 마셔. 그나저나 할 얘기가 뭐야?"

"그게……."

강현이에게 모든 일을 설명했다. 강현이도 이런 이야기는 처음 듣는지 깊이 생각하는 얼굴을 하곤 한참 동안 말이 없었다.

"니가 듣기에는 어때? 무섭지……?"

"잠깐만 가까이 와볼래?"

강현이에게 다가가자 강현이는 나를 다정하게 안아주었다.

"그동안 무섭고 힘들었지?"

강현이의 반응은 내 생각과 달랐다. 날 이상하게 볼 거라는 생각과는 달리 나를 위로해 주며, 어느 때보다도 친절하게 대해 주었다.

"나, 무서웠어. 손은 제멋대로 움직이고 밤마다 기억도 안 나는 이상한 꿈이나 꾸고, 나 진짜 무서웠어."

나도 모르게 눈물이 나기 시작했다. 한두 방울 흐르던 눈물은 이내 비 오듯 쏟아졌고, 강현이는 그런 내 등을 말없이 토닥여 주었다.

"너무 울지 말고, 우리 하나씩 찾아보자. 어떻게 고칠지. 조금 오래 걸리더라도 찾다 보면 나올 거야."

"강현이 너, 진짜 좋은 애구나."

한참을 울고 나서, 다시 강현이와 헤어져 집에 왔다. 아마 난 평생가도 강현이 만큼 좋은 남자친구를 만나기는 힘들겠지.

아아, 역시. 멋진 남자야.
언니한테는 과분해.
가지고 싶어.

강현이의 말대로, 우리는 여러 가지 사례들을 찾아보고 내 증상을 고치기 위해 함께 노력했다. 하지만 고등학생의 신분으로 가능한 것에는 한계가 있었고, 결국 우리는 대학생이 되어서도 함께하게 되었다. 그리고 우린, 어느덧 깊은 사이까지 발전했다.

　"우와아…… 우리 진짜 대학까지 같이 왔네."

　"그러게, 증상도 어떻게든 많이 나아졌고."

　"그래도 내가 강현이 너 따라서 대학 온 게 어디야?"

　"그건 그렇고 오늘 저녁에 시간 있어?"

　"오늘? 시간이야 언제나 넘치지~"

　"그러면 오랜만에 같이 저녁이나 먹을까 해서."

　"좋지! 이따가 저녁에 만나~"

　집에 돌아왔다. 히히, 오랜만에 같이 먹는 저녁이니까 맛집이라도 찾아봐야지.

　"이윤지, 이따 엄마 아빠랑 같이 외출한다. 저녁 알아서 챙겨먹어."

　"나 강현이랑 같이 먹는데?"

　"그래? 그러면 상관없고."

　룰루랄라 웃으며 예쁘게 옷을 입고, 화장은 진하지 않게 살짝, 준비를 마치고 나갔다.

　히히, 기대된다.

언니.
그동안 즐거웠지?
내가 잠잠해서.
더 이상 괜찮을 줄 알았지?
기대해 줘.
언니를 위해 준비했으니까.
오늘 같은 날을 기다렸어.
아주 오랫동안.

"강현아~"

"아, 왔어? 자, 예약해놨으니까 가자."

강현이가 예약한 곳은 내가 고등학교 시절 시간 날 때 가보자고 했던 레스토랑이었다.

"엇, 여기는?"

"기억나? 고3 때 네가 여기 한번 가보자고 했잖아. 거의 1년이 다 됐네."

"강현아, 나 방금 살짝 감동했어. 자, 빨리 들어가자!"

나는 파스타, 강현이는 스테이크를 시켜 맛있게 먹었다. 즐거운 저녁식사를 마치고, 카페에서 커피를 하나씩 사 들고 대학 근처 공원으로 왔다.

"후아, 오늘이 아마 내 인생 최고의 날일 거야. 멋진 남자친구랑 맛있는 거 먹고 밤산책까지…… 꼭 연애소설에서 보던 거 같아."

"조금 앉아서 쉬다 갈까? 저기 벤치도 있네."

우리는 벤치에 앉아 커피를 마셨다. 야간에도 화려하게 작동하는 분수대가 꼭 풍경 같았다.

"윤지야, 나 부탁 하나만 해도 될까?"

"응응, 당연하지. 뭔데?"

"잠시만 눈 감아볼래?"

눈을 감자 강현이의 입술이 내 입술에 닿았다. 너무나도 황홀했다. 첫키스를 첫사랑과 하다니. 그런데 이상했다. 당장 뭐라도 말하고 싶은데 입이 떨어지지 않았다. 내 몸이 움직이지 않았다. 심장은 당장이라도 터질 듯 뛰고 있었다. 생생하게 느껴졌다. 마치 내 몸만 누가 따로 조종하는 것처럼, 모든 게 느껴지지만 몸이 움직이지 않았다.

"바, 방금 키스한 거야?"

"응, 너무 갑작스러웠나?"

"아니, 최고야!"

내 몸이 다시 움직이기 시작했다. 그런데 내 의지가 아니었다. 강현이의 손을 꼭 잡고 있는 것도, 강현이의 어깨에 기댄 것도 내 의지가 아니었다.

후후후.

하하하.

하하하하하하하하하하하하하!

웃음이 멈추지 않네.

놀랐지, 언니?

생각도 못했겠지.

이 순간까지 내가 있는지 생각 못했겠지.

인생의 최고의 순간에서 무대를 빼앗긴 기분이 어때?

주연에서 엑스트라로 전락해 버린 기분은?

아마 엄청 절망적이겠지.

힘들 거야.

그렇지만 어쩔 수 없어.

그게 내가 지금까지 계속 느낀 거니까.

"그럼 내일 봐~"

"응, 조심히 들어가."

집으로 돌아왔다. 방으로 들어가 문을 닫는다. 이제부터 여긴 내 방이다.

"참, 설명이 필요하겠구나. 안녕, 언니? 내 안에서 듣고 있을지는 모르겠지만, 가볍게 설명할게. 난 윤정이야. 언니의 여동생이지. 고등학생 때 엄마가 했던 말 기억나? 언니가 날 먹어치우고 가둔 거? 어떻게 된 건지 모르겠지만, 난 언니 안에서 살아 있었어. 내 기억으로는 거의 17년을 말이야. 언니는 지금까지 열심히 살아왔지? 이제는 내 차례야. 언니의 삶은 걱정 마. 난 언니에 대해 뭐든지 전부 다 알고 있으니까. 아주 사소한 버릇 하나하나까지 전부. 그동안 열심히 살아줘서 고마워. 이젠 내가 할게. 그럼, '영원히' 안녕."

에필로그

네, 후기입니다. 어떠셨나요? 이 이야기는 실제로 있는 증상인 배니싱 트윈이라는 현상에 약간의 오컬트 비슷한 영혼 이야기를 섞어 썼는데요, 사실 실제로 흡수된 한쪽은 생각을 할 수 없기 때문에 예전에 유명했던 게임인 Covetous랑 비슷하다고 할 수 있겠네요.

배니싱 트윈에 대해 간단히 설명하자면, 임신 초기인 10~15주 사이에 산모에 뱃속에 있는 쌍둥이 중 한쪽이 자연 유산 같은 이유를 통해 사라지고 나머지 한쪽만 태어나는 현상인데요, 이때 사라진 한쪽은 모체에 다시 흡수되거나 다른 쌍둥이 쪽에 흡수되어 사라집니다.

여기서 보통은 완전히 흡수되지만, 아주 드물게 태아의 신체 일부나 완전히 흡수가 되지 않아 샴쌍둥이처럼 태어나기도 합니다. 인도의 18세 소년의 뱃속에 들어 있던 태아, 한국에서 20세 여성이 심한 복통을 호소하여 수술을 했더니 50cm나 되는 머리카락과 몸뚱이, 두 개의 눈과 이빨, 3cm의 다리와 2cm의 팔을 각각 가진 기형아가 나온 사건 등 말만 들어선 끔찍할 만한 사건들도 몇 가지 있습니다.

항상 A4 1~2장짜리 짧은 이야기들만 써오다가 처음으로 길게 쓴 이야긴데요, 조금 유치하거나 뻔하다고 생각하실 수도 있겠지만 재미있게 읽어주셨으면 합니다.

그린비 활동을 하며 글을 쓸 때 상당히 오래 걸렸습니다. 길게 쓰는 작품이다 보니 스토리는 물론, 어떻게 하면 좀 더 이야기를 잘 풀어나가도록 할 수 있을지 많이 고민했습니다. 처음 계획했던 이야기는 좀 더 길고 살짝 처절한 이야기를 쓰려 했는데요, 갑자기 어떻게 몸을 빼앗은 건지, 이후로는 어떻게 됐을지 여러 가지 놓친 부분들이 있어서 많이 아쉬웠습니다. 그래도 처음으로 글다운 글을 쓰고 나니 글을 쓰며 어디가 모자라는 것인지, 어떤 부분을 보강해야 할지 등등 많은 부분들을 깨달았습니다. 굉장히 유익한 시간이었고, 다음에 기회가 된다면 또 참여하고 싶습니다.